U0940898

我在你的生命里

2021中国微型小说年选

中国小说学会 主编 / 卢翎 编选

南方出版传媒 花城出版社
中国·广州

图书在版编目（CIP）数据

我在你的生命里 ： 2021中国微型小说年选 / 中国小说学会主编 ； 卢翎编选. -- 广州 ： 花城出版社, 2022.1
（花城年选系列）
ISBN 978-7-5360-9534-2

Ⅰ. ①我… Ⅱ. ①中… ②卢… Ⅲ. ①小小说—小说集—中国—当代 Ⅳ. ①I247.82

中国版本图书馆CIP数据核字(2021)第223033号

出 版 人：肖延兵
责任编辑：欧阳蘅　李珊珊
技术编辑：凌春梅
封面设计：张年乔
封面绘画：鲤清鹤白

书　　名	我在你的生命里：2021 中国微型小说年选 WO ZAI NI DE SHENGMING LI：2021 ZHONGGUO WEIXING XIAOSHUO NIANXUAN
出版发行	花城出版社 （广州市环市东路水荫路 11 号）
经　　销	全国新华书店
印　　刷	佛山市浩文彩色印刷有限公司 （广东省佛山市南海区狮山科技工业园 A 区）
开　　本	787 毫米×1092 毫米　16 开
印　　张	17.5　1 插页
字　　数	238,000 字
版　　次	2022 年 1 月第 1 版　2022 年 1 月第 1 次印刷
定　　价	49.80 元

如发现印装质量问题，请直接与印刷厂联系调换。
购书热线：020－37604658　37602954
花城出版社网站：http://www.fcph.com.cn

目　录

第三辑

第四辑

跨文体写作与多向度现实书写（序）

卢翎

社会生活的常态化带来文学创作的常态化，每一个年度（自然年度）文学创作发生重大变革或者转变的可能性是微乎其微的。文学发展的转折、变化或新质的出现，往往需要文学史家在一个相对宽阔的历史视野中做出判断，而一个时间段之内文学创作的状况，如一个个自然年度，不会存在巨大变化，也不会在上一个年度与下一个年度之间存在巨大的、本质的差别。故此，之于一个年度文学作品选本来说，最为重要的是在一个相对独立、完整的时间段内，尽可能广泛阅读的基础上，秉持相对独立、客观的立场，实事求是地遴选出年度内佳作。

今年开始的年选时间上的变化（由目前的上一年度10月至本年度9月改变为上一年度8月至本年度7月）对于一部做了近二十年的年度文学作品选本来说，影响是可以忽略不计的，长远地看，它记录文学创作的发展态势，留下一个时期内涌现出来的佳作，为文学经典化完成了最初筛选。

阅读2020年10月至2021年7月这一时间段内微型小说作品，一个鲜明而突出的印象是，作家们在跨文体写作方面所进行的尝试与努力。

蒋子龙于2020年6期的《清明》上刊发《寻常百姓》（笔记小说一组）后，又在《飞天》《南方周末》《天津日报》等期刊、报纸刊发了一系列笔记小说（《西北笔记》《世间笔记》《绅士（外一篇）》等。本选选了《熊冠三》《绅士》）。他说，这一系列笔记小说写作的第一要义在于：真实——“给自己的‘笔记小说’确立了一条铁律：真人真事”。这一系列作品“是现实生活中真实的存在，是我自己和我的亲朋好友的亲眼所见或亲身经历”。（夏康达：《老树新枝——读蒋子龙“笔记小说”的笔记》，载于《天津日报》2021年2月23日）写真人真事的小说，在《清明》杂志副主编看来是将散文与小说两种文体糅合于一体。（“《寻常百姓》里的小说，短小精悍，题材有志怪、传奇和写实等，内容精彩纷呈，有些已和散文不分界限了。”载于《清明》2020年6月。）而评论家夏康达则称蒋子龙的系列笔记小说“是蒋子龙小说创作的新尝试”，并将其命名为：“非虚构小小说”（即“非虚构微型小说”，夏康达：《老树新枝——读蒋子龙“笔记小说”的笔记》，载于《天津日报》2021年2月23日）。无论是散文小说文体相融合，还是“非虚构微型小说”，这一跨文体写作，是他“在阅尽世间百态的耄耋之年”“在写出了数百万字的小说”之后的创造。

以先锋著称的作家李浩继续推出“飞翔的故事”系列作品（本选本选了《A与蝉》）。如果把近几年来李浩的“飞翔的故事”（2019年推出，几年里陆续发表计有近40篇）作为一个整体来考察，就会发现，这一系列小说（其中诸多篇什为微型小说），是李浩所创造的“独成一体的天地”。李浩的“飞翔的故事”追求一种最为自由的表达，糅合了散文、寓言、戏剧、等文体的元素，借助天马行空般的想象，让我们看到了一种可能性，挣脱了一切羁绊与束缚的自由表达可能性。有着同样探索热情的，还有大解，他说，“我的小说是我梦境的延伸，也是我进入多重世界的一种方式，其中包含了我全部的真实和虚幻，可能还有一些高于生存的不可名状的东西，隐藏在文字里”。（大解：《生活的另一面》，载于《百花园》2021年5月）2021年的《哈哈大笑》（本选本选了《炊烟》《撕下一片云彩》）、《影子人群》、《是谁在走》、《雪色》等作品显示出，大解的写作不仅仅是将小说、散文、散文诗、寓言、故事是糅合在一起，而且力图以这种跨文体写作的方式，为一种“新小说”的“立法”：“显示了大解个体主体性和想象力的深度参与。与此同时，愿景、记忆、虚构、想象力以及智力游戏的力量撑破了一个个‘故事’，还原出这个世界的本相以及生命内在的精神原型和记忆的星光”。(霍俊明：《大解的“新小说”与精神立法》，载于《当代人》2021年1月)。它意味着要从另一个角度去观察这个世界，以另外一种逻辑、另外一种认识与检验方法去看待这个世界。

新世纪以来，小说创作发展的一个趋势与走向是，文体之间界限并非泾渭分明地存在着，而是不断地相互渗透、整合。2020—2021年微型小说创作中跨文体写作尝试，正是这一发展趋势的体现与强化。

如果说，跨文体写作的尝试与努力显示出当下微型小说创作中探索的发展路向，那么，现实生活的多向度书写则构成了2020—2021年微型小说创作另一个显著特点。

微型小说作者以强烈的现实情怀热切地关注着我们生活中的变化，书写生活中的“新鲜事”，赞美那些为了我们的生活更加美好而无私奉献的人们。

赵新《我叫你一声姑父吧》中，主人公老秋大叔与他笔下曾经出现过杨老万（《同志》)、“牛筋”老汉（《你别心疼我》)、周老硬（《你没说我的坏话吧》）们一样，是地道的农民，“朴实、厚道、善良、真诚”，又“固执、认死理，死认真”。村委会会计陈亮一个善意的玩笑，令老秋大叔“较起真儿来”，并承诺若是告诉了陈亮他的岁数，“我管你叫姑父”。待领取养老金的政策一经发布，老秋大叔只得认输——“我叫你一声姑父吧”。作品的故事令人忍俊不禁。“桃红柳绿的春天，村巷里流淌的都是鸟语花香的气息”，感染着读者，而这“鸟语花香的气息”中幽默诙谐的乡村生活小插曲传达出新时代的生活讯息。同样是表现当下农村生活的作品——《晋老头的骄傲》中，作者细致描绘晋老头对儿子职业选择由不认可到理解，进而引以为骄傲的心理变化过程，不仅呈现出乡村生活所发生的巨大变化，而且塑造了一个甘愿牺牲个人利益为民请命的律师形象。而王生文的《秋旱时节的一把火》中，村干部匡甘平烧了自家的草垛，驱逐了村民心头的疑虑，让“谣言止于智者”，确保了“抢墒播种”顺利完成。匡甘平让读者看到一心为民做实事的乡村基层领导干部的胸襟、担当。还有模范乡村教师——张老师（符浩勇：《拍不好的镜头》），在摄像机前、在布置好的场景里，他无论如何都拍不好镜头。而当拖拉机翻落山沟的瞬间，张老师却舍生救出两个孩子。镜头前的“取舍”与生命的“取舍”间所形成的张力，构成作品极具张力的意义空间。令人感佩乡村教师平凡与伟大。

社区是城市社会最基础的单元和细胞，与每个市民日常生活息息相关。社区警老胡（《老胡在线》）日复一日重复着琐碎的、看起来无聊的工作，正是“事无巨细地唠唠叨叨”、烦琐的“婆婆妈妈”的事情，成就了“国泰民安”。同样是事无巨细地“提醒你注意这个、防止那个……”的耿政委（张海龙：《耿政委》），他的岗位是在“移动的国土”——远洋轮上。他是“我”的第一个上级，如同马烽笔下的“我的第一个上级”——老田一样。作为“我”的第一个上级，耿政委有着与老田一样的精神气质，他不仅给我留下了深刻的印象，可以说，在“我”的“远航”生活中，在“我”人生旅途中，他都是“我”的“第一个上级”。

于日常生活的琐事中发现与捕捉生活的闪光点，聚焦于这些闪亮人物，从而呈现生活前进的脚步，微型小说也因此充满了温暖人心和激励人心的力量。

2020—2021 年微型小说还将目光倾注于那些挣扎在社会底层的人们身上。在呈现他们艰辛生活的同时，描绘他们左冲右突的艰难处境和内心的苦楚。

莫小谈在“我的流浪日记”为总标题的系列微型小说作品（本选本选了《味道》）中，以初入社会的大学生的视点观察底层生活、体味生活的艰辛：流浪歌手在天桥边卖艺为生，他结识了在天桥下卖惨行骗乞讨的王裤子、为生病的女儿小花乞讨药费的壮汉（《天桥下》），蘸着污水写地书来实现梦想的苇子（《味道》），卖老鼠药的赵伯，星期八理发店的小美（《废墟》），等等，他们是一群失败者，饱尝生活的苦涩，萍水相逢，却彼此间相互护持。因行迹败露，壮汉的拳头雨点般面向的行骗王裤子，令王裤子痛改前非，真正在人格上站了起来。卖老鼠药的赵伯打消掉了小美心中那个可怕的念头，让她走出“支离破碎的岁月”，而在现实面前一败涂地的苇子在“我”最落寞的时候对“我”说，“醋和污水是我的墨，写在哪里都是酸的，但和你在一起的时光，是甜的”。莫小谈“我的流浪日记”“终归不只记录‘终将逝去的青春’”，此中还有生活的况味，更为重要的是它记录下繁华的城市中最为包容和最为人们所忽视的角落里的人们的挣扎与无奈，他们在这艰难困顿之中持守着的最后的尊严与底线。

安宁自称“为让我厌倦又悲悯的人们书写”（《为让我厌倦又悲悯的人们书写》，载于《百花园》2021年4月）。她的“小城风物”系列（本选本选了《求婚》《烧烤摊》）写她“熟悉的生活，烟熏火燎，鸡零狗碎，又麻辣生猛，热气腾腾”。作品中有能说会道的阿永表弟、文化人老陈、能屈能伸的烧烤店店主，还有每每来吃烧烤就压榨年轻人的李总，他们“每个人都为了活着而处处隐忍”，绝非可以用好坏、善恶来概括的。生活复杂性、人性复杂性的思考与呈现令作品具有了深厚的意味。同样是表现普通人破败生活的作品，像赵文辉《面点师》、蒋冬梅《亮光》、谈波《老舅等着咱们去钓鱼》等，作品中的人物——面点师、黑夜中的年轻人、言不由衷的弟弟等是弱小的，弱小到无力改变生活的现状，弱小到随时会放弃最后“底线”沉沦下去，于作者设置的特定情境中，于岌岌可危的处境中，作品小心翼翼呈现出他们内心的脆弱、纠结、挣扎乃至“撕杀”，那些“惊心动魄”的瞬间让我们看到了卑微、柔弱人性中的强大与高贵。

微型小说多是小叙事。日常生活中的琐事往往受到微型小说作者的青睐。小事、小情，清浅单纯，看起来很简单，殊不知，作者须将自己的独特审美发现与审美感受，渗透于叙述的肌理中、隐藏于种种的意象中，最有效地扩展“小事”的意蕴空间，让象外之象、言外之意含蓄深刻地呈现出来，并具有直抵本质的力量。2020—2021年的微型小说中，我读到了具有这样一些作品，如阿成《虚构的生活》（本选本选了《我一般不经常坐出租汽车》《我下礼拜再来》）、东君《续异人小传》（本选本选了《忘掉自己名字的人》《吃石头的人》)、李敏《名医》、九峰云《老李，你在不在?》和《吵架》、武稚《办公室里小生态》之《大寒》等，于形而下的叙事中蕴含着形而上的思考。

《我一般不经常坐出租汽车》中，出租汽车上“我”与司机关于中了大奖的讨论与种种假设，《我下礼拜再来》中舅舅对“我”的开导，都使我们深感“震惊”并产生“某种瞬间的惊异”，直面“一种生活中的可能性，一种灵魂的真实”（阿成：《灵魂记录者》）。与这种“震惊”的阅读体验不同，李敏的《名医》中，小城名医生徐爱红本着中医辨证施治、标本兼治的诊病原则不仅治愈了种种疑难杂症，而且他的这一“理论”（确切地说是中医施治的理论）“让很多病人认可”。可是，当“我”去求医问药治愈疾病时却遭遇到了前所未有的进退维谷的境遇。这一欧·亨利式结尾令情节逆转，出人意料之处是两难困境竟使一个巨大的悖论浮现于我们面前，故事的意蕴升华为一个哲学命题的思考。

《老李，你在不在?》《吵架》是九峰云“用发现的眼光重构世界”的努力。迷失自我的老李试图找回逝去的青春，夫妻间的吵架要提前计划、预约，这些荒诞不经的故事呈现出“世界”另样的面貌与色彩，还有东君的《忘掉自己名字的人》《吃石头的人》，它们隐喻着世界的荒谬性和现代人精神际遇。

对形而下的叙事所进行的必要而独到的形而上提升，强化了2020—2021年微型小说的精神力量。

第一辑

《寻常百姓》之《熊冠三》

蒋子龙

熊冠三，面黑体壮，眼光中正，性烈，至孝。每天必为母亲准备好早饭，才去上班。当过化学兵，中国第一颗原子弹爆炸时，他在现场。转业后任机械局保卫处副处长，后下派到出名的烂摊子——没人愿意去的红星机修厂任厂长兼书记。上任第二天，有警察到厂，要拿走一个职工的档案，送往大西北劳动改造。他为警察斟了一杯水，让其在办公室等候，自己来到人事科，了解事情原委。

犯事的人叫二膘子，真名刘传标，厂里的一个小流氓，除去惹祸干什么都不行。前几年进过公安局，出来后老实了两年，好不容易找了个对象，为讨好丈母娘给其修理厨房的下水道，昨天晚上来厂里偷管子被巡逻的民兵当场抓住，算他倒霉赶上了，往大西北一送这辈子就算交代了，媳妇也白娶了。

熊冠三回到办公室对警察说，事情有出入，我跟你去一趟当面再问他一次，如果还要往大西北送，我派人把他的档案给你送去。他跟着警察来到派出所，警察到里边把二膘子带出来，熊冠三跟他一对眼神，抡起胳膊就是一个大嘴巴子。这一巴掌扇的，二膘子在地上转了一圈儿扑通就跪下了，鲜血从嘴角流出来，熊冠三指着他骂道，我在局里干保卫还不懂这个，他们打你你就承认？咱不说好折钱吗，下个月从你工资里扣。窝囊废！

熊冠三越骂越气又想抡胳膊，二膘子直冲着他作揖说，厂长你不知道啊……你得救我啊！厂长！

熊冠三回身看看警察，你都听明白了，这个人我得领走。警察点点头，人家厂长来领人，焉能不放。回厂后熊冠三让一无所长的二膘子去动力科烧锅炉。

熊冠三为了尽快熟悉机修厂的情况，上午听各科室的汇报，下午到各车间里转，有不明白的就问，碰上对眼的就聊一会儿，在铆焊车间看到一个挺着大肚子的女工在满车间搬边料，边料都是带刺的铁块，轻者几斤，重的十几公斤，还要不停地弯腰，这不是胡闹嘛！他喊住了那个女工问，怀孕几个月了？

八个月了。

八个月了还干这个？女工眼圈红了，却不敢多说。

你叫什么名字？

刘兰芬。

熊冠三把车间主任找来，主任说是劳资科科长王贵有定的，她不知怎么得罪了他，就是故意整她。

她是你车间的工人，为什么任凭王贵有整？

工种分配是劳资科的权力，车间无权更改。

屁话，你是不是跟王贵有是一伙的？

车间主任为自己百般辩解，熊冠三直盯着主任的眼睛，不让他躲闪也不相信他的话，熊冠三问：你车间里就没有轻松点的活？

她原是焊工，有些活可以坐着干。

那就马上让她回去干本行。

第二天一上班，熊冠三来到劳资科听汇报。王贵有通身上下清爽整洁，白面，微胖，眼光犀利，充满自信，他的汇报简短，有条理，却都是应付外行的漂亮话，劳资科的真正业务谈得很少。干企业隔行不隔理，在局里这几年也没少往企业里跑，自然听得出王贵有在糊弄他，甚至还猜得出王贵有的心思，他这个厂长能当多长时间恐怕也得取决于王贵有。

等王贵有汇报完，冷了一会儿场，熊冠三才开口：工人们说，红星机修厂干不好是因为有两大能人，你王贵有就是一霸。就这一句开场白，整个劳资科的人都傻眼了，王贵有的脸也立刻变色了，熊冠三看着他不紧不慢继续往下说，铆焊车间女焊工刘兰芬，挺着怀孕八个月的大肚子，天天在车间里搬边料，就因为你怀疑她跟你的对头生产科科长好。孕妇犯了罪都暂时不收监，有什么刑罚都等到生完孩子再说，你这一手关乎着两条人命，这是迫害妇女，违反国家劳动法，就凭这一条我就可以把你送进去，至少流放大西北，你信不信？

王贵有登时就尿了，整个人都塌架了，往常的冷傲变成一脸卑微。厂长，我不是有意的，没想到事情这么严重……

熊冠三眼带凶威，眉横杀气，摆手不让他说下去，散会后你把工作跟副科长交代一下，放你半天假，明天一上班到这儿报到，找副科长给你分配个工种，下去当工人，工人当好了再说。他转头看着副科长说，你暂时代理劳资科科长，警告你一句话，别当人贩子。红星厂是国家的，别拿着国家给的权力当大爷，这个厂没有谁都行，包括我熊冠三。谁不想干现在就举手，明天下车间，如果再让我听到工人骂你们劳资科是人贩子，就不会像今天这么客气，我是干保卫出身，咱们就公事公办！

熊冠三除了工厂的两霸，到年底竟破天荒地完成了局里下达的生产任务。在各车间报上的“先进生产者”名单里，他看见了“二膘子”刘传标的名字，一问动力科，这小子还真被他那重重的一巴掌给打过来了，干活拼命，有一天晚上来煤进不了厂，他本来是下中班，却光着膀子干了一夜，用小车把煤一车车地运进了锅炉房。

俗语云：“宁得罪君子，不得罪小人。”王贵有就是小人，每隔一段时间，他就用两张复写纸垫着写一封告状信，一式三份，署名“红星机修厂广大群众”或“部分群众”，花上三毛八、两角四分钱，分别寄给市里、局里。告状信的内容也经常更新……说得有鼻子有眼，上边一次次地下来调查。熊冠三的为人处事就像他当兵时的背包一样，八角四方，八面见线，调查不出什么问题，但癞蛤蟆趴在脚面上——不咬人恶心人。上面也老批评熊冠三，你说你没有问题，为什么有人老是告你？也就仗着红星机修厂被他管得不错，没有调他，也没有提拔他。

熊冠三后半生在轮椅上度过。令他欣慰的是每年春节，刘传标都带着老婆孩子去他家里拜年。

（原载《清明》2020 年第 6 期）

绅士

蒋子龙

我有一友名新华，天赋惊人，年少时偏赶上无学可上、无书可读的特殊时期，遵父命竟能背诵下来整本的《新华字典》。后来成为编剧，写过一些曾轰动一时的影视作品，也是第一个获得过美国戏剧奖的中国剧作家。1999年初秋，上海派出一个豪华的电影代表团访问台湾，团长是谢晋，团员有孙道临、张瑞芳、秦怡等十几位声名赫赫的电影界泰斗级人物，代表团中唯一的电影编剧就是新华，可见其创作成就及影响力。

或许是这些人物的分量太重，无论来去动静都小不了；或许是台湾影迷热情过高，团里大部分电影界大明星在上世纪三四十年代，已是星光熠熠，中年以上的台湾人应该会熟悉他们、想念他们，他们的来去所引起的轰动，自然非同一般。在他们将要离开台北的最后一个夜晚，准确地说是当天凌晨，台湾发生了半个多世纪以来最大的地震，通称“9·21大地震”，震级7.3级。代表团的成员都住在酒店的十层楼以上，大楼摇晃剧烈，有顷刻就会坍塌之感。

新华从床上被摔到床下，立即清醒，意识到是地震，而且是强烈的大震，在摇晃中穿着睡衣就跑出门外，没敢乘电梯，经楼梯从16楼跑到下面的酒店广场上。周围还一片空荡荡，他是第一个逃生出来的人，紧跟着跑到广场上来的，是一对年轻的美国夫妇，各围着一条大浴巾。待到有服务生来到广场，美国小伙子从浴巾内掏出钱包和房卡，从钱包里抽出300美元，连同钥匙牌一同递给服务生，希望他能上楼拿出他们的衣服和行李。服务生犹豫一下，决然地接过美元和钥匙，转身又跑进大楼。这不能说全是美元的作用，还有为客人服务的精神并未被大地震震垮。

当时还有余震，在广场上都能听到从大楼里发出的哐里哐当的声音，也不断有客人从楼里逃出来。广场上的人越聚越多，不一会儿，服务生两手推着两个行李箱，腋下还挟着大包小包的衣物从楼里出来了。美国夫妇称谢不已，当众穿好衣服，推着行李箱打车去了机场。这应该是一对经常旅行、处变不惊的夫妻，慌忙中逃生可以不穿衣服，却不忘带上钱包和房间钥匙。新华好学，却不免心中惭愧，自己倒是跑了个第一，除去房卡却什么也没带出来。

酒店大楼显然已经酥松，门窗破碎，楼角倒塌，楼外的附属物被撕毁，整幢大楼已摇摇欲坠。楼内没有受重伤的客人们，似乎也都逃出来了，上海电影代表团的成员中，只剩下87岁的刘琼还没下来。大家十分焦急，尤其是团长谢晋，他深知刘琼性格沉稳，但大家等待的时间之长，似乎早已超过了他沉稳所需的时间。

刘琼自上世纪三十年代成名，电影、话剧演过无数，近几十年还演过名震一时的《海魂》《女篮五号》《牧马人》，导演过《51号兵站》《阿诗玛》《李慧娘》，等等，是新华心目中神一样的人物。自己又是团里最年轻的，想学酒店服务生上楼去看看刘琼，但不知他住在几层几号，住房登记表在团长屋里，没有带出来，在大震的慌乱中，人们谁还记得准别人的房间号！

渐渐天已大亮，团长让新华去求助酒店服务员，查找刘琼的房间号，然后上楼去找。就在此时，刘琼老先生腰身笔直，手里拉着轻便行李箱，头发梳得一丝不苟，西装领带收拾得整整齐齐，连脚下皮鞋竟然都擦得锃亮……八十多岁的人，看上去仍然气韵俊逸，独具风标，一副“湿衣不乱步”的从容神态，缓缓地从余震未息的大楼里走出来。

一时间，广场上的人都在看着他——这种魅力，要经过怎样的命运和时间的磨砺，才能焕发出来？这场大地震简直就是为他此刻的出场做铺垫……电影代表团的人拥上去，有庆幸的，有欢跳的，有抱怨的：“我们都快急死了，你老先生竟然还有心思倒饬得这么漂亮？”

刘琼似抱歉地微微一凛：“我母亲告诉过我，人在临死的时候，一定要把自己收拾整洁。”

——原来在地震发生的时候，他并没有惊慌失措地先想到逃命，仍然行止有度，从容不迫。

新华在心里暗暗叫好：“我终于见识了什么叫绅士！”

（原载《天津日报·文艺周刊》2021 年 2 月 4 日）

《虚构的生活》之《我一般不经常坐出租车》

阿成

我一般不坐出租车。因为坐出租车要花钱。当然它很便捷，不仅便捷，而且它还会给你一种有钱人的感觉。这种感觉特别好。也不是说绝对的好，应该说比一般的好要好一些。这您是能理解的，人总是在虚荣中前进。

一般地说，我不会选择很远的路坐出租车，那样消费成本太高，我受不了，我会心疼。我的心脏本身就不太好，我不希望用增加消费的方式折磨自己，残害自己。我通常会选择一段十块钱左右的路程，下了出租车之后，我再搭乘地铁或公交车去朋友家。朋友今天安排吃饭。几个朋友好久没见面了，他们都是些怀旧的人物。我的这位朋友总是把几个朋友叫到一起，他不在乎你有钱没钱，只要大家凑在一起能聊天儿就行。他就是这样的一个人。世界上这样滑稽的人很多，所以大家不要责备他，也不要责备我去参加这种聚会。

我站在马路边等出租车，很快就来了一辆出租车。我哈腰钻进了出租车里。坐出租的时候我特别喜欢和出租车司机聊天。因为我是个单身汉，平时没人跟我聊天，也没人愿意跟我聊天（不知道这究竟是为什么）。那么我就主动跟别人聊天。有的时候我聊着聊着刚聊在兴头上，还没说几句话对方就走了。并不是我说的话不好听，而是他们觉得我这个人很无聊。但是在出租车上就不同了，出租车司机必须得跟我聊天，我是主人，我花钱了，我很仗义，我很牛×。

我跟他聊了起来。不知道我们怎么聊到了彩票。出租车司机决绝地说："我坚决不买彩票。纯粹是扯淡。"我说："我说一句话你就能买。"他说："不可能，你说一千句我也不会买。"我说："我现在就给你说一句话，你注意听：不买彩票，你肯定不能获奖。"他说："真是没味儿的话，这还用你说？"我说："但是，你要是买彩票呢？你就有万分之一，或者千分之一，或者百分之一的希望。"他愣住了，想了想："你说得有道理，真的，非常有道理。我得去买彩票了，如果我不买的话一点儿中彩的希望都没有。"我说："我刚才的话只说了一半儿。我还要告诉你，你买了彩票以后，比如说你中了800万元。"他立刻打断了我的话，说："中500万就行。"我说："别客气，就800万吧。中了800万以后，你会觉得钱不够花了。"他说："800万还不够花？"我说："对呀。你想想，你一旦拥有了800万，你想干什么？我不知道，你是不是想换老婆吧？"他可耻地笑了："想啊！"我说："是啊，你想换老婆你得给你现在的老婆一笔钱。你想给她多少？"他说："我给她50万。"我说："你也太抠门了，按法律说，你得分给她400万。"出租车司机立刻叫了起来："我的天哪，400万哪，我宁可把她留在家里继续给我做饭，然后偷偷地出去找情人。"我说："找情人需要花钱不？"他说："那就无所谓了。"我说："好，你有了800万之后，你是不是还想换一下房子？"出租车司机说："对呀，我必须换一套新房。现在的房子没有电梯，我又住在六楼，干一天活儿回来，还得一层一层地爬楼梯，累死我了。"我问："你打算换一处什么样的新房呢？"他说："怎么也得换一处像样的，一百多平方米吧。"我说："是吧，你再加上装修费恐怕也得50万。你再算算还剩多少？"他说："600万。"我说："你有600万是不是还想开出租车？"他说："我坚决不开。我要买一辆自己的车。"我说："买多少钱的？"他说："怎么说也得二三十万吧。"我说："二三十万。好了，800万你还剩多少了？不多了吧？我们再接着说，你的家人听说你中大奖了，肯定都来找你借钱。你借不借？”司机不言语了。我说：“你当然不愿意借，但你多少也得借一点儿吧。特别是那些过去对你有恩的人，在你困难的时候伸出过援手的人，人家来找你借钱，你不好意思回绝的吧？司机勉强地点点头。我说：“还有，有了钱以后你想不想出去旅旅游？”出租车司机说：“我他妈的一天到晚光接送出去旅游的人了，那把他们牛×的，我看着他们就生气。”我打断了他的话说：“比如说你想去美国旅游，多少钱？出国旅游了，你得带你的情人一块儿去吧？”司机说：“叫你给算的，差点儿忘这茬儿了。靠，那就带吧，要不咋整，哭叽尿嚎的。”我乐了：“兄弟，您这还没情人哪就进入状态了。”他再一次咧开嘴无耻地笑了。我说：“万一你没把持住，真假不知道，情人说自己怀孕了，你不给情人一份补偿？要不你就离婚，要不你就掏抚养费。二选一。怎么办？比如说，你耍死狗，就是不给钱。你情人就很有可能把你告上法庭，法庭以强奸罪判你住个三年。”出租车司机叫了起来：“我的天哪，你说得也太恐怖了，我宁可不中这个奖。这还没咋的呢，就判了三年徒刑。”我说：“是啊，所以说，你还是消消停停开你的出租车吧。”司机说：“哎哟妈呀，开过站了。”我说：“那没办法，请你把我再拉回去吧。”出租车司机说：“我宁可把你再拉回去。这趟活儿我没白干。你给我上了重要的人生一课。”

（原载《百花园》2020 年 12 期）

《虚构的生活》之《我下礼拜再来》

阿成

我决定去借钱。不过您别理解错了，我并不缺钱。当然，我所谓的“不缺钱”并不是我多么有钱。我是个靠工薪维持生活的人。只是工厂给我开的是我应得工资的六成。为什么？这种事永远不要问为什么，没有为什么，六成就是六成，如果再问为什么，就可能变成四成。因为对方非常有可能惊讶地说：“妈呀，我差点儿忘了，还应该扣掉你什么什么呢，亏你来问了。”那就不如不问，保持在六成，很好的。

说起来，我对生活的看法很平淡，六成的钱也够我生活了。其实，我用三成的工资就可以生活，而且生活得比较好（我这个“比较好”是指心态）。坦率地说，我用一成的工资也可以维持生活。一成的工资怎么生活呢？正如媒体上说的那样，“办法总比困难多”。比方近些日子（人真是一个思维的怪物），我几乎每天都在思考“1 块钱是否能生活一天”的课题（这话听上去有点儿黑色幽默的味道）。这几乎成了我无法摆脱的研究方向。那么，1 块钱真的能生活一天吗，而且还要保证一天之内不饿肚子？这在很多人看来是不可思议的，但我觉得能。这要看你买什么。首先，你不能买熟肉制品，酱牛肉48块钱一斤，你能买吗？酱猪手30块钱一斤，你可能买吗？月饼两块五一块，还是低档的，你能买吗？不能。而且想都不要想。道理很简单也很严酷——你正准备用1块钱生活一天呢（就算你把酱牛肉分成一个星期吃，把酱猪手分成三天吃，但这也严重超支了）。一般地说，正常人一天是三顿饭，就算两顿饭，你可以这样消费吗？疯了，神经了？所以不可取，也不要这样想。我们还是回到用1块钱生活一天的事儿上吧。譬如说，一个馒头5角钱，那么买两个馒头可不可以？可以。正好1块钱。但只能维持一天的活命，不可能维持你肚子不饿。那怎么办呢？我来告诉你吧。你可以用手中的1块钱买1斤杂粮，就是1块钱一斤的那种杂粮。1块钱的杂粮你可以做一电饭锅的饭。然后，你把一电饭锅的饭分成三份，三份是什么意思？三份就是三顿饭。这样一天你就不挨饿了。不挨饿就说明1块钱你可以活一天。至于说盐和蔬菜的问题怎么解决，我相信你有办法。

话又说回来了，我还不至于用1块钱来安排一天的生活。上面我讲的这些看似有道理，其实没有道理，也不现实。是一个伪命题。因为这其中还忽略了许多费用，比如说煤气费，比如说电费、水费、物业费、卫生费，等等。像我们东北，到了冬天，数九寒天下大雪，气温能够降到零下30摄氏度，北风呼号，冰天雪地。这就牵扯到取暖费。是，取暖费公家负责给你报销一大部分，但你个人也要付余下的那百分之二十。那么你再算上人工（对食物加工的劳动）。对，还是那句话，永远不要算人工。如果把这些叠加在一起，1块钱肯定是活不了一天的。

现在，我把这些似是而非的、让人恼火的东西先放一放，就当它们不存在，就当它们是上天对我等的考察、对我本人的历练。有人说，退一步海阔天空。错！退一步怎么能海阔天空呢？比如你退了一步，不行，情况并不理想。你再退一步，还不行，情况的改观不大。接着再退一步，事情还是没有达到你预想的效果。你会怎么样？亲，你会疯掉的。所以，既然你选择了退那就彻底地退下去，一直退到底。在彻底退步的过程当中，突然烦心的事情神奇地终止了。于兹之下，你会怎么样呢？第一，特别惊讶。第二，特别开心。第三，特别幸福。这才是我们想要的生活啊！

好啦，不啰唆这些了。现在，我每天可以有 10 块钱的生活费。10 块钱和 1 块钱相比哪个多？10 块钱是 1 块钱的 10 倍。多好啊！幸福感有了吧？而且除了吃饭的钱，剩下的钱还可以应付我上面所说的那些费用呢。

事情来得很突然。人的思维也常常会在头脑里来个急转弯儿。就是这个急转弯儿让我产生了去舅舅家借钱的冲动。为什么会产生这样的冲动呢？是因为我残酷地假设自己连 1 块钱的生活费都没有了。我得活呀。那怎么办呢？尽管我不是一个依靠别人的钱来生活的人，但是我已经被这条假设的命题逼到这儿了。

为了到舅舅家借钱，我必须把自己打扮得可怜一点儿。到了舅舅家，舅舅一家人正在打麻将，他们一家人特别喜欢打麻将，不打麻将的时候他们就摆扑克。这是舅舅家永恒的风景。我曾经嘲笑过舅舅，我说："舅舅，是不是你们家的人只要一出生就发一副扑克，好天天在那儿摆扑克算命呀？"

舅舅见到我扑哧一声乐了："咋，失恋了？"我说："舅舅，我不存在失恋。因为在我的人生旅途当中没有爱情。"舅舅说："行了，别跟我转文啦，说吧，什么事儿？你小子是无事不登三宝殿。"我说："对，舅舅，我开门见山，借钱。"舅舅说："好哇，我一定会借给你的，说个数目吧。"我说："多了我也不借，就借一万块钱。"舅舅说："这样吧，我回厨房取一把尖刀你直接把我杀了得了，因为我本身也不值一万块钱。"我说："舅舅，那你究竟能借我多少钱？"舅舅说："我只能借你 10 块钱。"说完之后，舅舅奇怪地看着我说："你怎么是这副表情？听好了，小子，不是我不多借给你，你不仅是我的外甥，也是我们兄弟姐妹共同的外甥。所以呀，我给你出个主意，你明天到你大姨家去借。不要多借，不要狮子张大口，就借 10 块钱。然后你再考虑去下一家。你有三个舅舅四个姨。3 + 4 = 7。这样子你就可以维持一个星期的生活。借了一圈之后你再转回来，再从我这儿开始，再一家一家地借下去。周而复始，无穷匮也。"

我说："《愚公移山》。"

舅舅说："对。况且 10 块钱又不多，大家肯定乐意借给你。这样，你的日子就好过了，你有了钱就能维持自己的生命了。也不至于让我们落到白发人送黑发人的可悲境地。”我说：“舅舅是不是有过这样的经历呀?”舅舅笑了：“没有，我从来没有这样的经历，但是我有想象力，这就是我的高明之处。”我说：“舅舅，你就这样用10块钱把我打发了?”舅舅说：“不不，因为我刚才给了你一条信息，那个信息本身就值3块钱。这样一来，我现在只能给你7块钱了。”我说：“舅舅，你也太精了。你如果不发财上帝都会哭的。”舅舅说：“好，你教训舅舅，现在只能给6块钱了。”我说：“好了，舅舅，啥也不说了，把钱拿来吧。”没想到舅舅只给了5块钱。他说：“还要扣下手续费1块钱。”我几乎叫了起来：“咱们这不是公事，是私事。舅舅，你怎么还能扣手续费呢?”舅舅说：“公事可以私办。私事也可以公办。懂不懂?”我听了都笑疯了：“舅舅你可真是我的亲舅舅，我一辈子忘不了你。”舅舅说：“赶快走，否则我还要扣1块钱。”我说：“知道，我非常明白，舅舅，再见。我下礼拜再来。”

（原载《百花园》2020年12期）

《哈哈大笑》之《炊烟》

大解

三婶家的炊烟倒了。别人家的炊烟都长得高大笔直，像是一棵参天大树，顶端蓬松，有着茂密的树冠，唯独三婶家的烟囱里冒出的炊烟，又细又歪斜，看上去就像是一棵歪倒的小树苗，可怜又滑稽，让人觉得好笑。

三婶倒是不怕人们的嘲笑，她是个爽快幽默、心胸开朗的老太婆，别人就是笑死了她也不会上劲儿。倒是炊烟倒了，让她有些纳闷。

最早发现这缕炊烟的是木匠，因此，炊烟的歪倒与木匠脱不了干系。三婶说，是木匠趁人不备，把炊烟的根部锯断了，炊烟就成了这样。木匠有口难辩，说，早晨我确实从你家门口经过，确实带着锯子，也确实拿着锯子对着你家的炊烟，用手这么比画了一下，但没有真的锯断，你想想看，你家的烟囱在屋顶上对吧？屋顶离地很高对吧？我又没有翅膀不能飞上去对吧？怎么就一口咬定是我锯断的呢？

木匠无可奈何地笑着，为自己辩解。他说的似乎也有些道理，他只是拿着锯，站在老远的地方比画了一下，炊烟就歪倒了，说是他锯断的，确实有些冤。但是事实就摆在那里，也就是在木匠比画了一下之后，三婶家的高大的炊烟就真的断了，不是断了，而是当即倒在了地上，死了，消散了。后来冒出来的这缕又细又歪的炊烟，是重新长出来的炊烟的幼苗。

由于没有别的证人，木匠已经赖不掉。木匠有过锯断炊烟的历史，因此，三婶家的炊烟歪斜，赖在他身上也是有原因的。有一年，河湾村西北部天空塌陷了一大片，塌陷的周边天空还有一些裂纹，如果不及时支撑，天空有可能继续塌陷。情况危急，急需要一些东西支撑住那些开裂的地方，否则后果不堪设想。可是，天空那么高，到哪儿去找合适的木头呢？无奈之下，木匠想出了一个主意，他从河湾村挑选出几棵高大的炊烟，锯断后运到天空塌陷处，多人合力，把炊烟竖起来，用炊烟支撑住天空。没想到这个办法还真管用，那些开裂的天空真的没有继续塌陷。后来的事情大家都知道了，一个死者从坟墓里走出来，用古老的秘方，帮助人们修补了天空，从此以后，天空至今没有出现再次坍塌。

还有一次，也是木匠干的。大约三年前，一大片晚霞飘浮到河湾村上空，觉得此地不错，不走了，晚霞与炊烟混合在一起，形成了彩色的烟霞，迷蒙而神秘。当时木匠正在干活儿，他要在木头上钻一个孔，他用的是古老的钻木方式，把木头钻黑了，后来木头冒出了火星，不小心把笼罩在河湾村上空的彩色烟霞给点燃了。最初是一小片烟霞起火，很快，整个天空的烟霞都燃烧起来，木匠引燃了一场天火。好在天火是一种假火，虽然熊熊燃烧，但是并没有热度，也不会烧毁村庄和山野。但是，那次天火，却把河湾村的炊烟都烧毁了，后来重新长出的炊烟都很细弱，经过几年时间才恢复到原始状态。

木匠见三婶赖上了自己，后来也就不辩解了，因为说了也没用。三婶只是跟木匠说一下，开个玩笑，并不真的计较这点儿小事。不就是炊烟歪了吗？歪就歪呗，也不影响烧火做饭，就是炊烟倒了又能怎样？

正在三婶和木匠说话的时候，长老走了过来，上前搭话。当长老得知缘由后，说，炊烟是可再生的东西，只要不是连根拔起就没事，还会长出新的。三婶问，那要是连根拔起呢？长老说，如果把根须都拔出来了，就很难再长出来了。木匠说，哪能呢？我就是用锯子比画了一下，没有拔出根子，你看，这不是长出新的炊烟了吗？

木匠用手指着三婶家的烟囱，让长老看炊烟。结果是，三婶家的烟囱里已经没有炊烟了，三婶出来好一会儿了，没有往灶膛里填柴，烟囱早就不冒烟了。再一看，全村的烟火都淡了，这时主妇们已经做好了早饭，早晨的炊烟告一段落。三婶和木匠、长老各自散去，回家吃饭。

木匠回到家后，心想，我在老远的地方比画了一下，三婶家的炊烟就倒了，难道真的是我伤害了炊烟？

吃完早饭后，木匠去小镇干活儿，给人做房梁。路过青龙河的时候，他拿出了锯子，在河水里比画了一下，做了一个拉锯的动作，没想到河水立即出现了一道伤口。木匠当场就惊呆了，心想，看来还真不能随便比画，没想到河水和炊烟都是这么脆弱，一碰就会受伤。

几天后，木匠从小镇回来，去找三婶郑重地道歉，说，那天，确实是我伤害了你家的炊烟，没有想到炊烟那么胆小和脆弱，仅仅是在老远的地方比画了一下，它就倒了，也许是我锯倒的，也许是我吓倒的，三婶说，没事了，现在已经恢复了，你看，这不是好好的？木匠一看，三婶家的炊烟虽然很细，但已经长高，不再歪斜，其顶端已经与其他的炊烟连在一起。这时，整个村庄的上空已经形成了一片缥缈的雾霭，显示出河湾村人烟兴旺。

就在三婶和木匠看炊烟的时候，忽然发现，远处的青龙河站了起来，弯弯曲曲地向天上流去，仿佛是飘向天空的炊烟。

木匠看着流向天空的青龙河，羞愧地低下头去，因为他发现，在河流边缘的一处地方，有他几天前锯开的伤口，至今还没有完全愈合。

（原载《小说林》2021.2）

《哈哈大笑》之《撕下一片云彩》

大解

二丫做了一个新的被子，里面用的不是棉花，而是云絮。

二丫家里并不是缺少棉花，她是觉得蓬松的云絮比棉花更柔软和轻飘，更适合做被子，于是做了尝试，果然不同一般，被子盖在身上就像盖着一片云彩，轻柔，舒适，还保暖，舒服极了。

二丫并不是一个发明家，是一次偶然事件，让她发现了云彩的用途。一天，她像往常一样，去天上的云彩里采摘露珠，正好赶上天空飘过来火烧云，在夕阳的照射下，晚霞变成了绚烂的橙红色，有的地方甚至出现了纯红色，云霞连成一片，非常壮观。当时她正在云彩里，居然从晚霞中采到了红色的露珠。临走时，她还撕下一小片晚霞披在身上，仿佛穿了一件红色的披风。当她回到河湾村时，正好在村口遇见三婶，受到了三婶的羡慕。二丫从篮子里抓起一把红色的露珠送给三婶，三婶看后说，天上还有这么好看的露珠？我还是头一次见到，你送我这么多，我愿意收下，但是没处放啊。要不这样，我先尝几颗，以后馋了再跟你要。二丫说，也行。于是三婶从篮子里捏起几粒红色露珠放进嘴里，然后惊喜地说，有点甜。二丫说，三婶喜欢吃，改日我送你一碗。三婶笑着说，你穿着的云彩衣服就不要送我了，我一个老婆子，披在身上也不一定合适。二丫听出三婶话里的意思，是想要她披着的云彩，但是二丫不舍得送人，就顺着三婶的话说，是啊，既然不适合三婶，那我就不送了，还是我披着吧。三婶说，二丫披着彩霞，真像一个仙女了。

二丫披着晚霞回到家里，感觉有点儿累，也没有脱衣服，顺手把晚霞盖在身上，躺在炕上就睡着了。她还是第一次盖着云彩睡觉，醒来时感觉很舒适，于是她动了一个念头，何不用云彩做一个被子？

想好的事情就做。二丫去天上，选取最白的一片云彩，不撕扯，也不裁剪，而是直接把整片云彩带回了河湾村。当她从天上下来时，村里的许多人都看到了，还以为是天上飘下来一个仙女，手中拽着一片白云。

人们看见落在地上的仙女是二丫，也没有惊奇，因为她经常去天上的云彩里采摘露珠。二丫也没有说从天上带回一片云彩做什么用，人们还以为她是用云彩纺线织布呢。因为人们见过青龙河对岸一个叫七妹的女子曾经用云彩纺出了比蚕丝还细的线，所以二丫用云彩纺线也是情理之中的事情。河湾村的人们听说云彩比棉花好用，只是出于习惯，还没有人真的去纺云彩。

对于养蚕缫丝和纺线织布样样都是能手的二丫来说，做一个被子是轻而易举的事情，也就是两块布中间夹着一些棉花而已。如今有了一整片云彩，事情就变得更简单了，两块布，中间夹着一片云彩，然后缝好四边，云彩被子就成了。被子是长方形的，而天然的云彩形状不规则，多余的部分剪掉就是，剪掉的云彩也不浪费，还可以撕扯和铺垫，做成一个褥子，这样有铺有盖的，晚上睡觉，整个人都睡在云彩里。

二丫做的这些事情，三婶都知道，但并不去效仿，她觉得自己老了，还是盖棉花被子心里踏实。另外，三婶还有一些想法没有说出来，她是担心身子底下铺着云彩，身上盖着云彩，万一睡觉时云彩飘起来，把她带到天空怎么办？醒来一看，人在天上了，怎么下来？二丫能够下来，她经常去天上云彩里，轻车熟路的，随意往来，而一个老太太就不同了，倘若从天上掉下来，摔死是小，让村里人笑话才是脸上挂不住的羞赧。

三婶给自己找好了理由，如果二丫劝她，她就这么说。其实二丫根本没有劝她，只是把做被褥剩下的一些云彩的下脚料，做成了一双鞋垫，送给了三婶。三婶垫在鞋里，穿上后感觉非常舒服，不但走路轻快了不少，还软绵绵的，有一种踩在云彩上的感觉。

三婶夸赞了二丫的手艺，然后说，你的那个晚霞披风呢？怎么没见你披着？二丫说，三婶记性真好，还记着那个披风。三婶说，我还没有那么老，才几天过去，怎么能不记得？二丫说，谁说三婶老了，三婶还有花心呢？三婶一听二丫奚落她，就用手轻轻拍打了二丫一下，说，死丫头，竟敢嘲弄我。二丫说，我是夸三婶还年轻呢，像一朵花。三婶说，二丫才是一朵花呢。

二丫看出三婶的心思，她对那件晚霞披风依然倾心，不然不会打听，二丫巧妙地转移了话题，没有直接回答三婶。二丫想，那片晚霞真的不适合三婶，尤其是那绚烂的色彩，披在一个老太太身上会显得滑稽。二丫说，三婶若是喜欢云彩披风的话，哪天我去天上，顺便给你带回一片云彩就是。三婶说，我老了，要不你给我带回一片黑色的云彩吧，红色和白色都不适合我了。二丫说，好，那就这么定了。

几天后，二丫真的给三婶带回了一片黑色的云彩。那天，二丫在天上走了很远，也没有找到一片黑云，红色的，橙黄的，灰色的，白色的，都容易找到，黑色云彩只出现在风暴的底部，很难遇到。二丫找到天黑也没有找到，回来的时候已经入夜，天上没有月亮，星星也很少。星星似乎被什么人撒网打捞过，比较大的和亮的都被人捞去了，只剩下一些微小的漏网的星星还在天上。正在二丫发愁时，她发现天上有一片云彩，由于没有多少光照，看上去一片漆黑。二丫高兴极了，真是得来全不费功夫，这不就遇到了黑色的云彩！

二丫把整片的黑云带回河湾村的时候，已经入夜。二丫也不耽搁，连夜给三婶送去。当三婶见到黑色云彩时，显得非常兴奋，说，二丫真是厉害，不仅采到了黑色云彩，云彩上还带着星星。二丫一看，云彩上确实带着星星，说，三婶不说，我都没有注意，还真是有几颗星星。三婶说，是啊，这些星星虽然微小，但依然发着光，一闪一闪的，它们肯定以为自己还在天上呢。

二丫从三婶家回来后，脱衣睡觉，很快就进入了梦乡。夜里，做梦不是主要的事情，飞起来才是。二丫是在不知不觉间飞起来的，当她翻身醒来时，发现自己睡在天上，身上依然盖着被子，身下是云彩褥子。二丫知道自己是借助了云彩，飘到了天上，仍然吓了一跳，心想，倘若翻身，岂不会从天上掉下来。

二丫知道，天上的云彩，最终还会回到天上，不会在一个村庄里久留。她决定把被褥里面的云彩还给天空，于是她抽掉了缝在被褥边缘的线，把装在布里面的云彩掏出来，平铺在天空，让它重新恢复为云彩。二丫从夜空中回来时已经是后半夜。

早晨醒来后，二丫找到三婶，把自己在梦中飞天的事情告诉了三婶，三婶听后感到了后怕，说，幸亏你送我的黑色披风我还一次也没有用过，倘若是我飘到了天上，非摔死不可。我不敢披在身上了，你把它送回天空吧。二丫说，既然这样，我今晚就送回去。

二丫把三婶的黑色云彩送回天空时，看见云彩上携带的那几颗星星，发出了耀眼的光芒。借着这些星光，二丫看见三婶也在向夜空赶来，三婶是借助了云彩鞋垫的浮力，否则凭她的体重，不可能飞到天上。

（原载《小说林》2021.2）

《续异人小传》之

《忘掉自己名字的人》

东君

杜步归，中学历史老师，记忆力惊人，能一口气背出每个朝代的起迄时间、年号以及每个帝王的名字，但有几回，他竟忘掉了自己的名字。他原本有个哥哥，得了一种俗称“羊角风”的怪病，不幸夭折。母亲想到自己身上掉下来还没多久的一块活肉，就这么埋进土里面，心里不知有多悲伤，因此，她决定把孩子的名字留下来。也就是说，杜步归是借用了早夭的哥哥的名字。杜步归长到七岁的时候，上学堂正好及龄，有一晚梦见有个小男孩立在床头，要向他讨回自己的名字。杜步归问，你是谁？小男孩说，我是杜步归。杜步归说，我才叫杜步归。小男孩说，不对，我比你早生，我是你哥哥，是我先用这个名字。杜步归醒来后问妈妈，我叫什么名字？妈妈说，你叫杜步归。杜步归说，不对，杜步归是我一个哥哥的名字，我不要了。妈妈说，你们兄弟俩共用一个名字有什么不好？妈妈给他穿上了衣服，杜步归赌气不穿，妈妈扇了他一记耳光，他才低下头来，屈就于妈妈的意愿。于是，他的名字就像衣服一样，穿在身上，伴随着他出门了。老师和同学们都叫他杜步归，他听着听着，也就顺耳了。杜步归这个名字，给他带来了一连串好运。从小学到大学，他的考试成绩一直名列前茅。杜步归在大学里暗恋过一名外校的女生，他常常在暗地里跟踪她，却不敢表白。有一回，女生突然停住脚步，猛地回过头来，微笑着问，你叫什么名字？杜步归在那一瞬间突然忘掉了自己叫什么。可那个女生竟粲然一笑说，你不说，我也知道你叫什么名字。几天前，我收到了一封信，下面署名杜步归。如果我猜得没错，这人就是你了。从此，杜步归就隔三岔五给那个女生写信。有一晚，那个久违的小男孩再次站在他床前，要向他讨回名字。杜步归说，我现在正在用杜步归这个名字给女朋友写信。这是一个能给我带来好运的名字，我不能归还你。小男孩说，我在那边用得着这个名字，如果你不打算还给我，我就会厄运不断。小男孩捂着脸，哭泣着走开了。杜步归从梦中醒来，忽然忘掉了自己叫什么名字，还好，有人走进寝室，报出了他的名字。杜步归在每一个地方（包括身上的每一个口袋）都塞满了纸条，上面写着三个字：杜步归。后来，杜步归结婚，生子，在一所中学过着平淡的教书生涯。某日，杜步归骑着自行车经过一座荒远小镇，黄昏时分小酒馆飘出的酒香勾住了他的双脚。于是，下车饮酒。连喝七盅，大呼一声：爽！踏月出了铺子，酒劲方始上来。此时要是回去，生怕老婆抱怨。遂又骑上车，打算绕城逛一圈。整个身子歪斜在车上，东摇西晃，如坐船里。驶入小梨园，忽被树枝绊住，落车，在梨园中一座老坟边倒下，竟连睡三昼夜。醒来后，忘了归路，也忘了自己的名字。

（原载《长江文艺》2021 年 01 期）

#《续异人小传》之《吃石头的人》

东君

那人抱起一块石头，说，这就是肉。众人都笑了。他们说，他想吃肉都想疯了。但他仍然带着严肃的表情说，我说它是肉就是肉，你们不相信我也没法子。有人抢白道，除非你吃下它。好，那人说，我只有吃下它，你们才会相信我的话。众人摇头，说他真的饿疯了。那人捧起石头，狠狠地咬了一口，咽下，嘴角居然流出了一抹油。众人的目光都聚集在那块奇妙的石头上。有人上前，舔了一口，说，果然是肉。此时，石头表面突然散发出一股肉香。他们都流下了口水，想吃。但那人立马把石头收回来，说，因为你们不相信这是一块肉，所以，饶是有谁长着一副铁齿也咬它不动。有人上前咬了一口，险些磕掉了牙齿。那时正是一九五八年，东瓯城闹饥荒，人们脑子里想的就一件事：吃。没饿死的，形如骷髅，唯独那个吃石头的人，吃得身宽体胖，活像庙堂里的弥勒佛。邻舍们暗地里诅咒说，胖顶个屁用？人越胖，死后的蛆虫越多。大约是因了人们的诅咒，越三年，东瓯城里的人过上有吃有喝的日子之后，那个吃石头的人忽然就瘦了下来。一日，他看到粮管所里的一架磅秤，就站了上去。一看数字，斤两居然没有短少。他甚至疑心，自己的体重没有减轻，是心情沉重的缘故。那人终究放心不下，就去看医生，说明情况。医生望闻问切，查不出个所以然。那人又去省城检查。X 光片出来，医生纳闷：那人的胃里居然塞满了石头。医生给他动了手术，取出了体内的石头。不多久，石头复生。那人无奈，到山里去找一位法力甚大的巫师。后来听说，巫师也治不好他的病。那人带着绝望，索性跑到荒无人烟的山坳里面。多年后，曾有人在深山草寮里见过他，那人每天起来，头一件事便是把溪里的石头搬到屋里去，然后又把石头一一丢进溪流。那人说，他必须不停地往窗外丢石头，才能把身体里的石头驱逐出去。他到底活了多久，就没有人知道了。

（原载《长江文艺》2021. 1）

第二辑

一帘烛光

谢志强

宋僖少年时就清楚自己喜欢什么。他喜欢长时间沉浸在书中，吃饭了，也要母亲一次次呼唤，甚至忘了睡眠。他的窗帘，深夜还映着一方烛光。

宋僖，字无逸，长大了，他号庸庵，也号庸轩。

他有个书痴的绰号。少年时尚可，但成人了，靠什么维持生计？父亲试图夺志——拗一拗他的执着，就替他谋了一个收税的小官职。

宋僖没干多久就辞职了，还愁眉苦脸地向父亲哭诉，说："我实在没兴趣呀。"父亲说："没出息，做官像上刑具。"

宋僖拜著名学者杨维桢为老师，习到了写诗赋的技巧，仿佛回到了少年时光。父亲给他泼凉水："写诗能当饭吃?!"激将他说，"你一肚子学问，有本事参加科举考试，那才是正道。"

科举考试，如千军万马过独木桥。元至正十年（1350），宋僖考中江浙副榜（即在录取的举人正榜之外，选若干人列为副榜）。宋僖为落榜生中优秀者，补任他为繁昌县教谕。

宋僖说："我的学问可能对接不上科举那个套路。"父亲说："吃不上葡萄说葡萄酸。”

宋僖做了 19 天的教谕，就辞职回家，整理出自己的书房，题名“庸轩”，还追加了一个号“庸庵”。

当时，各地动荡不安，战火蔓延。宋僖更失却了为元朝做官的意愿，一个书生，不能改变什么，也改变不了什么。家境贫穷，他就招收学生，传授学问，也能维持生活的必要开支。

明朝崛起。宋僖被朝廷征召，修《元史》《外国传》。尤其是外国那一部分，均出自他之手笔。他的兴趣终于发挥了作用。父亲来信中，有一句：“哪个朝代都需要有学问的人，你难得有了学问和职业一致的机会，要少安毋躁。”

修志圆满完成。朝廷重用他，称赞他怀有审察辨识人才的能力，让他这位没有考中举人的人主持举人的考试——福建乡试。

父亲也为有这样一个“光宗耀祖”的儿子自豪。在家乡余姚，邻居指责自己疏于学习的孩子，就会以宋僖为表率：“你看人家宋僖多有出息。”

翌年，宋僖突然辞职还乡。父亲大惑不解：“做得好好的，你又不干了，做官怎么能没有耐性!”

宋僖不喜科举考试的弊端，不能忍受其中的“黑暗”。他正式向父亲宣告：“这么多年，作为儿子，该满足你的心愿，我已满足了你，也算尽了孝。现在，我活到这个年纪了，实在应该做我自己感兴趣的事了，请父亲大人放手吧。”父亲愣了片刻，起身离开。那姿态，似乎儿子已“无可救药”。

宋僖的“庸轩”都是书。他静心钻研儒家的各种学派，比如濂溪周敦颐的儒家学说，洛阳程颢、程颐的儒家学说，等等，博采众长，找到自己。他的诗，境界清明高远；他的文，表达缜密适度。晚年，著有《庸庵集》。

宋僖自断仕途起，父亲从此沉默了，即便父子相遇，也是客气地点点头。父亲时常失眠，在院中散步，尽可能不发出声响，只是久久地望着“庸轩斋”那扇明亮的窗户——仿佛那是宋僖之眼。

（原载《金山》2021. 5）

父与子

谢志强

乾隆八年（公元 1743 年），翁运标任武陵县（今常德市武陵区）知县，就碰上一户农家先后两起的诉讼，自家人告自家人。

此前，翁运标担任河南省南阳桐柏县知县，多行仁政，县里百姓为他建立了生祠（为活人修建的祠堂）。知悉兄长翁运杭病危，他辞官还乡。紧赶慢赶到家，兄长已去世。为兄长服丧一年有余。

那一户农家，父亲有两个儿子。结婚多年，未曾生育，求子不得，就领了个养子，称为引子，像放引蛋，让母鸡在固定的窝里生蛋。两年后，生了个白白胖胖的儿子。母亲难产时逝世。

父亲养大了两个儿子。没续弦，分了家。约定了轮流在两个儿子家吃饭。

老大把最好的饭菜供父亲享用，父亲不语。老二给的是残羹剩饭，父亲也不语。好的，差的，他绝不在脸上流露丝毫，不计较，不出声。父亲虽然手脚不灵便，但在谁家用饭，就会在谁家做些轻微的体力活儿。老大总是让父亲歇着，父亲就当即歇手，却有点不知所措，告辞回屋。老二有时客气一下，但不去阻止，父亲仍慢手慢脚地做，不语。不管儿媳给什么脸色，他总是要待到约定的期限。父亲自小就宠爱老二，家务活大多由老大操持。

分了家，仍居住在同一个大宅院内。兄弟俩平时不来往，各顾各，只有父亲轮流出入两个儿子的家。

老大一纸诉状，告了老二，理由是分田产不公，一肥一瘦，差别悬殊。他不好告父亲偏心。父亲的灵魂捏在老二手中，老二却理所当然，毫不通融。老大侧面对父亲提过几次，父亲不语。至多说一句：老大让老二，理所当然。弟媳妇的一句话激怒了他：人心原本就长偏了嘛。

县衙公堂上，老大带出一股怒气，说父亲嗜酒，分田的时候，老二给父亲灌多了酒，父亲喝糊涂了，稀里糊涂分了田。

翁运标当场训斥了老大，表示对老大用这样的语言伤害其父的气愤。他带上兄弟俩去勘察两块田亩。父亲不愿露面。翁运标理解：他不愿见到自家人与自家人打官司。

确实如兄长诉状所陈述，老大的田地贫瘠，老二的田地肥沃，是祖辈传下来的良田。

翁运标坐在老大的田地里，那是其父领养到老大时在河滩新垦出的田地。河水在田地的前边淙淙流淌。突然，翁运标掩面流泪，而且，不能自制。老大慌了，他第一次看见县太爷流泪。

随行的差役又是安慰又是询问，不知如何是好。

翁运标说：我的父亲失踪数十年，我有一个哥哥，从小相依为命，现已阴阳两隔，我来到武陵，看见这一对兄弟，为田地的事情，反目为仇，对簿公堂，我思念起我的兄长，心中难受。

老大说：大人，我这个官司不打了。

老二迟疑片刻，说：我让出一半。

翁运标亲自划地，肥瘦均衡，各一半判给兄弟俩，还立了地界。这样，兄弟俩也能在地里天天照面。并登门向其父通报结果。父亲不语，但那布满皱纹的脸有了滋润的笑意。老二出现，父亲收敛起表情。

翁运标察觉出：这个父亲畏惧小儿子。仿佛有什么把柄捏在小儿子手中那样。

三天后，老二一张状纸，告了父亲，认定家中的银两被父亲藏匿。

传唤来了父亲，父亲的表情像是向小儿子求救。

翁运标反复审讯。那位父亲始终不语，索性垂着头，似有难言之隐。

差役悄声对翁运标耳语：不招供，可动刑。

翁运标摇头，宣布休庭，让那位父亲暂先回家，随时听候传唤。

差役资历老，见识多，却疑惑：为何不及时动刑取口供？

翁运标说：拿儿子的一面之词来拷问父亲，倘若存在巫告，常规颠倒，那么，父与子的天伦和恩情岂不就断绝了吗？我担心，刑讯逼供，父亲会保全儿子的脸面，那可是一贯娇宠小儿子的父亲呀。

随后，翁运标派出数人，明察暗访，终于获得了线索：有一窃贼盯上了老二，深夜潜入，盗走银两。老二误以为父亲顺手挪藏了银两——用作防老。毕竟只有父亲出入老二的家。

子告父，已传遍大街小巷。翁运标“大张旗鼓”地结案，还把这个风声放出去。

传唤父子来公堂。翁运标要求儿子当场向父亲道歉。

老二瞅瞅父亲。父亲躲避小儿子的目光，紧咬着嘴唇。老二叫了一声：爹。

父亲抬头，对着翁运标，挤出一句话：我这小儿子，还不习惯这样。

老二低头，脸红。

翁运标击了惊堂木，说：你开不出口，道歉竟如此艰难？那么，就面朝父亲下跪，表示你有愧于父亲，就以行动代替言语。

老二一副浑身不适的样子，瞅瞅父亲。父亲垂下脸，嚅动着嘴唇，似有话。

翁运标说：作为儿子，你是起诉人，案情明了，现在就看你的了。

老二挪转身子，跪对父亲。

翁运标说：身为人父，不可放纵儿子，子不孝，父之过。

父亲微微点头，不语。

（原载《文学港》2021.3）

《四方斋笔记》之《老赵哥》

于德北

去北京学习，一下子就认识了老赵哥。老赵哥喜欢喝酒、喜欢胡说，喜欢写小说，喜欢忘记一切不愉快的事情，所以，总体上来看，他是一个快乐的人。我有一个在别人眼里不成立的“悖论”，快乐的人本质上是善良的。

我和老赵哥是老乡，有了这层关系，彼此贴近实属正常。

到京的第一个周末，一起来学习的学军就建议说，去京郊看朋友。不知为什么，我那天的心情有点莫名的糟糕，从坐地铁开始，便说什么也打不起精神来。学军看出我情绪的变化，便一遍遍给老赵哥打电话，借着问路的只言片语，向我传递他心底的关心与安慰。

换乘，换乘，再换乘，我们的目的地终于到了。

老赵哥在那里接站，我们在秋风中握手，互相介绍，就算认识了。以为马上可以吃饭，结果又约了其他朋友，去更远的地方就餐。学军说，老赵嫂看得紧，老赵哥的口袋里永远不会超过一百块钱，听了这话，老赵哥只是笑，并不多做解释。老赵哥话多，跳跃性强，一般的思维跟不上他。

请客的是当地文联的朋友，大家除了常规的礼貌性的交流，彼此言谈都很拘谨而小心。

老赵哥向在座诸位介绍我时，有点夸大其词，话语间可以感知他对我的创作经历和作品的不了解，但他一再强调，我如何如何“厉害”，为了显示我的“厉害”，还把我们老家几个“不厉害”的角色提出来，大肆贬低一番，使得我们之间的“熟络”和亲近连他的老朋友学军都要大大地吃惊一番。

吃过饭，天已大晚，回去的地铁一定是没有了，老赵哥执意不让我们住宾馆，直接把我们拉到女儿空置的房子里，一人一张床，借着酒劲儿得了一夜安睡。老赵哥的女婿是开酒厂的，家里有许多好酒，学军要打开一瓶喝，他找百般借口不让，而是跑到楼下超市，自己买了一打啤酒，就着花生米和蚕豆喝了。

他说：“那不是我的，我不能拿给你们喝。”

就是这个细节，让我对他的小气有了一份尊重。

第二天早晨，我起得很早，推窗望去，不想却被窗下的柿子树吸引住了。正是九月中旬，枝头的柿子已有了一圈红晕。

我说：“老赵哥，等柿子熟了，给我留两个。”

他凭着阑珊的酒意说：“什么一个两个的，给你一箱。”

这当然是笑话。

又一次去京郊，已经是“十一”之后了，学军因为生计的事，颇有一点闹心。就提议再一次去看老赵哥。他说，和老赵哥认识二十几年了，属于见面烦，不见面还想的那种朋友。他比我们大，却一点也不担事，小时候，一起打架，他怕事情闹大，竟跑到派出所“投案”去了，不但“投案”，还把警察领去我们家，作为他立功赎罪的决心和佐证。

“完了呢？”我问。

“按治安条例，罚款呗。”学军回答。

我说：“我是问老赵哥作何解释？”

学军叹了口气说：“他的解释倒是合理，他说，我就这么一个女儿，还小，我要是出点什么事，她不就完了吗？”

我没有再说什么，心里却多少有些明白，上次在他女儿家里，他为什么不喝女婿存的好酒，他是害怕女婿看不起自己，从而连累了女儿。

是不是这么回事呢？

我愿意在心底肯定自己的这种假设。

老赵哥是典型的酒疯子。第二次我们去京郊，一出地铁，他就站在一家小店的门口招手呢。我们要了三个菜，一瓶“绿二”，听他一个人吵吵闹闹地对应着下午的时间。晚上约好一个朋友吃火锅，现在去早，他便自作主张地先摆了一桌“间餐”。一杯白酒下肚，他便一个劲儿向我道歉，说，上一次见面，说话口无遮拦，有的也说，没得也说，真是得罪了。今天说的是真话，你的小小说我看了，整整一本，全看了，好，真好，服了。我把目光投向学军，学军点点头，肯定他这一次说的全是真的。

老赵哥说：“还有，上一回说别人的作品不好，也不对，没必要那么损人家，不管怎么说，都是写东西的，不应该，不应该。”

我和学军都忍不住笑了。

那天吃完饭，我们直接打车往十渡走，走的天都黑透了，才看见一片小区外的马路上有几处灯光闪烁。请客的朋友早到了，并点了一桌吃食，大家点点头，报了姓名，便毫不客气地胡喝起来。请客的是一位名人之后，快六十了，玩写字，玩画画，玩唱戏，昆曲唱的十分了得，而且是反串，眉眼、身段均一丝不苟，可圈可点；作陪的是一位“海龟”画家，六十岁，画油画，喜欢格列柯，对色彩有异常的敏感。我们喝酒，什么时候喝高了，不知道，第二天早晨醒来的时候，还在酒桌上，只不过火锅店转成了小吃铺，怎么来的，怎么又喝上的，不知道，只记得老赵哥不停地说：“都不是一般人，可惜一生就这么过来了，都没什么大成就，但就一点，活成了自己，和别人活的不一样。”

想一想这话也对。

我和学军在北京的学习时间是半年，转眼新年过了，我们结业的时刻也到了。有一天，老赵哥风尘仆仆地跑来看我们，见面就说：“带钱了，带钱了，今天谁也不许张罗，全我来。”

虽然不是惜别，但愁绪还是在一点凝聚的，我们找了一家街边店，先白酒后啤酒，末了，又是人仰马翻。这中间，老赵哥离席了一段时间，回来时，手里拎了一塑料袋冻柿子，他说：“家窗下的柿子是物业的，咱不敢动；这个是我买的，兄弟随便吃。”塑料袋放下，又身体后缩，紧紧地一扯，说：“刚喝完白酒不能吃，容易得结石。”

他一脸的真诚，半点玩笑的意思也没有。

我对学军说：“等哪天，你把老赵哥的小说找两篇我看看呗，他应该写得不错。”

（原载《北极光》2021.1）

《四方斋笔记》之《稻子》

于德北

最近一段时间眼睛不好，视物不清，总是发花。正因为如此，想起一个朋友，名字叫马文武，家在九台住，具体哪个乡我记不清了。他现在在广州，开了一家盲人按摩院，用一种全新的方式，演绎着自己的生活。

我们交往的时候，我十九岁，刚刚去吉林省作家进修学院读书，利用休息日和寒暑假，常往九台去寻朋友玩耍，当然，也交流一些与文学有关的问题，但是，那时的交流实在是太肤浅了，几乎没有读过世界文学巨匠的著作，凭借着几本古典小说和百余首古典诗词，极为夸张地撑着自己的门面。

年少好啊！什么都不害怕。

对文武记忆最深的事情有两件。

一件是他结婚，我们一帮朋友约好了去参加婚礼。初冬的季节，大地已经收割完毕，田野变得宽敞明亮。我们坐汽车到乡上，然后，等待文武家的拖拉机来接我们。由于起得早，脚下踏着薄霜，树枝还没被空气冻硬，有风吹来，依然能够柔软地歌唱。树枝的歌唱很简单，要么轻轻的，要么重重的，你很难分辨哪一种是快乐，哪一种是忧伤。

拖拉机来了，我们欢呼雀跃起来，争先恐后地爬到车上，一律面对着寒流。我们唱歌，想象着一会儿的酒菜，以及酒后的放肆的欢愉，整个身心变得无比自由。

文武家的院子支起了棚子，许多人在里里外外地忙碌。在文武父母的眼里，我们是上等的客人，要上炕，而且坐头一悠。“头一悠”是东北话，第一轮的意思。我们吃完了，还有二悠，二悠过后还有落忙的，结婚放的是流水席，热闹着呢。

那一天，自从我们上了桌，就没有下来过。落忙的人都散了，我们还在喝酒，一直到深夜，一直到每个人都醉了。

文武和媳妇住里屋，我们住外屋，肩挨着肩五六个人，盖的都是新被褥。

迷迷糊糊中，感觉文武出来了，他上了我们这铺炕，一声不响地躺在我的身边。他的衣服已经脱了，可他为什么出来了？我听见他悠悠地叹了一口气，但不知道他叹息的原因是什么？

天亮了，我们走了，文武依依不舍地送出很远。拖拉机已经走了二里地了，文武还站在那里挥手。不知是起得早的缘故，还是天气有点阴，我们依旧站在车上，依旧面对着寒流，但那种倔强的快乐一下子就流失了，大家的心里都有了一些压抑。

我问自己：那个晚上，在文武和他新婚妻子之间究竟发生了什么？

再次去文武家是几年后，突然看到他在《吉林日报》上发表的一篇散文。文笔朴实又不失清丽，读后让我倍感亲切。突然决定去看看文武，就冒冒失失地去了，还是约了上次的几个朋友，风尘仆仆地赶到文武的家里。

是秋天，刚刚割了稻子，许多稻田地里的稻草人还没有拔去。麻雀成群的在大地上飞落，叫声单调，却有着格外的执着。

文武家正在打稻子，整个前园子已经平整成场院，脱粒机在轰鸣，空气里尽是稻草的气味。文武围着一条围巾，脸上只露出一双眼睛，但那双眼睛失去了最后的光泽，也很难查询曾有喜悦。对于我们的到来，他很木讷，没有表示过多的热情，但是，从他的举动也能看到惊讶，只是，他好像被什么东西牵引着，完全一副身不由己的模样。

这时，他的弱视更加严重了。

终于，我们还是被让到了屋里，并且他去柜盖上找烟。我本想和他说一说散文的事，但是，看见他抖抖地在柜盖上游走的双手，我的欲望被莫名的忧伤又一次遮罩了。

我们只坐了一会儿，便告辞了。

这一次，文武只送我们到门口，便止住了脚步。

回去的路上，我又一次问自己：这些年，在文武的身上发生了什么？

一晃又是十年，听朋友传来的一则消息，说文武离婚了。至于什么原因，谁也说不清楚。偶然的机会，知道文武去了广州，后来开了一家盲人按摩院；又是偶然的机会，和文武通了一次电话，在电话里，文武的声音很平静，也略略感到一点充实。

但他已经彻底失明了！

我和他说起散文的事，也说起第二次去看他的事。他在电话那边沉默了一会儿，突然笑了，说："我曾经觉得自己是稻子，可以让别人过上晶莹饱满的日子。现在，我不这么想了，我就是一个盲人按摩师。"

我沉默了，无话可说。

我查了一下词典，确切地知道：水稻是禾本木禾本科稻属植物，原产亚洲热带，在中国广为栽种后，逐渐传到世界各地。世界上有近一半的人口，都以大米为食。

（选自《北极光》2021 年第 1 期）

面点师

赵文辉

许亚军，一个出色的面点师，来烙馍村已经五年了。他连个老板都不会喊，可他的优点在别的地方。走菜高峰期，他会格外投入，几乎小跑着奔走于烤箱和面案之间，要是老板挡了路，也会一掌拨拉开。老板从心里喜欢他。他天生内向，除了琢磨新花样外，每天很少说话，做起事来一丝不苟，出炉的香蕉派有一点儿瑕疵都不肯装盘。还有他的拿手菜——香煎洋葱饼，更是烙馍村一绝，包桌客人不止一次提出要求：能不能再加一份香煎洋葱饼？另加钱还不行吗？

许亚军有一个习惯，每天晚上下班后都会去地摊上坐一会儿，一碟花生米，二两散酒，喝完最后一口起身就走。

两个儿子天天晚上等他，他不回家，他们坚决不上床睡觉。老婆干的也是餐饮，在一家火锅店上班，营业到凌晨。两个儿子喜欢跟他睡，一边一个，躺在他的肘窝里。他爱他们，爱这个家，他一天都舍不得休息，全勤奖和工休补发工资对他来说可是有大用场。

他和老婆都是从乡下来的，80 后，为了在城里落脚，真是累断了筋。

三年前买房时的首付，让两口子体验了一回人间冷暖。双方父母只能提供极小的一点儿帮助。最后就差两万块，哪里都借不来。交款的头一天，老婆去向她的老板借钱。钱是借到了，却留下一个终生无法愈合的伤口。

老板姓周，干烩面店很有一套，他五十二岁那年，老婆患病离去，不到三个月他就又娶了一房媳妇，弄得一店人都目瞪口呆。许亚军的老婆永远不会忘记，当周老板攥住她手腕的时候，她吓得魂飞魄散。那只手如石头一般冰凉，就如死人之手。

周老板每次都哄她说，就这一回，就这一回。她很内疚，觉得对不起许亚军。当她下定决心要断绝关系并离开烩面馆时，周老板通过微信发来一个视频。她一下子崩溃了。那一年，她仿佛生活在地狱之中：屈从，不甘，愧疚，绝望。一直到她把一瓶网购的水仙碱片全部吞下去，那份一心赴死的决绝把那个坏蛋吓住了，从此才不再纠缠她。

自始至终，她没有给许亚军讲过到底发生了什么，许亚军也没问她发生了什么。许亚军什么都知道，他不是个傻子。为了这个家，他咽下了这杯苦酒。一个人独处的时候，他的心会突然像被一双大手揉搓一样难受。他在刻意躲避这道伤疤。每月去交水费，那家烩面店是必经之地，他宁肯多过几个红绿灯，也要绕过这个伤心之地。有一次烙馍村打烊后老板领着后厨的人去会餐，一听说去的地方，许亚军扭头就回。

他再尽力躲避，都躲避不掉这份锥心之痛。周老板隔一段时间会来吃烙馍，每次都要点一道香煎洋葱饼。有时还会让服务员去叫许亚军："不忙了来坐坐。"进了包间，许亚军接过他递来的香烟，又接过递过来的酒杯，吱一口喝下，借口厨房还有活儿马上走掉，他不愿意在那里久留。有一回周老板问他老婆的情况，许亚军告诉他，她现在一家火锅店当领班，工资和在烩面馆差不多，工休还多一天。周老板往往会夸赞他老婆几句。

许亚军非常奇怪自己为什么这么平静，他潜意识里早把这个坏蛋手刃过多次。他为自己的平静感到羞耻和恶心。他越来越喜欢加班，除了不歇工休外，他又承包了职工餐，这可不是个轻巧事儿。有好几回，他喝完酒回到家门口，却不想起去，返回大街，换一个地摊，又喝下二两酒。

后来，他的这份平静被彻底打破了。那一回姓周的喝高了，让服务员去叫许亚军，许亚军进来后他没让烟也没让酒，用手指头点着许亚军吼："再上一份洋葱饼，你小子真有两下子，做的洋葱饼无人能比！还有你老婆，也是无人能比……"许亚军的脸腾一下红了，像一团火一样，一下子蹿到了脖子根。他的心被狠狠揉搓了一下，这次手劲儿可真大。

回到厨房他就开始和面切洋葱，他没有理由不去做这道面点：今天姓周的是这里的客人。面团在案板上铺开，擀面杖却怎么都不听话，好几回掉到了地上。许亚军俯身拾擀面杖的时候，瞥见了四开门冰柜下面有一张废报纸，报纸上撒了一堆黄色颗粒。他的某根神经突然跳动起来。那是一个专业灭鼠人不久前放的，灭鼠人还在厨房的电线上涂抹了一种专业液体。刚下药那几天，饭店周围到处都是濒死的老鼠在缓慢爬动。这药可真够神奇的，还能让老鼠跑到店外去死。一个念头突然跳了起来，许亚军吓了一跳，心也突突突跳起来，手中的擀面杖更不听使唤了。

他必须平静下来，于是决定去卫生间抽支烟。

在卫生间的角落里，又看见灭鼠人投放的黄色颗粒。许亚军一连抽了三支烟，却根本平静不下来，最后他把抽了一半的香烟扔在地上，又用脚狠狠碾压了几下。做这些动作时他显得那样决绝和义无反顾，额头上突然爬满了密密麻麻的汗珠。

他决定重返厨房，认认真真去做那份香煎洋葱饼。

……这件事过去后，面点师许亚军又恢复了以前的平静。他更不爱说话了，对工作还是一丝不苟，下班后还会去地摊上坐一会儿，一碟花生米，二两散酒，喝完最后一口起身就走。两儿子依然很黏他，都喜欢拱着他睡。望着臂弯里的儿子，许亚军会偶然想起那次可怕的遭遇：要不是在卫生间门口碰见几个穿校服、跟自己大儿子年龄相仿的孩子，他真不知道那晚会发生什么事情。

（选自《山西文学》2021 年第 4 期）

转盘事件

赵文辉

“好客”酒店的888雅间是一个豪华大包，能容下28个人就餐，电动转盘，餐桌中间放了一个硕大的仿真台花。今天“宾至美发”的老板金小妹过生日，一家老小加上理发师们，众星捧月一般。金小妹双腮潮红，不时举起酒杯，接受大家的祝福和夸赞。

看台的服务员是亚茹和杜辉。

杜辉是个男孩儿，这年头女孩子都不愿干服务行业，酒店不得不挑选一些眉清目秀的男孩子来前台服务。两人还有一层关系：不久前亚茹去杜辉家，受到了八个菜的款待，她很吃惊也很感动，没有想到杜辉一家这么在乎她。

金小妹的生日宴进行得并不顺利。在她自己的理发店里，这个女人可会笑了，一到酒店就变成了另一个人，板着一张脸。十点钟的时候她就给吧台打电话交待把空调打开，888雅间装的是120空调，只消十几分钟就能从夏天进入秋天。酒店老板姓马，也不是个省油的灯，坚决不让开这么早。亚茹请示他：“什么时间开？”

“提前十分钟。”

“咋知道她什么时间来到……”亚茹犯了难。

“凭感觉，一个成熟的服务员就应该有这种判断能力。”五十出头的马老板长得很年轻，一头乌亮的头发，一副整齐得令人吃惊的牙齿。他还长了一条能说会道的舌头，特别擅长给手下人挖坑。

亚茹左右为难，开得早老板不同意，开得迟客人不愿意，这个提前十分钟还真没法估计。她让杜辉紧盯着门口，客人一来赶紧通知她。结果金小妹进到雅间差点蹦起来，把亚茹狠狠训了一顿。她把正说对不起的亚茹扒拉到一边，伸出自己的胖指头狠狠戳向空调触摸屏，一口气把温度调到最低档16度，感觉还不解气。

金小妹点的是套餐，十人台的套餐，亚茹提醒她不够吃，她眼一瞪：“不够吃我们会加菜！”亚茹不敢多嘴了。果然，菜上齐后只一会儿，桌子上就空空荡荡。金小妹一个劲儿嚷嚷：“不实惠，不实惠！下回再不来了！”加菜的时候，菜谱上的菜她一个不点，专点菜谱上没有的菜。杜辉一遍遍往厨房跑，问厨师能不能做。金小妹把菜谱一摔：“要啥啥没有，狗屁饭店！”最后，她只点了两个特价菜。

亚茹和杜辉一再交代厨师，这桌人不好对付，尽管大家小心翼翼，还是问题不断。小黄鱼腮里有一条白色的肉线，金小妹一口咬定是寄生虫，退了。红烧大鲤鱼吃得只剩鱼头了又说腥气，也要退货。亚茹去请示，马老板也有鼻子气歪的时候，快吃完了才说腥气，坚决不退。亚茹回到雅间一说，金小妹呼一下站了起来，双手撑住桌面，两只金镯子同时落在手腕上。这个女人两眼之间距离有点儿大，怒气在她脸上飘着：“滚，叫你们老板来！要不我立马给食检所打电话投诉你们！”

食检所一来，事就多了，最后马老板作了让步，金小妹大获全胜。

终于风平浪静了，他们点的一个特价菜“肉丝带底”也端上了桌。金小妹把筷子伸向朝自己转来的“肉丝带底”，粉皮光滑，夹住了又掉下来，筷子追着盘子跑，最终还是没能夹住，弄得很狼狈。她店里一个理发师忍不住噗一下笑出了声。金小妹立马恼了，脸红得像猪肝，双手死死拽住正在运转的电动转盘，她咬着牙憋着一口气，硬是把“肉丝带底”拽了回来。电动转盘咯咯吱吱响了一阵，突然一下子安静下来。

杜辉赶紧关了开关，重启，转盘纹丝不动。

金小妹嚷：“不转我们咋吃饭？”

杜辉说我们可以把菜给你们调换位置，其实也已经到了尾声，都是一堆空盘。金小妹哼一声：“告诉你们老板，转盘不转就别想给你们结账！”

杜辉去报告马老板，马老板笑眯眯地看着他：“你不会想想办法？年轻人脑瓜管用。”

杜辉有点儿蒙，马老板提醒他：“机器坏了，人工不也能转动吗？”杜辉有点儿明白马老板的意思了，他很犹豫。马老板拍着他的肩头又开了口：“叔这回遇到了难题，你得帮帮叔啊！”马老板的声音里竟然多了几丝哭腔。

杜辉重返888雅间，打开餐桌的维修口，一声不吭钻了进去。转盘开始转动起来。

一直到金小妹一家用餐完毕，杜辉才顺着维修口出来：工作服湿透了，仿佛从水里捞出来，头发一绺一绺地贴在额头上，两只膝盖落下明显的印迹。亚茹赶紧扶住了他。金小妹一家收拾好剩余的蛋糕，陆续离开。走到门口的金小妹忽然停下来，转身用手机对住他俩说：“饭菜不行，服务也不行，转盘还半路不转，这顿饭吃得真憋屈。我要发个朋友圈！”

亚茹气得嘴唇发抖，脸色煞白，她紧紧攥住杜辉的手。杜辉几乎要虚脱，但他感受到亚茹的手在颤抖，他仿佛听见眼泪在亚茹的心里翻腾。

（原载《小说林》2021年第3期）

《零下生活》之《萤火虫》

刘国强

冯小小才19岁，已经住院两年多了。护工告诉我，冯小小17岁的时候，和同班男同学夜间上郊区捉了一回萤火虫，从此因单相思精神失常。

护工闻知我要了解冯小小的事，直接把冯小小叫出来，对她说，这是心理医生，你们俩聊聊吧。冯小小高兴地一蹦一跳地过来：嘻嘻！太好了！

冯小小坐在我对面，双手托腮，热情地看着我。“嘻嘻嘻”半天，很兴奋地告诉我，从前她哪儿都小，出生时才四斤半。小矮个儿小脑袋小手小脚就不用说了，五官整体布局和比例也都小气，小小的眼睛，小小的鼻子，小小的嘴。

我打量了冯小小，一米六五的身材，胸脯鼓溜，肥腮，肥下巴颏，肥腰肥腿的，并不像她说的那样啊？冯小小见我打量她，“嘻嘻嘻”笑一气，说，我知道你不大相信我的话，我现在哪儿哪儿都不小，你这么想没错，但我真的没说谎，两年前我哪儿哪儿都小，后来突然就长大了。冯小小指着自己的鼻子，你看，这儿，不是还很小吗？我的目光聚焦在她指尖指的地方，的确是很少见的小鼻子，又矮又小，关键是没有鼻梁。像平原上鼓个扁形的矮土包，若有若无。由于鼻头过矮，两个鼻孔扁扁的，像两个大雨过后塞满淤泥杂物的双孔涵洞。没等我回声，冯小小又“嘻嘻嘻”笑一阵，将指尖向两个眼睛点两下，说，我的眼睛现在也不算小，只是中间的眼距过宽，两只眼睛离得远，看上去小，实际并不小。我一看，她说得太对了，我觉得哪里不对劲，原来是眼距过宽！冯小小说，按常人看，我这双眼睛整体布局不太合理，但看萤火虫最管用。别人没看见，我能看见，这相当于广角镜头。冯小小的眉毛向上一挑，两只距离过远的眼睛也向上移位，声画对位。

我上次来，冯小小正犯病呢。她用距离过宽的眼睛上下左右四下看，突然将目光瞄准病友的大金牙，惊喜地喊：“快看哪，萤火虫！”

原来是大金牙放光。冯小小要伸手去抓，被护工阻止了。

护士告诉我，冯小小犯病了，就向空中抓萤火虫。我想看看冯小小抓萤火虫什么样，一直看不到。

我第二次去精神病院，冯小小没犯病，跟正常人无异。穿浅蓝衣服的护工指一下冯小小，又指指我，说，人家要看你捉萤火虫的样子，你给学一下。冯小小一蹦一跳地过来，猛地双手捂脸，声音从指缝里挤出来：“那多不好意思呀。”我以为冯小小拒绝了，不料她突然打开手，两只过宽的眼睛“对眼”那样向窗子方向看，左臂伸直向前指：“萤火虫！在那儿！”随后，她眼睛盯着一处，脚步快速移动，右手巴掌弯成小兜，向下挠一下。指尖又向别处一点，在那儿！右手再一挠，猛地向左一转身，在那儿，右手再挠一下！突然向左一指，在那儿！

冯小小学得太像了，两只距离过宽的眼睛始终盯紧萤火虫，表情、指尖、脚步始终随萤火虫移动。

护工向我讲了冯小小看见萤火虫的经过。起先，我们不理她。谁会信一个精神失常的人呢？冯小小刚来，突然向地上一指：“看！萤火虫！”其实，那只是一片反光的碎玻璃片。碗放在餐桌上，她也会指着反光的亮点喊看见了萤火虫。护士头上的发卡闪亮，她也会喊萤火虫。无论冯小小怎么喊，都没人理会。可是有一天夜里，她突然大喊萤火虫，值班护工赶紧跑过来要制止她，发现病房的一处电线在“啪啪啪”打火！如果不是冯小小及时发现，会出大乱子的！后来得知，那是患者搞的鬼。其实病房内没有插座，更没有插孔，连房灯开关都在门外，由护工看管。这位患者左思右想，突然研究明白了，有一股电线（原来屋内有插孔）埋在床头不远的墙皮里边，通往别处。也不知患者从哪儿弄来一小块尖利的瓷片儿，人们睡着后，他用被子蒙住头，用瓷片儿抠挖墙壁，将埋在里面的电线抠了出来……

有一回，冯小小说厨房有萤火虫，敏感的护工跑到厨房一看，一个电饭煲快要爆炸了，呼呼冒烟呢！电工说如果再晚关电闸一分钟，后果不堪设想。

还有一回，冯小小突然指着病友“张磕巴”的床说“萤火虫”，引起老护工的警觉。老护工到张磕巴的床上仔细翻找，翻出一个刀状的钢片。张磕巴自杀多次未果，如果不及时发现，肯定会出麻烦的。护工分析说，估计张磕巴白天鼓捣铁片子，让冯小小看见了。然而，厨房电饭煲着火却是个谜。厨房在一楼，冯小小住三楼。

[原载《北京文学》（精彩阅读）2021 年第 2 期]

《零下生活》之《左明明》

刘国强

我暗中观察好长时间，头一次见左明明突然由小猫变成了东北虎！

正像人们所描述的那样，她的脸上原本风平浪静，突然就雷鸣电闪，一个饿虎扑食过去，嗖地把点燃的烟头从人家嘴唇上拔下来，猛地摔在地上，炸起火花四溅！腾地踹一脚，烟头被蹦碎了成了一堆粉尘，她还在一脚接一脚地踹。觉得“踹好了”，转身离开走了，突然感到还不放心，又反身回来，再踹一阵子，直到把剩余的烟头碾碎了，这才长出一口气，右手摸一下左胸，下巴向上一扬，露出温暖的笑容……

医护人员都知道，此刻是左明明最舒服的时刻。如同警察在人挨人的地方一把揪出小偷，如医生总算止住大出血的产妇，她迎着刺鼻的煤气味一下关了阀门，左明明很兴奋，哼唱着什么歌，双脚一蹦一跳地前行……

左明明不犯病时很文静。见人微微一笑，人家跟她说话，她张口前也微微一笑。说话声音比蚊子大不了多少。打饭、洗澡、看电视她都非常礼貌谦让，从不往前挤。有后来的要插队，别人都不让，左明明会向后退一步，让出空间，同意人家插队。

左明明像突然换了个人似的，双眼目光像暗器一样向左边甩，或者向右边甩，就是犯病了。这时左明明站在看电视的人群一边，目光像鞭子一样“挨排抽”，逐个儿看，她在寻找抽烟的人。

在疯人院，抽烟要到吸烟室去，其他地方是不允许抽烟的，左明明不放心，还是要认真检查。

在简陋的小汽车站，旅客可以随便在候车室吸烟，左明明受不了了。她又甩开了“目光鞭子”，“啪”的一鞭子将嘴唇上的烟抽掉一个，“啪”的又一鞭子再抽掉一个。抽烟的太多了，她就抽个不停。当然，这都是她的想象。她能这样想，说明她知道自己是疯子，她在控制自己。如果她的大胸脯像海浪那样起起伏伏，起伏得越来越大，说明她要失控了。这时还有最后一块“压舱石”，她将右手使劲压在左胸脯上。如果这块“压舱石”不起作用，她的情绪会立马“翻船”。这时，“电闪雷鸣”的情景出现了，左明明把插在嘴唇上的烟当成“火钉子”，而她的目光则是“锤子”，她发着狠，一锤一锤砸在抽烟人的嘴唇上，恨不得把“火钉子”都锤短了。左明明脚下突然刮起“龙卷风”，手则是“风头”，迅雷不及掩耳，旅客嘴唇或手指缝间的烟头就没了。抽烟的人还没有反应过来，“龙卷风”已刮远，刮出候车室外。

还有一种情况，左明明抢过烟头后，啪地摔在地上，用鞋尖使劲碾轧，或者用鞋掌使劲踹。被她抢烟的人反应也不一样，有的说“疯子”，有的摇头不理。有的女人急了，问左明明“怎么回事?”，也有的骂她。无论大家什么表现，左明明都是一个标准答案：没事了，没事了。如果左明明已在犯病峰值上，她也会直奔主题，指着吸烟人说：把烟掐了！

有一回，左明明发现坐在凳子上的一排人个个吸烟，她愤怒了，如同警察同时看见一排小偷，她必须将他们捉拿归案！左明明的胸脯大幅度地起起伏伏，她的右手没有去按压左胸，而是伴随脚下突然旋起的风暴，手过之处，所有唇间和指缝间的烟头全被摘了下来。右手摘了烟头，左手拿着。左手都烧烂了。好几个被抢了烟头的人追上来，左明明以为他们要抢回烟，一下扑倒在地上，把冒火的烟头全压在腹下。那可是只穿单衬衫的夏天！

一群火牙齿都在咬，左明明的肚皮被烧伤。一位妇女担心左明明被烧坏了，她蹲下身，让左明明赶快起来。左明明却大声训斥：不能抽烟哪！我妈就是抽烟把自己烧死啦！旁边的人听了无不震惊。车站一位知情人说：这姑娘可怜哪！她妈手拿烟头睡着了，掉地上的烟头点燃了被子引起火灾，她妈被活活烧死。

大家这才明白，左明明这么干，原因在救大家！在精神病院，知情人都让着左明明。

这天，护工为赵小曼点上烟，左明明的目光暗器一样甩过去，一看是赵小曼，没理。身边另一位疯子问：你怎么不抢她的烟？左明明都不拿正眼瞅，而是斜眼双刀似的狠狠剜赵小曼一下，她是卷烟厂做烟的，我为什么要救她？

更加令人吃惊的是，左明明不知从哪儿弄了半盒烟卷送到赵小曼跟前：给，抽吧，你使劲抽。

[原载《北京文学》（精彩阅读）2021 年第 2 期]

第三辑

老李，你在不在？

九峰云

我突然有话想对老李说，不知道他在不在。我打电话给他，电话一通就被摁掉。最后一次接通后，我分明听到很轻的说话声，但实在听不清在说什么，我急忙问他："老李，你在不在？在干吗呢？怎么不说话？"

电话被挂断。

这个老李，难道出什么事了？中风了？被人绑架了？让他别赌了就是不听！

我去老李家里找他，门居然没锁，这个老李，八成在家！我进去后大声叫老李，老李不应。我开始四处搜寻老李的踪迹，从录像带磁条上找到他写的小说里，从底层柜子里的老相片里找到红双喜烟盒里，从快见底的茅台酒瓶里找到床头的麦乳精罐里。我甚至把每一粒麦乳精都掰开找，哪里都没有老李，连他最喜欢的热带鱼鱼缸里都没找到他。

这个老李去哪儿了？

我打算去报警，老李的邻居王大姐叫住我："你怎么才来？他先走了，你们不是约好三点钟在三口茶楼见面吗？这都几点了！"

可我们没有约过呀……老李约了谁呢？反正至少有了线索，我赶往茶楼找老李。

到了三口茶楼，我楼上楼下找，老李的相好兼“战友”张阿姨正在奋战，我翻开她的假发疯狂地寻找老李，甚至被一根异常粗硬的假发给割伤了手。我尖叫着抽回流血的手指，改翻桌上的麻将，摸了一圈没找到老李，却摸到两张东风！我又在开水间、矮了一截儿的桌腿下找了一圈，不是被无故溅起的开水烫了，就是撞到桌角，身上青一块紫一块的，连一根这该死的老李的毛发都没有找到。

茶楼服务员小王看到我，热情地询问：“先生您需要什么？”

“我要老李！老李来过没？他约了人来这里。”

小王说：“你早说呀，老李刚走，和一个男人一起走的。”

“他们去哪儿了？”

小王说：“这倒不确定，但是那个男人问过我最近的浴室在哪里，我告诉他四平路 14 号四海浴室经济实惠，很多老茶客都去那里。老李和那个男人也是朝那个方向去的，至于最后去了没，我就不敢断言了。”

我谢过小王，匆匆追去四海浴室。浴室不远，十五分钟就到了。到那儿我傻眼了，只有女宾部在营业，男宾部在整修，暂不开放。这个老李，这么多年了，你还惦记着女澡堂子？你个老色鬼好不容易憋了六十多年，今儿这是要现原形了吗?！这不是晚节不保吗?！我冒死冲向女宾部，保安当然不会让我靠近半步，我当然也必须大声叫喊：“我是来阻止老李犯错误的！”

保安说：“这两天只有女客，没什么老李，也没有人犯错误，我看你倒想进去犯错误，你再不走我们就报警了！”

我没办法，只能躲在马路对面的大树后，瞪大眼睛盯着浴室唯一的大门。过了一会儿，出来两个鬼鬼祟祟的女人，长发遮着脸快速逃离，关键她们背的包是老李的！还是我买的！我马上跟上去，她们坐公交车我也跟上车，她们下车我也下车。她们来到一个无人的树林，我躲在一棵大树后面，看着她们。她们居然开始脱衣服，身材还挺好，具备一切女人该有的特征。她们继而从背包里拿出另一套衣服，重新穿上，那是老李的衣服！难道老李被她们绑架了？她们绑架老李就为了拿走他的衣服去女浴室？这是哪种类型的变态？需要老李的衣服也不用对他动粗吧。

我冲上去，喝道："你们把老李藏哪儿了？快把他交出来！"

她俩胆子挺大，居然向我走来。我大脑当即短路，嘴里结巴着："这……这是要干什么？杀……杀……杀人灭口？"她们对看了一眼，不约而同地向我扑来，一人抓我一条胳膊。我正打算挣扎、喊救命，突然发现，她们一个变成年轻时候的我，一个变成中年的我。我当场蒙了，是遇到外星人了吗？她们说："割你、烫你、撞你、变成女人都没让你明白，看来我们的存在根本毫无意义！"说完便消失了。

我回到家里，点燃一支红双喜，冲了杯麦乳精，把最后一口茅台倒了进去。咖啡加白兰地叫爱尔兰眼泪，我给这杯饮料取名"老李的青春"。我喝着老李的青春，一边翻看老照片，一边赤裸裸地回忆起录像带里那个唱着摇滚的我是怎么迷失在茶楼里麻将桌上那个老女人又假又油腻的假发丛中的，惊叹自己停笔二十年，却不停用生命书写出最悲剧的小说。

空空的鱼缸瞪着我，分明在质问我："老李，你在不在?!"

（原载《百花园》2021.1）

吵架

九峰云

我一路小跑往家赶，比他早五分钟到家，换上宽松的运动服，梳整齐头发，将昨晚没吵完的架重新理了理思路。昨晚，我们约定今天回家后十分钟内吵完，吵完他还得送孩子去上补习班，我得洗碗，收拾乱糟糟的屋子。孩子回家后，我还得辅导他写作业，督促他洗澡，吃维生素、酸奶水果，每晚九点半他必须睡觉。

等了将近六分钟，他们还没回来。我正准备打电话问他被什么事耽搁了，他的信息就抢先一步发来："车快没油了，我去加个油，随便吃点儿，直接送他去补习班，回家再吵。"

我回复："那得等到他睡着后再吵架了，声音不太大的话，吵十分钟也行。"先生回复："好的，哦对了，如果你还有时间，替我把置物架的滑轮脚修一下，本来我想刚才回来吵完后自己修的，现在……只能烦劳你了，否则我怕没时间吵架了。"

我说："我试试吧，你开车别发信息了。"我快速收拾完屋子，开始修置物架，不知怎么划伤了手指，口子不小，血瞬间滴落下来。我将手指举过头顶，奔向卧室的抽屉柜翻找碘伏和创可贴。血一路从厨房滴到卧室，连成一条线，足足有三米多长。该死，创可贴没了，我抓了一把纸巾压住伤口，准备出门去药店包扎一下。

我忍着伤痛，快速跑到家附近的药店。药店老板正在关门，说有急事离开一会儿，让我过一小时再去，或者去远一些的药店看看，不过那家药店还有不到半小时就关门了，我要是决定去就赶紧去。

我站在十字街头，手指淌着血，举过头顶，一边快速算了下，走路过去兴许来得及赶在药店关门前到，但是再走回来，就有可能来不及写报告，这样下去最终会耽误和先生吵架。本来骑自行车去应该来得及，可是手不给力只得作罢。此刻路上的出租车几乎都载了乘客，我只能拿手机打车了，刚拿出手机，才发现手机刚才没充上电，此刻只剩10%的电量，我得留着接先生的电话，他会在孩子下课出发后告知我，以便我算好他们到家的时间，做好各项家务和准备工作，尽量不浪费我们和孩子的每一分钟时间。

我咬咬牙，看着自己的运动服，告诉自己就当夜跑运动吧，开始发狂似的奔跑起来。我举着手超过头顶，驮着我那一身被熬夜、焦虑、压力逼出来的肥肉，没命地奔跑，终于在药店关门前三分钟到达。当我正喘着粗气告知需要止血用品时，先生来电："孩子下课了，我们半小时后到家……"我放开伤口，任血继续滴在地板上，喘着气回话："好的，我知道了。"便马上挂上电话。

药剂师看了眼地上的血，瞪大眼睛看着我。我吼道："难道我是来这儿买可乐的？快拿纱布绷带创可贴，随便什么能止血的都行。"药剂师这才回过神来："哦哦，抱歉，我刚才就想告诉你，半小时前店门口发生了一场群殴事件，店里的所有止血器械都卖完了。隔壁就是医院，你去包扎一下吧。"

我看了一下时间，举着手算计着：孩子还有二十五分钟到家，去医院包扎肯定来不及回去吵架了，如果此刻就往回跑，可能还来得及，最多晚五分钟到，那么吵架时间只剩五分钟。看来原本设想的回顾之前吵到什么地方的那部分可以省略了，直接切入主题，把我的论点阐述时间从原来的三分钟缩减到一分钟，把他的反驳时间也缩减到一分钟，自由辩论环节从两个回合砍到一个回合，这样就有一分钟时间来结束吵架了，五分钟吵完这个架，也变得现实可能了。这样既不耽误孩子学习、睡觉，也不耽误明天我俩上班。明天他得早起赶早班飞机，我有一个年度重要会议主持，都得比平时早起半小时。要命的半小时，孩子也得跟着我们早半小时到学校，睡眠也被剥夺了半小时，只为了我们能够吵完这该死的十分钟，哦不，五分钟的架。

总是举着手淌血，我感到有点儿头晕，先生来电说："路况好，早到家十分钟，修了架子，整理了行李箱，孩子也快洗完澡准备睡觉。"他已经做好吵架的准备了，就等我了。

我好奇地问他："地上的血，你看到没？"他说："什么血？我没看到，你怎么喘得那么厉害？"我说："我马上到家。"对面没反应，我这才发现手机已自动关机。

我望着一片漆黑的屏幕，发现血止住了，于是我决定，干脆再慢跑一会儿。架可以跑完再约嘛。

（原载《百花园》2021年1期）

《少年病人》之《花朵》

彭素虹

花朵是我的女儿。在我们花镇，记得花朵的人，要比花朵记得的人多得多，因为花朵自从生病后，常常记不得很多人和事了。

初中时候的花朵，还是个品学兼优的孩子。当时，她就读的是外国语学校，英语老师每天早上晨读时都要默写单词，如果默写不正确，就会被要求站到门外去。于是，每晚睡觉前，花朵都会主动跑到我面前，让我抽背单词，她来默写。一天抽背下来倒还好，一周、一月的词汇量，常常多得让我读着都觉得累，可她每次都能非常顺畅地默写下来。那个时候，我就感觉，年轻真好。

可是，上了高中后，一不小心，花朵摔了一跤。这一跤不偏不倚，刚好让头部有了血肿。动了脑部手术后，在很长一段时间里，花朵常常跟我说的话是：我忘了！

“今天，我去找一个初中的同学，可我走到她们教室门口时，我忘了是要去找谁了！”

“刚刚在校园门口碰到校长，他跟我打招呼，我知道他是校长，但我忘了他姓什么了!”

“有个隔壁班的同学来看我，拉着我的手说了好一会话，我知道她是舞蹈队的同学，可我忘了她的名字了!”

每每这时候，我都安慰花朵，我也常常不记得谁是谁的，书上说了，我们每个人的有效寿命也就70多岁，我们为什么要把有限的生命用来记一些名字呢。起初，我对花朵的健忘并没有往心里去。

但是紧接着，花朵时不时地在提醒我，她的健忘好像要长期存在了。比如，碰上事情，她会告诉我：“老妈，你帮我记住，明天我要去数学老师那里练题。”

“明天要办的事，你可以写在一张纸条上，提醒自己别忘了!”其实，我是怕自己也会把这事给忘记了。

待到第二天晚上到家，我问起花朵有没有去练数学题时，她露出了无辜的表情：“哎呀妈呀，我把这事写在纸条上了，但我忘了看纸条了呀!”

为了让花朵不至于总是忘这忘那，我决定给她准备一个备忘录。可是，这新的问题又来了，她总是不记得有备忘录这么一回事。以至于当我问她有没有吃药时，她抬头若有所思地望着我：“老妈，你看见我吃药了吗?”

“自己吃没吃药，你都不知道?”我表示很诧异。

“老妈，我又忘了!”说着，她很不好意思地低下头，像一个犯错的孩子。

有很长一段时间，每当我送花朵进校园，我看见她的身影穿过灌木丛，绕过台阶，走上楼梯，在长长的走廊里晃动，渐渐地融入校园的百花丛中，我知道，这条路有多长，我心里的忧思就有多漫长。

直到有一天，我发觉花朵的健忘也并不全是坏事。比如她动了手术要戴着帽子上课，我想知道同学们有没有用异样的眼光看她：“你戴着帽子进教室，大家是不是有些奇怪?”

“有吗？我忘了!”她不经意地问答我。

记得她刚回学校参加校园艺术节文艺表演彩排时，戴着一顶假发唱歌，我坐在舞台下面，看见周围的同学指着她的头发，在窃窃私语。

“花朵不是刚动了手术吗？这头发这么快就长出来了？”

“嘿嘿，我看出来了，她戴的是假发！”

“大病初愈，戴着假发来唱歌，要这么拼吗！”

我担心这些话会传到花朵耳朵里，表演结束，赶紧拉着她离开。“你表演的时候，听见下面同学说什么了吗？”我不放心地问。

“同学很热情呀，他们肯定在笑我的头发。不过，表演结束，我就忘了这事了。”花朵若无其事地回答，倒让我觉得是自己多心了。

处在身体恢复期中的花朵，头部不能着凉，教室后面开空调时，班主任同意她可以跟前排同学调换位置。因为她身材太高，坐在她身后个矮的同学有些不乐意了，有男同学就故意在她背上贴小纸条：我脑子有病！

等我放学接她回家时，她才发现背上的这张小纸条，我看到后非常愤怒，怎么会有这样的恶作剧：“告诉我背后坐着哪个同学，我得把这事告诉班主任，同学之间不要开这样的玩笑！”

花朵倒像没事人一样，她笑嘻嘻地告诉我：“对不起老妈，我忘了他的名字了！你不要那么生气，脑子有病，治好就好了嘛。”

冷静下来后，一时间，我对花朵的健忘充满了羡慕，忘了就好，忘记忧愁，忘记烦恼，忘记生活中不愉快的人和事，忘记曾经的伤害和疼痛，这会是一种多么难得的人生境界！

别看花朵什么都容易忘记，但她高考时，心心念念要考上我们的江南大学，这让我在欣慰的同时，又深感疑惑，她真的是把什么都忘记了吗？

关于江南大学，我知道这是她和初中同桌立春的约定。花朵曾经给立春的脸上画过猫，他们一起去图书馆看书，一起参加“语文杯”全县作文竞赛，并双双获奖，因此，他们一起相约考上江南大学，追求文学梦想。立春后来离开了花镇，我以为花朵就把这事给忘记了，她不是连许多同学的名字都记不得了嘛！

“妈呀，我差点把我的文学梦想给耽误了。”花朵像从往事里面抽出身来，庆幸地说。

我没有问她是否还记得这个男同桌，以后见了面，究竟还能不能叫出立春的名字，或许，这些已经不重要。我想，只要梦想在心里扎了根，那份美好会如影随形，铭记于心。

花朵现在还是一个高三的孩子，每天在校园门口接她回家，我老远就会问："花朵，今天又忘记什么了吗？"

"哎呀老妈，我都忘了呢！"说完，她莞尔一笑，像一朵含苞待放的蔷薇，就这样笑吟吟地看着我。我轻轻地拉她入怀，阳光下，她胸前的别针上"我是祖国的花朵"几个字，格外的醒目。

（原载《文学港》2020.12）

《少年病人》之《立春》

彭素虹

立春这个孩子，我是从他给花朵寄信的时候，开始认识的。我至今都记得这信的内容，上面写满了阿拉伯数字。起初，我以为他跟花朵在交流音乐乐谱。

“这是哪一首曲子，怎么还要立春专门寄过来的!”我拿着信给花朵看，对信上这些数字的出现有些不解。

“他在约我周六去图书馆看书。”花朵看到信，笑着从抽屉里拿出一张纸条，我看到上面对应写着1234567各代表的文字，“他妈妈不让他私下跟女同学联系，他所以想了这个办法!”

哦哟，这孩子还怪机灵的，可1234567代表的文字毕竟有限，我很想看到他下一封信的内容，可我等来的却是他生病的消息。

告诉我消息的是立春的母亲，她约我出去喝茶，冷不丁地拿出一沓化验单，上面清楚地写着“甲状腺亢奋”几个字，她说：“你能不能跟花朵说说，让她不要跟立春联系，他已经病了有一阵子了!”

我不知道，该不该把立春用阿拉伯数字跟花朵联系的事告诉立春的母亲，我看到她满眼焦灼的神情，都感觉这甲亢病毒已经遍布她的全身了。

“立春喜欢你们家花朵，你可能不知道。我都阻挡他好一阵子了，他大概因为这个犯了病。”立春的母亲说着垂下了头。

这可怜的孩子！闻听这个消息，我不知该如何是好！

“你知道立春生病了吗？”晚上到家，我试探着跟花朵交流。

“你是说甲亢啊，这不是我们青少年的专利嘛！”花朵倒不以为然。

立春是在外国语学校跟花朵成为同桌的。他究竟是不是立春那天出生，我们没有打听过，有一阵子，我们花镇习惯女孩子以花命名，男孩子则以节气命名，立春就意味着春季的开始，那么，我们的故事就从春天开始说起吧！

花镇的外国语学校，在我们江南小镇，算得上是数一数二的重点中学，所以，能进入这个学校学习的孩子，大都是从各个小学挑选出来的尖子生。立春自然也不例外，他的奥数考试，据说年年都是满分，这样有天赋的孩子，老师和家长都寄予了厚望。进入外国语学校后，立春的生活除了学习还是学习。

随着春天的来临，外国语学校有了一个新规定，要求同学之间轮流换座位。在一个油菜花开的季节，立春跟花朵成了同桌。忘了介绍了，花朵是一个能歌善舞的孩子，我们从小让她学习跳舞和画画，进入外国语学校，她参加了舞蹈社团，经常帮班级编排一些集体舞蹈。

舞蹈对于四肢不协调的立春来说，比解一道奥数题目要难得多。在他看来，那些看似简单的“三哒哒、四哒哒”节拍，他费尽脑汁，可怎么也踩不到点子上。于是，每次排集体舞时，他都往后缩，不让花朵看到他的身影。

每当这时，花朵都会耐心地走到他的身边，拉着他的手，教他数节拍。“你晚上回家对着镜子再练练，如果明天回来还没有改进，我就给你的脸上画上一只小猫。”花朵笑着走开了。

回到家里的立春，自然是没有空闲练习舞蹈动作的，家里除了学习的书籍，剩下的是做不完的题目，他常常觉得，在这个家里，连一个透气的地方都没有。再说，每天到家，他也没有机会去做别的事情，母亲像个监工一样守着他学习，他唯恐自己偶尔闪过的练习跳舞的念头，也会被母亲犀利的眼神洞穿。

乖巧的立春，因为完不成舞蹈动作，他就常常自觉地同意花朵在他的脸上画猫。花朵呢，也常常在课间教立春掌握一些简单的舞蹈动作，渐渐地，立春能够顺利地踩上节拍了，走在校园的路上，他会哼着一些小曲，也会时不时地做几个踢腿的动作，他发现，除了学习，原来校园生活是可以这么多姿多彩的。

除了舞蹈，立春跟花朵还有另一个共同的爱好，那就是文学。因为立春的母亲不让他看课本以外的书籍，立春就常常向花朵借书看。看完以后，他们偶尔会在书上做一些注解，偶尔还把自己读书后的感想，写在一张纸条上，夹在书里面。有时候，他们相约写同题文，一起参加县里的作文竞赛，在他们成为同桌的那段时间里，他俩的脸上洋溢的是青春无敌的笑容。

可是，因为在文学写作上耗费了一些精力，立春的学习成绩出现了滑坡。他的母亲思来想去寻找原因，后来在立春的书包里找到了花朵借他看的一些文学书籍，她还顺带看到了孩子们交流读后感想的小纸条，这下大事不好了，她惊慌失措地跑到班主任那，要求给他俩换座位。

“不得了了，他们这是早恋了，老师您看看，他们都有小纸条交流了！”立春的母亲着急得如热锅上的蚂蚁。

“换一下座位是容易的，孩子们正常的交流，我们不要太大惊小怪了！”班主任微笑着安抚立春母亲的情绪。

“我不仅不让他跟女同学同桌，也不能让他继续这么闷头搞写作。这年头，写作又不能当饭吃，还是考个重点高中，读上重点大学重要！”立春母亲激动得唾沫星子四溅。

就是从那天起，立春就不跟花朵同桌了，应该说，从那以后，立春的身边再也没有女同学出现。他抽屉里的日记本，被母亲翻了个遍；他的 QQ 登录密码，也被母亲修改了，母亲还把他的聊天记录打印出来，找女同学一个个问话；他就算是上厕所洗个澡，母亲也要躲在一边从门缝里偷窥，唯恐儿子的心里住进了某个女同学，影响了学习大业。

随后不久，听说立春的性情有了极大的改变，就像一首歌所描述的，时而平静，时而疯狂。

后来，立春离开了花镇，直到现在，我们都不知道他到底怎么了。这么聪慧的男孩子，怎么就得病了呢？我很想找立春的母亲问个究竟，可我知道我不能，因为我不知道立春跟花朵继续联系，这会有利于病情的稳定，还是会发生另一种可能。

“花朵，下次问问立春的病好些了没有，让他养好身体，安心学习！”我看向花朵，想象着立春此刻经历的身心折磨。

“老妈你看，窗外的茉莉花开了，立春啦！”花朵一脸开心地望着我，抬眼望去，春光明媚中，我仿佛看到了立春与她并肩而立的身影。

（原载《文学港》2020. 12）

亮光

蒋冬梅

黑暗中，他的手像一根爬架的藤蔓，一点一点地，就要碰到小姑娘了。这一年，他发现小姑娘长出大姑娘样来了，眉眼间有了一点好看的意思，皮肤像有了光似的，胳膊也变得圆圆的，一张脸在阳光底下，像一颗毛茸茸的桃子。

小姑娘在前边拖拖沓沓地走，突然回过头问他：“你咋发现牛跑出牛栏的?”

他惊得倏地缩回手，就势挠了下自己的头发：“我睡不着，就听见外面猪栏里猪鼾打得山响，可没听见牤牛爬母牛的声音，平常那声音弄得老大，烦得人睡不着觉。”

他说的牤牛和母牛的事，小姑娘也见过，听他那样说了，她就低头不说话了。秋天的时候，有天小姑娘刚放学回来，正看见一头牤牛往母牛身上爬，牤牛的眼睛通红的，母牛却没有任何表情。秋天不是配牛的季节，可是牤牛还是不停地踏蹄、爬牛，弄出老大的声响。那时，他俩在边上看见了，都红了脸。小姑娘穿着她妈给她做的新衣裳，腰身有些窄。他发现，她的胸前什么时候竟多了两座隐隐约约的小山峰。

他在小姑娘身后打着手电，光圈像一束舞台中央投射的光，把小姑娘罩在里面。她的两只又大又笨的鞋像牛蹄子一样拖沓地走着。她穿错了她妈的黑棉鞋，她穿36码的鞋，她妈穿38码的。不只是鞋子，她整个人都比她妈小了一号，长得精致又匀称。小姑娘头发里散发出苹果洗发精的香味，他走在后面，跟着那香味，像一只追着花心的蜂。

小姑娘把手电往树林子里面照，突然反射了一点儿光亮，吓得她叫了起来。他也拿手电往里照，正照着一座新坟，那花圈也是新的，上面的花纸锃亮亮的，小姑娘才发现他们光急着找牛，和大伙走散了，已经走到半山腰了。

小姑娘问他："咱们走到哪条道上来啦？"

"往夏家街去的山冈上。春天里，小牛犊都是从夏家街牵来的。"他着重地补了一句。

"这么长时间，它们还能记得回家的路呀？"

他没说话，心里光想着刚才怎么鬼使神差把小姑娘往山冈上领。他也说不出来怎么回事，就想起带着他一块儿给小姑娘家看牛的爷爷总说他："天天像是失了魂一样，干什么都愣愣的。"爷爷还说他："你可真能吃啊！像头大牤牛似的！"

他感到燥热，想抽一根烟。掏出烟和火，单手捂成一个圈，打火、点烟，一点儿红光在黑暗里时隐时现。小姑娘惊奇地叫着："你什么时候学会抽烟啦？"小姑娘惊奇是因为，他也比小姑娘大不了两岁呀！

"有愁事的时候就抽一根儿。"这话是比他早一年辍学的一个小子对他说过的，他觉得心里闷的时候，就学着他们的样子抽上一根。特别是半夜传来牤牛爬母牛的声音，吵得人睡不着时，爷爷就拍着炕沿骂："不到春天就爬牛，这些大牤牛！"他想，爬牛得用多大力气呢，弄那么大声音？爷爷点上一根烟，他也点上一根烟，两个男人在黑暗里无声地烧毁着各自的愁事。

小姑娘拖沓着大两号的鞋，拔萝卜似的在雪里扑腾着，像一个被追赶却又跑不快的人。这让他想起，在冬天最大的那场雪里，好多野兔在雪里一下一下地往外拔着腿，追赶的人，几乎就像游戏一样看着逃不出手心的兔子。

此时，半山岭上真的很黑，天上没有月亮，连一点儿星光也没有，这片黑把他们俩粘贴到一块。他的脑袋里空空的，除了小姑娘头发里的苹果洗发精的香味，什么也没有了。他觉得自己轻飘飘的，那束头发里苹果洗发精的香气，像风一样飘忽不定。黑暗中仅有的那束手电光亮里，他张开了双臂，一点一点地，就快要触到那头发、那香气。他的手臂像一根初夏的藤蔓，再往前探一探触角，就能缠绕那株年轻的树了。

他和小姑娘回到家的时候，那些牛还没有全部找回来，大人们仍然在院子里吵嚷，没人注意到他们两个什么时候回来的，人们还只把他们当孩子呢。他们手里那两束手电的亮光，一回到院子里，就变得黯淡了。谁也没看见，刚才在山冈上，他手电里那束追着小姑娘的大光圈里，捕到了什么样的情节。

人是怎么从罪恶念头里逃出来的？每个人都有自己的办法吧！也许有时候自己都不知道究竟是怎么逃出来的。

可是，逃出来，本身就已是一束亮光，不是吗？

（原载《小说林》2020 年 5 期）

寻找李秀芹

蒋冬梅

药厂工人李秀芹工号2507，打听名字没人知道打听工号更没人知道。进厂二十年在粉药车间没挪地方。粉药车间这活真该爷们干，可清一色全是妇女，整麻袋中药往肩上扛，不比粮食轻多少。谁进粉药车间谁打喷嚏，看不见药粉可药粉就在飞，穿防尘服戴防尘面罩也不顶事，回家一脱衣裳药尘直往下抖。开始李秀芹忍着一身疲惫，一遍又一遍洗衣裳，可洗掉药尘洗不掉药味，她干脆听之任之，任那股药味钻进鼻孔耳朵肺里。她走到哪都带着药香，她不需要香水她想这下省钱了。亲戚朋友总指望她整点药，都是检药检出的残次品，她烦他们这点便宜也占，药那东西抢它干啥，抢药不就像抢病？李秀芹很瘦，瘦得像有病似的，人都说守着药厂啥药没有。可她从不吃药还固执地认为，病不是药治好的，药是辅助，人要刚强点啥病都不是事儿。大事小事李秀芹一天假也不请，月月全勤奖年年评先进，掰手指满打满算还有六年退休，能养家糊口退休还有劳保，她觉得这一辈子过得知足。

奔波去市医院的李秀芹，匆忙算计了路线，二十分钟车程打车敢要你三十块，那不行，那是一周的菜钱。坐招手停的公交车才一块钱，缺点是人多拥挤下车还得步行二十分钟。李秀芹没犹豫就站到公交站台下，上学时她数学顶不好了，三十年下来她变精明了。公交车简直是个吞吐怪兽，上了一个还能再上一个，人人像压扁的充气娃娃。公交司机把失败的人生发泄给一车男女，横冲直撞骤然刹车什么的，惹来女人尖叫男人咒骂他痛快。医院高楼耸立像修理厂似的，有的修好了继续用有的直接报废。不时有担架车推过，濒危的老人面孔呆板眼神灰暗，为了老人细若游丝的一口气息，所有的人都必须坚持。李秀芹准时跟弟弟交接，接管全身插满管子的母亲。十块钱一天租个折叠椅子，白天坐人晚上睡觉。天不亮护士站的喇叭准把人吵醒，药单上的字母一个也不认识，反正吊在上面一滴一滴流下的都是钱。病房里床空的时候少，床上的人有的回家了有的回不了家。母亲躺在床上不发一言，医生把丑话说在了前头，也就这几天的事情你们准备下。看着隔床的老人穿寿衣，李秀芹不敢睡了，提着暖壶去打水，看见对面同样蓬着头发的人，像在镜子里看见了自己。走廊里的灯太暗病房里太嘈杂，李秀芹叹了一声说忍忍吧。

清洁工李秀芹扫完大道也不回家，扫大道那点钱不够养家糊口，她还得翻翻垃圾箱捡捡破烂。垃圾箱都按片儿分好，动了别人的蛋糕没准要拼命的。职业习惯看见饮料瓶子挨个踩扁，遇上搬家放炮上前打扫等着赏钱。包片的这条街店铺越多越好，勤快点帮人家扫扫地倒倒货，顺便捡几个不要的包装箱子。打扮得像妖精似的女服务员，扔出一个大纸箱子叫她："喂，扫大道的！收拾立正的赶快拿走！"她们不过是仗着好看就觉得高人一等，等嫁了人背上房贷车贷养个孩子，没几年变成黄脸婆气焰就下去了。这地段人多车多挣钱不多，邻居大刘的三轮车险些让奥迪撞上，他摔倒了脸上带着酒后的潮红，车里伸出一个大胖脑袋飞出一句脏话：妈的，找死啊！大刘啥都好就是贪酒不好，李秀芹帮忙把甩出去的鞋捡回来，互相照应着点吧谁还没有个难的时候，两家都有上大学等着供的孩子，熬一熬吧就快熬出头啦。

市场卖肉的李秀芹像一个捏捏叫玩具，一有人走过就挤出笑捏着嗓子说一声买点肉吧。车站扛大包的李秀芹最怕去澡堂子，人家说她你一个女人咋练出肌肉块啦。炸臭豆腐的李秀芹教育儿子说轻点祸祸钱吧，你没闻见那钱上沾着臭味吗。家庭主归李秀芹一伸手管丈夫要钱他就急眼，他蹬三轮扛大包再喝上酒就像换了个人。还有更多的李秀芹挤在超市门口的队伍里，等着免费赠送的十个鸡蛋；挑来拣去到底被大减价的喊声拽过去，拎起两块钱一袋的烂水果往外走；过年烫个头服务员说一百二百三百的你烫哪种，最后烫个五十块钱的受人家半天白眼。

但是李秀芹们永远都是乐呵呵暖烘烘亮堂堂的，永远那么没心没肺大大咧咧地活着。路边蹲个抱孩子乞讨的女人，李秀芹陪着掉眼泪唏嘘；遇上有人吵嘴打架的事儿李秀芹仗着体格大就敢上去拉；邻居有个大事小情李秀芹说咱帮不了钱场咱帮得了人场；市里的惠民采访李秀芹抢在镜头前笑呵呵地表达几句感谢。还有那些跳广场舞的李秀芹；迈进大都市帮带孙子的李秀芹；参加夕阳红旅游团的李秀芹。在任何角落都有李秀芹的影子，李秀芹的影响无处不在，人人都离不开李秀芹，李秀芹永远那么不起眼又永远那么重要。

有一天，所有人都看到了那条新闻，一个拾荒的女人几十年来居然为慈善事业捐出了六十八万！大家奔走相告大家竞相猜测，大家不遗余力地想要找到这个拾荒女人，可由于她太过低调最后大家一无所获。后来有个人猛然醒悟般地说了一句："那不会是李秀芹吧?!"一句话让所有的人都陷入了沉思。

无论怎样，还是让我们感谢李秀芹吧！

（原载《天池小小说》2020 年 12 期）

《小城风物》之《求婚》

安宁

老陈还是小陈的时候，经历过一桩求婚事件。

老陈那时年轻气盛，在县城的派出所户籍室上班，是通过读书考取的公务员的“功名”，所以在外人眼里，擅长舞文弄墨的老陈前途无量，将来指不定能够混到市里去。一个人有了出息，七大姑八大姨自然会关注他的婚姻大事，不会让这样一个翩翩公子落到别人枝上栖息。但老陈根本不屑别人介绍的那些歪瓜裂枣，面对她们，他连一点儿精气神也没有，空壳子枪一样，一颗激情的子弹也射不出来。老陈需要红颜知己型的爱人，能红袖添香，也能柴米油盐。这听起来有些浪漫和不着调，可是二十多岁的老陈，坐在办公室里喝茶看报纸的老陈，却咬定了这一点，始终不肯放弃。

这段有些落寞的空窗期，无意中走进来一个开理发店的女人。女人在东北待过几年，后来随父亲回到小县城，在派出所附近开了一家理发店谋生，同时兼卖一些保健品。因为一次理发闲聊时，老陈提及可以帮女人在单位推销一些保健品，再加上每天上下班，老陈路过理发店，都会礼貌地朝门口闲看风景的女人挥手或者点头，女人便记住了老陈。老陈闲来无事，会在脑子里想一想女人的样子，觉得这个有着好看的尖下巴和杨柳细腰的女人，其实很有一种风情韵致，尤其是她斜倚在门口，看着来往车辆行人的时候，眼睛里有一种她始终不属于这个小城的漂泊感，这让老陈心中忍不住就生出一种怜惜来。老陈想，之所以他能脱口而出要帮女人推销保健品，大约也是被女人这一点儿美好给吸引住了吧，否则他这样一个事业单位的文人，怎么就会对一个理发店的女人如此热情侠义？

如果女人没有向老陈示好并求婚，他与这个女人之间，也就仅仅是顾客与店主或者熟悉的路人的关系。偏偏女人就对老陈多看了一眼，于是在老陈暂且看不上庸常女人的单身期，发生了一段可供日后回忆的故事。

老陈那天路过理发店的时候，看到女人在嗑瓜子。不过她不像别的女人那样随处乱扔瓜子壳，而是全都放在手心里。老陈几乎可以想象出女人的手心里潮乎乎的，于是他忍不住冲她笑了笑，并问了声好。女人似乎一直在期待着什么，抿嘴微笑，并朝老陈挥了挥手，示意他过来。老陈想自己恰好该理发了，于是便点点头，进了理发店。

店里女人的父亲正收拾着货架上的保健品，见老陈进来，说了几句闲话，便进了里间。老陈一边理发，一边有一句没一句地和女人扯着闲话。阳光暖洋洋的透过窗照进来，有那么一小片，落在梳妆台的一角，像一只蠢蠢欲动的蝴蝶。老陈的头发被女人温柔的手撩拨着，他有想要闭眼睡上一会儿的慵懒。

老陈终究没有睡过去，因为女人忽然间问他："是否有合适的人?"老陈明白她指的是爱人，他本可以照实直说没有，但又碍于颜面，不想告她这样的隐私，便转换话题，问女人有没有结婚。老陈问完这话，便知道错了，因为他看到镜子里女人的脸红了，理发的手也微微颤动了一下，差点儿就剪到老陈的头皮。女人的声音很轻，但老陈却是听清楚了，她说："我还没有，你呢?"老陈大约被女人的羞涩给感染了，这次很清晰地回答了她的问题："我也没有。"一个"也"字，不知为何，让老陈忽然觉得自己的心跟女人贴近了一些，好像男才女貌，就差那么一层纸，两人便可以在一起了。这当然是老陈想象中文艺小说里的桥段，事实上，他并未对女人有过怎样的想法，他只是顺着女人的话说下去，如此而已。

可是，女人却瞬间动了真情。也或许，她早就看上了老陈，只是一直不曾有机会说出来。是到阳光暖融融地照进门的那一刻，她才忽然鼓足勇气，轻声说了一句："你觉得我合适吗？"

老陈有些慌乱，他不知道该如何回答女人的问话。里间静悄悄的，想来女人的父亲早就有所准备，为他和女人腾出安静的一角，讨论这个让彼此不知所措的问题。头发已经剪完，只剩下冲洗和吹干，但老陈却不想进行剩下的程序，只希望快快地离去，最好什么也不说，就落荒而逃。

是的，老陈是逃走的，在草草地丢下一句"我回去想想"之后，便逃走了。老陈没敢回头看女人的身影，他猜想她不会像过去那样，倚在门口目送他离去。或许，以后她再也不会这样目送他了。因为，逃走的老陈不会再回转身，冲一个主动求婚讨要幸福的理发女人点头、微笑、问好，说一些无关紧要却偶然触动了女人的闲话。

第二天，老陈特意绕开那条马路回家。尽管这样要多走一些路程，却可以心无障碍，舒畅自由，好像终于丢掉了一个沉重的包袱一样。

半年后，老陈无意中又经过那条马路，看到理发店已换成副食店，一对胖胖的中年夫妇在进进出出地忙碌。老陈隔着马路看了片刻，好像隔着时光，看过去那个虚伪的自己。而后，他扭头走开了。

那是老陈一生中，唯一一次被女人主动求婚，不问他是否有房有车，只问他是否觉得她合适。

（原载《百花园》2021 年 4 期）

《小城风物》之《烧烤摊》

安宁

我家附近的烧烤摊摊主，长相凶猛。他家的小儿子在马路边上跑来跑去，也跟老子一样，一副爱招惹是非的骚包熊样，常常冷不丁就戳戳这个，揪揪那个。吃烧烤的食客免不了心烦，训斥他几句。如果是顾客，这老子为了挣钱，并不会说什么，也就骂儿子两句，让他滚远点儿玩儿，别招人心烦。但如果是不相干的过路人，或者一起玩耍的疯小子，这老子是断不会白白吃气的。一次，附近一个小孩被招惹后一时性急，打了他家儿子一拳。那小子夸张地大哭起来，好像受了天大的委屈，恨不能通过大喇叭把这哭声向全世界广播出去。老子正烤着串，见儿子受了欺负，立刻将肉串一扔，一步跨过去，啪啪啪，就给了那打人的小子三个响亮的耳光。那孩子吓傻了，被逼问之下，哆嗦着挤出一句话来："我错了，以后再也不敢了。"

那小子果真以后再也不敢了，见了摊主和他家嚣张跋扈的儿子，就远远地绕开去，好像快要尿了裤子，急需回家解开腰带。于是这片烟火缭绕的烧烤摊附近，被摊主霸道的儿子霸占了去，附近再也没有小孩子敢招惹他。

他高喊着冲来冲去，总是让人觉得有些寂寞。

当然摊主是难得寂寞的。他烤的羊肉串很是出名，就连县城外的人都慕名来吃。尽管他所处的地理位置并不优越，周围是喧嚣的市场，不远处还有一个垃圾场，常年冒着腐烂的臭味，可是偏偏吃羊肉串的人，跟苍蝇一样嗡嗡地从别处飞来，源源不断地落在这片烟火气浓郁的小吃摊上。

常来吃羊肉串的人里，有个被摊主称作“李总”的人，一来就被当作座上宾。这李总人长得精瘦，总是一副醉醺醺的模样，好像刚刚从酒缸里爬出来。摊主稍一打探，他便道出实情，果然是昨晚喝多了。不过他即便喝多了，来了依然要叫酒喝。他当然不会一个人来，每次都一群人跟着，皆是些年轻人，说着逢迎拍马的话，并将酒瓶盖全都打开，供他畅饮。这些年轻人里，一定会有那么一个冤大头，既被李总拿来调笑，又负责吃完结账。

摊主对李总的敬意里，其实带着一点儿畏惧。他知道这李总是某个专门负责爆料的网站总编，常常在县城四处游逛，寻找那些可以博人眼球的新闻。假若哪天羊肉串吃坏了某个人的肚子，被李总一报道，摊主就别想在县城继续烤下去了。即便没有吃坏肚子的事，那李总随便拿眼一扫摊子，看到洗羊肉串签子的水脏了，切菜的刀不干净了，照例能用生花妙笔，给整出一个头条新闻来，让他再也别想做成生意。摊主早就从消息灵通人士那里得知了李总的来头儿，所以就不敢怠慢了他。有时候李总说没钱了，他还会大方地送上一句：“算了，这次给您免单吧。”当然，还有一句也照例是要加的：“吃得好，下次再来，也别忘了在网上给咱宣传下。”这李总打着哈哈，说好啊好啊，然后用手机拍上一张自己吃得一片狼藉的桌子照片，发到微信群里，说：“看啊，我已经给你免费宣传了，生意好了，别忘了我就行。”摊主心里恨他，但脸上还是堆着烟熏火燎的笑，道一声：“慢走。”

不过李总爱戏弄的人，不只是摊主一个。随行的小跟班里，有个老实巴交的男孩，就总被他灌酒。李总灌酒是讲究艺术的，他要让男孩将瓶子离嘴一截子，咕咚咕咚，灌水一样把酒倒进胃里去。男孩每次喝完都痛苦地蹲在地上呕吐。但李总还是哈哈笑着，要继续看他的笑话。同行里有看不下去的，讲一笑话，扯开大家的注意力，才让男孩逃过惩罚。如果男孩不想喝酒也可以，必须得结账。摊主十次会有三四次，见男孩结了账。每次他一声不吭地从兜里掏出皱了的钞票，摊主都带有一点儿同情。尽管这是摊主做生意赚的辛苦钱，可是知道男孩住在附近，每天看他上班骑车飞奔，摊主还是有些心疼，于是如果男孩结账，摊主就大发慈悲把零头免了去。男孩总是一脸的受宠若惊，连声地说着谢谢。摊主想说："谢什么呢！你每个月工资才一千五，吃上几次羊肉串就全没了，你这不是傻乎乎地供着个吃货吗？"这些话当然最后还是咽了下去，摊主可以打别人家儿子的脸，但却不能打了自己顾客的脸面。

男孩在半年后，就不再跟着李总吃羊肉串了。李总身边又多了一个新人，代替了男孩的角色，受他调笑，代他结账，提着气紧张地等着摊主计算他们一晚的花费。男孩也时常过来吃上几串，就他一个人，自斟自饮，怡然自得。摊主在快收摊的时候，过来跟他闲聊，得知他已辞职另外寻了一份工作，钱依然不多，但却不用隔三岔五地被好吃的领导驱使着来买羊肉串。谈起李总，男孩淡淡一笑，道："他也不容易，工资都被老婆掏了去，兜里零花钱没几个，所以只能抠摸着下属的花。我同事也可怜他，每个月都主动献上点儿碎银子给他。即便这样，他还总是旁敲侧击地说话给我们听，嫌我们受了他的好，却不懂感恩……"

男孩还说起近日李总想要敲诈某家县城企业，反被有关系的企业老总给警告的事。摊主听着，叹一口气，边收拾碗筷边想，哪天自己有了关系，也定不会再受李总的气，会像打那个欺负儿子的小孩一样，恶狠狠地甩他几个响亮的耳光。

（原载《百花园》2021 年 4 期）

第四辑

黑鱼

于波

这条大黑鱼，浑身闪烁着金星的黑鱼，优哉游哉地浮在水面上，咧开大嘴龇着尖利的牙齿，哏儿哏儿地浪笑。

这是啥意思？他不明白。只怪自己心太急，用力又过猛，使得脚下一滑，手中的旋网抛出去时，人也跟着落入水里了。好在他谙熟水性，凫水拖着网爬上岸来。此时，他浑身湿淋淋的，狼狈不堪地蹲在地上，瞪着近在咫尺的大黑鱼，气得直咬牙。

人与鱼，用动作和神态，是能够进行对话的。

大黑鱼说：你就是抓不住我，气死你。

他说：你敢小看我，咱们走着瞧。

赌徒输红了眼，也会说出这种话来。大黑鱼不在乎，一挺身像人立在水上，扭着秧歌挑逗他，还像风骚的舞女一样，把她的肚皮也亮出来了。

他气得吹胡子瞪眼，又猛地抓起旋网撒过去……

一梦醒来，大黑鱼的讥笑犹在耳畔。

七月鞭子雨，昨夜横抽野马山。油灯下，于老二麻利地补好旋网，对老伴儿说，明早准是个大晴天，给我烙几张大煎饼，卷上两根带酱的大葱。

天还没亮，他便起身背了旋网，摸黑踅出了家门。半个时辰后，他已经来到松花江边，坐在黑瞎子沟出口处，头戴草笠身披蓑衣，一声不响地等候老冤家了。看大江上，浪头一个接一个撞过来，至此汇作一潭，又相继打着旋儿沉下去。这晒谷场大的半湾之地，是个幽深而诡谲的鱼窝子，里面潜藏着什么鱼精水怪，他这个老渔翁也说不清楚。

此刻，他默默地蹲在水边，嚼着卷了大葱的煎饼，颇有耐心地观察水面。若能重演昨夜梦中的情景，你想他会如何？

他说：喂！你在哪儿？出来！

唤过之后，他就顺手抓起网，静候着。

一阵风钻出山沟，凉飕飕的，让他打个冷战。黄蜂酿就的椴树花蜜，香味儿扑鼻而来；紫红的野百合花瓣，从崖头悠悠地飘落，在水面上打着旋儿。

不知不觉地，一抹曙色罩住了蓑衣。这蓑衣，今日不为遮日避雨，只是他的伪装，只为欺骗那隐藏在水下的双眼。

那双眼虽小，却犀利而又狡黠，似乎看透了他的用意。这个水族的小娘们儿，有足够的耐性跟他较劲，让他每次撒网都是捕风捉影。

一阵困倦袭来，他便打了个呵欠，禁不住瞌睡了。

“啪啦！”一朵水花，倏忽间溅落在脸上。睁眼看去，大黑鱼头顶着花瓣，就在水面上咧开大嘴，不无讥讽地笑他。他就赶紧抡起旋网，一扬手抛出去。

“唰——”旋网被抡成偌大的伞，飞快地罩住丈许的水域。他双手拽着网纲，心里说这回看你还往哪儿跑，待网底四周的铅坠都抓了底，这才慢慢地往上收网。

然而，这一网扣住的，又是些鲫鱼、鲶鱼和嘎牙子①。大黑鱼呢？依然像往常一样，在旋网入水的瞬间溜掉了，鬼才知道这是咋回事呢。

---

① 嘎牙子：黄颡，无鳞鱼，又称黄牯头。

两个多月来，已经有十几次了，每次都是这样子。这大黑鱼，像是成心跟他逗着玩，任你使什么网、钩子和卡子，样样都是白费力气。每一次较量，都让他感到丢脸，太丢脸了。每次离家时都摆下话，说要逮大鱼回来，回来时却低了头，像是犯了什么错似的。邻人就笑着问：老二，又没把你那个相好的带回来？他就跺跺脚说：咱们走着瞧好了。

人和鱼，在反复较量的时日里，就不能不由怨生恨，成了冤家。

今天，他又耐着性子，从凌晨守候到日头偏西。可是，这冤家却迟迟不肯露面。肚子里咕咕地叫起来，他便收了旋网要回家了。临走时，有些不舍地瞧瞧水面。咦！这岸边水草下，黑乎乎的游出一群啥东西？

乍一看，好像是一大群蝌蚪，乱哄哄地游来游去。蹲下来仔细瞧，却都是些黑鱼崽子。他就乐得跳起来，“嗷”地脱口叫了声，小娘们儿，这下子你可完蛋了。

黑鱼，俗称孝鱼。雌雄双鱼只要育出幼崽，就必然会须臾不弃地守护着，宁愿终日忍饥挨饿，而幼崽们出于特有的天性，也甘愿纷纷投身于母鱼口中。其中缘故，人的说辞不一，有的话偏离了本真。

这会儿，他找了一根柞木棍子，叉开双腿在岸边站稳了，心里暗暗打着主意。黑鱼崽子们不懂事，只知道在水中游戏。他就用棍子一点，一搅，又一点。这样不轻不重地击水，听起来犹如奏乐，声声透出了他的得意。接着，他就悄然举起棍子。

果然，一条三尺余长的黑影，从水下猛地蹿上来。这，是他能预见到的。他现在准备好了，只待大黑鱼浮上来，劈头就是一棍子。不料，她向上蹿得太快，也太猛了。一道黑色的闪电，突然从水中射出来，“嘭”！迎面就是一记重击，竟撞得他仰面朝天倒下去。

这，是他怎么也没想到的。一个人，竟被鱼撞倒了，岂不是个大笑话？晕头转向的他，从地上爬起来时，就见这冤家浮在水面上，正不动声色地瞪着他。

大黑鱼说：敢动我的孩子，咬死你！

他说：你过来，吃我一棍！

大黑鱼笑了：小样儿，谁上你的当。

山空。水静。人与鱼，相互读懂了对方的眼神。

这是紧张而冷酷的对视。小鱼们却懵懂着，仍然乐悠悠地游戏。

就在这时，一条比大黑鱼还要长的黑影，从水底悄悄地浮上来。水特别清澈，若不回旋着浪花，看上去就像是透明的空气。仿佛在梦幻中，一张大嘴迎面而来，嘴的裂痕特别长，长过了半个头。很显然，来者是白斑大狗鱼，体形硕大而又凶猛，吞得下这条母黑鱼。而这群黑鱼崽子，还不够塞这家伙的牙缝。

然而，小鱼们是打牙祭的好东西。转瞬间，大狗鱼便扑上来了。

轰然一声，大狗鱼与母黑鱼撞在一起。两条大鱼，把一潭静水搅得哗哗作响，犹如开了锅一般。这样的搏斗，还真是旁若无人。

人在岸上，看得傻了眼。

鸡相斗，羊相斗，牛相斗，他都见过。想不到，这回见了鱼相斗。

翻波跳浪，浴血厮杀，两条水兽拼了命。一个是嗜血成性，一个是舍命护崽。半个时辰之后，这场激战平息了，一息尚存的母黑鱼浮上来。看她的身上，几道伤口还带着血痕。

岸上的人，竟被她深深地感动了。

这时，白斑大狗鱼也浮上来，慢慢地游到她身边，张开大嘴亮出了利齿……

他就牟足了劲，看准硕人的狗鱼头，猛地一棍子砸下去。“嘭！”一声闷响，大鱼头顿时裂开了。这家伙在水里翻个身，便缓缓地沉下去。

还有什么好犹豫的呢？他就赶紧跳下水去，一只手抱住奄奄一息的母黑鱼，另一只手用力划水游回来，爬上岸用蓑衣把她包裹起来，接着撒开腿就跑，连身边的旋网也不要了。

当时就觉得，抱在怀里的是个人，而且是个女人。

他就是这么说的。说这句话的时候，逝水流过了大半月，他已经疗好了她的伤。他蹲在门前水坑边，一只手轻轻抚摩大鱼头，另一只手将泡软了的豆饼递过去。这水坑很深，是他特意为她挖的。她就伸了嘴，十分优雅地摆了摆尾巴，像是不大情愿地衔起豆饼，再慢慢地吞下去。

一年后，他到底狠了狠心，又抱着她去了老地方。在黑瞎子沟，野风依然爽爽的；椴树花蜜的香味儿，还是浓郁地弥漫着。他将她轻轻放在水里，又抽身爬到崖边，摘了几片百合花瓣，返回来放在她的头上。他想把她打扮得再美点，却又不知如何是好。她呢，就轻轻地摆动着尾巴，脉脉含情地注视着他，完全是恋恋不舍的样子。

他便挥了挥手，让她快走。不知他是不是落泪了。

她不肯走，不肯走。

他说：下辈子，你真就生成人，长成个好姑娘吧。

她就说……

这一次，他却不懂她在说什么。他和她，就那么默默地对视着，仿佛什么都忘了。人和鱼，莫非也是心灵相通的吗？

逝水，在岁月中打着旋儿，流入了永恒。

（原载《福建文学》2021 年 04 期）

白狐

于波

清明时节，一夜罕见的鹅毛大雪，把野马山捂了个严严实实。雪不化，麦子也就无法种下去。小屯子的人憋了一冬，早就急着要干点什么了。

天亮时，独眼王炮肩扛着“撅把子”①，蹚着没膝深的积雪上了山。大雪封山，禽兽在觅食的过程中，必然留下明显的踪迹，这正是打猎的好机会。

进了山口，野兔、山鸡和狍子的足迹纵横交错，着实令王炮怦然心动。一只藏在窝里的紫貂，被他“噗嗤噗嗤”的脚步声惊起，猛地从他脚下窜出去。这么近，只要抬手一搂“勾死鬼”②，便只待动手剥下一张名贵的貂皮了。然而，他只是犹豫了一下，便让这只貂在雪浪中扑腾着，如游泳一般逃逸了。

王炮黑着脸，瞪着一只独眼，放轻脚步继续往前走。今天，即便有两只貂唾手可得，他也不想扣动扳机了。为啥？就因为枪一响，那只白狐会闻

---

① 撅把子：猎枪的俗称，有单管与双管之分。

② 勾死鬼：猎枪扳机的俗称。

风而遁，这宿仇又报不成了。

是什么宿仇呢？说起来，还得回溯到三年前。那时候，王炮就是王炮，没有独眼。王炮是他的外号，其缘故在于他和洋炮太亲密，说话时常提起他的洋炮，走路往往背着他的洋炮，甚至睡觉也搂着他的洋炮。其实，洋炮并不是炮，它是一杆能快速装弹击发的猎枪，当地人称为“撅把子”。

三年前的仲秋夜，一轮又大又圆的皓月，从野马山背后悄然露面了。这时候，王炮醉眼迷离地走到山脚下。他在张寡妇家喝多了，不该这么晚路过此地。走着走着，就发现山坡上有个影子，人立着对月亮拱手作揖。这是啥东西？他愣住了，揉揉眼睛仔细看看，这影子很不真实，像是个虚幻的小鬼。他就端起猎枪，断喝一声：“什么怪物？”那影子闻声也一愣，便扭头看过来。就在他扣动扳机的一刹那，这影子一下子消失了。

孤影拜月，且又在荒山，这情形谁见了不发怵？可是，王炮这家伙胆子特别大，在如此令人恐怖的地方，竟敢踏着落叶寻了过去。他要去看看，中枪的猎物是啥东西。然而，找来找去却是徒劳。忽然听到几声冷笑，赶紧抬了头，见怪物趴在大石头上，与他相距不过一箭地。如水的月光泻下来，那一身皮毛如亮银般发光。哦！是一只罕见的白狐。

瘦脸尖嘴，苗条的身腰，都证明这是狐，不是狸。想着，枪口就一抬，“轰!”霰弹呼啸而去。再看这白狐，不在大石头上了。在哪儿？在地上，又是立着，毫无惊慌的样子。而此时的王炮，却满脸鲜血倒在地上。原来，是火药炸了膛，让他瞎了一只眼。

从此，人们就叫他独眼王炮，还说他得罪了狐仙。王炮不信这一套，又一心想要报这个仇，伤愈后买了一杆双管猎枪，时不时地进山东寻西找。踅摸了一年多，终于寻觅到白狐踪迹了。他端着枪，追踪到一棵老榆树下，发现树洞前有一堆狐粪，还散发着臊臭味儿。再看昏暗的树洞内，似乎空空如也，气得他朝洞里连放两枪。

就在那天晚上，他家的鸡鸭突然惊叫着、扑腾着，把圈门撞破了。掌灯出门看，已经被咬死十几只。一堆令人作呕的狐粪，像是有意留在圈门口的。奇怪，这白狐是怎么找来的？邻人说，这就是个狐妖，不能招惹的狐妖。王炮不听，把一杆猎枪擦得锃亮，装填好十几发霰弹，就盼着冬天快来，一场大雪降临。

而此时，已是冰天雪地的时节。王炮在积雪中跋涉着，去寻找他的老冤家，那只害得他瞎了一只眼的白狐。太阳似乎产生了敌意，就贴近他头顶上放射光芒，雪地又将刺眼的白光反射过来，逼得他不得不眯起双眼，迎风抹一把流出的泪水。

山谷寂静得很。突然，"咔"一声，白桦断裂一枝。循声看去，却又没发现异物。一阵怪风刮来，就近的栎树神秘地摇摇头，又不动了。一只鹿，从栎树后边探出头，倏忽间又缩回去了。王炮无心猎鹿，只想去找那只白狐。走着走着，"啪"一颗松塔落下来，恰恰砸在狗皮帽子上。那只松鼠蹲在树枝上，拱起一对前爪说：别开枪，快回家去吧。

王炮又踅来踅去，转了好几个大圈子，到底找到那棵老榆树了。树洞依然，光滑的洞口和地上的几丝白毛，让他的独眼顿时凸出来，而眼下了无痕迹的雪地，又让他心里充满了狐疑。他想了想，索性在老榆树旁边坐下，怀里抱着大枪等待着。此处居高临下，视野比别的地方好，这让他心里多了几分把握。

将近晌午了，他感到很疲惫。这会儿坐下，瞌睡就袭上来了。稍稍一合眼，就觉得一道白光从树洞中射出，赶紧端起枪看过去，见那白狐已经窜出几丈远。"嘭！嘭！"两声枪响，雪雾溅起来，又消散了。白狐呢，又在倏忽间消失了。

弹无虚发的王炮，一碰见这白狐就失手，岂不怪哉！

雪地上，留下的两片蜂窝状的弹痕，几乎覆盖了白狐的足迹。再仔细看去，这狐迹也极怪，竟是拐着急弯且变速的。胆子大得没边儿的王炮，看到这儿也不由得心里发怵了。这是狐吗？分明是个鬼。

那么，你追还是不追了？踌躇了一阵，他又咬咬牙：老子豁出命去了，追！

这一追，就足足追了三个时辰，追得夕阳躲到西天边，将一抹鲜血吐在雪地上。在红得耀眼的积雪上，遗留着白狐散乱的足迹。显然，这只狐是故意兜着大圈子，在原来的路线上乱跑，让自己的足迹不断重复，又穿行在几只野兔之中，使得各种兽迹更混乱了。

在夕照的余晖下，王炮瞪着独眼寻觅着，费力地寻觅着。遇上可疑的地方，他就弯下腰在交错的兽迹上辨认着，还要伸出手指在狐迹上触摸一下，这是依据这雪印的软度和硬度，以及迈步幅度和爪痕的大小，来判断出哪个是先行的，哪个是刚刚留下的。

又追了一阵子，白狐掉头爬上山坡，蹲在一棵大树下不动了。想想看，只要看见猎手端起枪，这只狐一跳就能躲在大树后。况且，在视野最好的高地上监视猎手，又能够及时起身逃之夭夭。这情形，让王炮不禁感叹起来：好个鬼精鬼灵的家伙！

这么想着，他心里就有点软下来，脚步也就有些犹豫了。还追不追呢？又一想，谁让我瞎了一只眼？这只白狐。此仇不报，如何能罢手。就又咬咬牙，再追上去。

就这样追到日落，人累得扑在雪地上，只能往前爬。狐也累得吐出舌头，龇着牙，横卧在积雪上不动了。到了射程之内，王炮端起枪瞄准，这白狐竟坦然抬了头，从从容容地瞧着他，毫无害怕的样子。他知道，这一枪打过去，霰弹就会在狐身上造成筛子般的窟窿，那可就没有完好的皮毛了。

现在，白狐已经跑不动了。只要抡起枪托，照着狐头狠砸下去，便是大功告成。于是，王炮索性爬过去，又双手撑地使劲站起身，将手中的猎枪掉过来……

白狐冷冷地盯着他，仍是一动不动。他也以同样的目光盯着白狐，那高举起的枪托却悬在空中了。狐的双眼微微眯缝着，呈金黄色的蝌蚪状，而眉梢向上挑起来，就颇似美人儿的丹凤眼。怪不得，人皆称美女为狐媚子。如此勾魂摄魄的双眼，怎忍心一枪托砸下去。

人与狐，就这么默默地对视着。在这个世界上，所有生灵都有一种通用语，这就是：眼神。眼神的交流，便是心灵发出的语言。两心若相照，相互也就听得懂了。所谓“相逢一笑泯恩仇”，就这样在人兽之间应验了。

不知过了多久，王炮眼中的敌意消失了。他若有所悟地叹一口气，将猎枪掉转过来背在身上，一步一步，下山去了。在他的身后，竟传来娇细的一声唤，倘若不回头看去，在恍然产生的错觉中，那就是个娇柔的小姑娘。

时光流逝，一晃又是三年过去了。一天晚上，王炮听见轻轻的叩门声，起身推开门一看，竟无法相信自己的眼睛了。是谁呀？是那只白狐。这古怪的精灵，浑身湿漉漉的，嘴上叼着一条大鱼，默默地放在他面前，又别有深意地瞧瞧他，就转过身走掉了。

王炮愣怔着一只独眼，一时不知如何是好。这只白狐，就在他目送之下，慢慢地消失在夜幕之中了。

一滴浑浊的泪水，从他的面颊缓缓流下来。

从此，王炮再也不打猎了。

[原载《北京文学》（精彩阅读）2021年6期]

不开心先生

徐东

我总是不开心，说不出为什么不开心。

有人笑着说，我看，你以后干脆叫不开心先生吧。

我觉得那个称呼不错，就说，以后你就叫我不开心先生吧。

那个人再见了我的面，就叫我不开心先生。我们一起聚会，就有了更多的人叫我不开心先生。再后来，我认识不认识，熟悉和不熟悉的人都知道我叫不开心先生了。

对于我来说，不开心先生是个抽象的存在，不开心先生住在我的身体里，生命里，也是我的一部分。我对着镜子，看着我，也像是看着不开心先生。

不开心先生面无表情，我看着他既熟悉又陌生。

我想和他聊聊。

我对不开心先生说，瞧你这闷闷不乐的样子，好像全世界都欠了你什么——今天阳光不错，不如去公园里走走。

不开心先生摇摇头说，我哪儿都不想去，什么事都不想做，我不开心。

我说，你为什么不开心呢，总得有个什么原因吧？

不开心先生说，我说不上究竟是什么让我不开心——昨天晚上我想写一写诗，可发了半天呆一个字也写不出来，我也在为此不开心。

我说，是啊，这样说来你是有理由不开心。

不开心先生说，我感到自己还是个孩子，可实际上已经是人到中年。我整天忙于工作，忙于工作，没有了以前所具有的激情与灵感，更没办法像以前那样想写就能写，而且还写得不错……

我说，是的，诗是自己与自己，是诗人与读者之间的一种隐秘的交流——可是说真的，我现在倒觉得，诗可以写，也可以不写——我们走出家门，去大自然中感受那些诗意的东西不也挺好吗？

不开心先生说，说得是，写和不写都没多大意思。我从来也没有写过真正像样儿的好诗——我辜负了自己，辜负了世界上美的人和事，现在的我看什么都是灰色的，甚至觉得活着也没有意思。

我说，事实上，我们是一个人。只不过我是理性的，现实的，你是感性的，理想化的，我们都很可怜的，因为我们想过着诗意地栖居的生活而不得。

不开心先生说，你说得不错，我们是一个人。你原本是个善良纯粹，内心充满了爱，也积极向上的人，可后来的你变了……你没有坚持自我，因为你选择了世俗的生活，有了老婆和孩子，有了房子和车子，每天都想着如何赚更多的钱——你冷落了我。

我说，对不起，我冷落了你，也等于是冷落了自己。但我要生存，要发展，又怎么能任性地照着自己内心的想法去活呢——要知道，你不快乐，也让我不快乐。我脸上的笑，都是假装的，因为没有谁喜欢我整天阴沉着脸。

不开心先生说，是啊，是啊，也许你是对的，我不是在责备你，因为我们实际上是一个人，无法分开。不过我相信，对于每个有肉体也有灵魂的人来说，他要尊重的只有内心的现实——他要快乐起来，没有谁能让他不快乐，正如他想要写诗，没有谁能让他不写——除非是我——你要重视我的存在，尽可能地把时间与精力倾注在我的身上，不然我就不快乐，我不快乐也等于是你不快乐，虽然这么说，显得我是那样的可耻。

我认真地说，对不起，我能感受到你为我所忍受的痛苦和煎熬……

不开心先生说，我总不能不顾及你的想法，你的感受，你的选择，正如你现在希望我快乐起来，希望我出去走一走，是一片好心，可事实上我只想静静地发呆……说真的，我越来越讨厌你，因为你变得虚伪，得过且过，这会让我感到，世上有许多人和事都是那样的不值得。

我点点头说，是的，是的，尽管世间有许多不值得，可我们还是要爱着，哪怕是虚伪地爱着。正如你不见得喜欢我，我也不见得喜欢你，可我们是同一个生命体，不可分割。

不开心先生气愤地说，我死了，我们就可以分开了。

我说，也许死是一种理想的归宿，凡是人皆有一死……

不开心先生说，你永远理解不了我，我也永远理解不了你，不过多说无益，让我们继续合作上一段时间吧。你假装你开心地活着，我继续当我的不开心先生。

我说，说什么都是白说，我们出去走一走吧——我何必征求你的同意，我说走就走。

说完，我穿上衣服，从家里走了出去。

我所在的大都市高楼林立，宽敞的大街上车水马龙，我想，那只是表象，而不是人人都需要的某种内在的，诗意的存在。好在一个个孤独而有爱的人，尚且还有着隐隐的对诗的渴求——那是他们生命深处对灵魂的渴望。

我认为，每个人的生命中都有一个不开心先生。

（原载《海燕》2021.5）

我在你的生命里

徐东

我是一位内心敏感、想象丰富的作家，但最近几年却没有写出什么像样的东西。

我甚至放弃了收入可观的工作，为的是想要写一部长篇巨著。

我为那部长篇小说开了上百个头，可没有一个开头让我满意。我被想要写的作品折磨得吃不下饭，睡不着觉，很快就由一个胖子变成了一个瘦子。我在镜子里看着瘦骨嶙峋的那个人，都开始怀疑那不再是自己。

我站在书架前抽出一本书翻翻又放下，我坐在电脑前想写点什么却又放弃，我在房间里来来回回地走动像一只被关在笼子里的野兽焦躁不安。有时我强迫自己走出去，走在大街上却并没有明确要去的地方。

人到中年的我在阳光里也会喜欢阳光明媚，在乌云下也会盼着阴雨绵绵的诗情画意，在大街上看着人来车往也会喜欢城市的繁华美丽。而我所喜欢的一切又无所谓喜欢，仿佛我那颗心已经在现实与想象的双重燃烧下渐渐变成了灰烬。

写作使我身心俱疲，有时我什么都不想做，什么都不愿意想，对什么也都心意沉沉地不感兴趣。我放任自己躺在沙发上抽烟，看着烟雾袅袅，没有思绪。我会羡慕那些充满朝气与希望的年轻人，我也想象他们那样。是啊，我也曾像他们那样。那时我从一个地方到另一个地方，只需要一个想法，一张车票。那时我经历过顺境也经历过逆境，做过正确的选择也曾经犯过错。那时年轻的我根本没有意识到年轻的重要。

有一天晚上，我梦见自己回到了过去，梦中出现了一个和我年轻时非常像的人。

年轻人对我说，我认识你，你是一位作家。

我奇怪地问，你是怎么知道的呢，我的脸上又没有写着“作家”二字。

他说，因为我是从前的你——我这一次出现在你的梦中，想对你说的是，存在是不会消失的，消失的只是一个人对自己，对他的世界的记忆，可事实上你认为消失的仍然还继续存在着，只是并非以你认为的形式。你最大的问题在于，你对自己总是不满意，总是怀疑自己，否定自己。要知道，存在大于人所能意识到的存在本身，这正如作品大于人们阅读的作品本人——我的意思是说，你要坚定地相信自己，也只有相信自己才有可能继续写下去。

我摇摇头说，我被写作折磨得够呛，为什么一定要写呢？我本来可以不是一位作家，可以不写，但是我过去竟然写下了那么多的东西……

他笑着说，谁都难以与过去断然割裂为两个存在，所以无论如何你都会写下去，即使有些作家江郎才尽，后来再也没有写作，可他实际上仍然在内心里写着——事实上所有的放弃都是假的，之所以造成这种情况，重要的原因在于……

我急切地追问，在于什么？

他说，在于你以为自己不再年轻了，失去了那颗会怦然跃动的年轻之心——再会吧，亲爱的朋友，请不要忘记我就是你，过去的那个你，也就是我，我永远在你的生命里。

梦醒后我从床上爬起来，兑了一大杯温开水，咕咚咕咚一口气喝了下去。

我抹了抹嘴巴，打开电脑，开始噼里啪啦地敲字。

（原载《海燕》2021.5）

《办公室里小生态》之《大寒》

武稚

天气干冷，五点半不到，我在办公室还盯着电脑，杨推门进来，说，晚上去老地方喝酒，都在。也只有“都在”的几个还会惦记着我。他并未顾忌办公室里还有其他两个人。

今晚你去吧？杨带着厚玻璃镜片，厚玻璃镜片后面此刻有一种别样的味道。

一向叫我出去吃饭都难，我是女人，不好这个，即使“都在”的几个都在。再说他们几个老是聚啊聚的，聚了又没有什么大事。即便有什么事，我也早知道了，办公室几步远，谁还能瞒谁呀。白天该说的都说了，不便说的也总能找到机会说。

我叹了一口气，说，好，下了班等我一块走。

两个人沿着人行道，你挨着我，我挨着你地走，也不作声。二百米远，老地方羊肉馆。我们到时那几个也到了，不多不少，正好五个，都在。“都在”从一个地方来，想当年我们五个经过笔试、面试，然后同一张调令，被安置到市税务局。

几个人也不打牌，也不互相看，每个人都握着一个水杯低着头，天气似乎出奇地寒。

这里要介绍一下，杨是检查一科代理科长，高是检查二科代理科长，欧是审理科代理科长。虽然他们是代理，但大家都约定俗成地喊他们是科长，局里原来也是许过愿的，尽快把他们“代理”二字拿掉，毕竟我们来六年了，他们三个也代理六年了，干得也不错。

一个月前，市局在全市系统宣布进行干部选拔任用，大家都在想这三个“老代”该磨正了吧。这几年单位事没少难为他们，对内对外既要以科长名义把工作做好，同时还要时时考虑不能以科长自居，要小心谨慎。虚与委蛇也罢，越俎代庖也罢，夹紧尾巴做人也罢，都不能表达这几年他们的真正感受。但市局随后又出台了选拔任用的细则，落实到我们分局，是两个考试选拔名额，一个推荐名额。对照条件，他们三个都刚刚过了报考年龄，摆在他们面前的是，三个人只能推荐一个人。推荐谁呢？全单位人都知道这三个人兄弟似的，这回该决裂了吧。

杨是他们三个人中最年轻的，也功绩卓著。杨在查处一个案件中，发现有个公司月月大额开票，税收却交不了几个。这家公司在开发区拉了一个很大的院子，大门却经常紧紧地锁着，看不到工厂冒烟，听不见机器转动。根据经验，杨知道这又是一个纯粹的开票公司，但这家公司是全市重点企业，招商引资来的，动这类企业是要向市领导汇报的。如果去市里汇报，市领导意见还没下发，这边企业的法人就神秘地失踪了。这次分局改变了方案。杨首先打电话给会计，让会计到我们单位接受纳税事宜询问。会计不愿意来，会计说我不了解情况，具体事情你要问我们领导。杨说，那你们领导在企业的时候，你联系我，我们过去。会计如释重负地说，好。领导在的那天，杨带着两名同志和公安局的同志一道到企业去了。这是一次危险的行动，杨的孩子还小，但是他责无旁贷，他想都没想自己是个代理的。车子开到那家企业的院子里，法人正在长了草的大院里徘徊，一看到有辆警车进来了，撒腿就向外跑，公安局的同志带着手铐就追过去了，在不远处的大门口，将犯罪嫌疑人按倒在地。接着顺藤摸瓜，挖出了一大批蛀虫。

这次大家估计在他们三个人中，杨可能上，但出乎意料，杨辞了。

代理二科科长高说，都不要争了，我也辞职。高常常是眼卡着厚厚的玻璃片，脸则埋在厚厚的账本里，像瞎子一样看账。这个高瞎子眼看不清，心里却明白得很。企业想干什么，企业是怎么干的，在账簿的哪个地方干的，他一准能弄明白。高瞎子有时根本不用看账，他根据嫌疑线索，仰着两个瓶底一样的玻璃镜片，盯着房顶看，房顶不久就能掉下答案。高瞎子查账主要靠心，单位的大案、要案少不了他。高瞎子办案之余在办公室还经常写写画画，他写的毛笔字能当字帖，他画的山水雾气蒙蒙的，能滴出水来。五大三粗的高瞎子有柔情的那一面。

一场突如其来的病差点要了高瞎子的命。高瞎子在办公室看账，又是一桩千头万绪的大案子，他瓶底一样的镜片照例望望天，这时他忽然一阵头晕。高瞎子来不及招呼别人，自己一个人趔趔趄趄就向楼下走，市一家三甲医院就在我们单位旁边。他来不及挂号直接奔进门诊，医生还没来得及问他怎么回事，他一下就瘫倒在医生面前。幸亏来得及时，再晚几分钟就没命了。事后医生擦着汗说。心肌梗死差点要了他的命。高近几年经常说要辞官喽，不能再干了，再干就没有命了。高笔墨砚台早就准备好了，他可不是摆给大家看的。高瞎子这回是铁定要归隐田园了。

最后花就落到审理科代理科长欧的身上了。欧不久前审理过一起举报案，案情重大，且复杂，上了重大案情分析会，但会议陷入僵局，案件暂时搁置。内行人都知道这里面水太深了。举报人举报心切，一纸举报信，把案件和分局领导统统举报到上级，上级单位派了督查组来督查。案件数额巨大，为什么没有移交司法机关处理？督查组长翻到审理报告科长签字那一栏，欧规规矩矩在上面签了名字，建议移交司法机关。这几个字救了欧一命。否则他可能成为替罪羊，嫌疑人没进去。欧可能就先进去了，事后大家都为他捏了一把汗。

欧整天和企业在你诉讼我，还是我诉讼你，是你进去还是我进去之间周旋，除了身累就是心累。欧少了一叶肺，是两年前在医院切掉的。欧的老婆说是抽烟抽的。欧整天躲在一间小屋子里除了审案还是审案，他没法不抽烟。只有那一支支烟理解他。高瞎子是多心，而他是少肺。干了六年了，头发全白了，牙齿松动了。欧表示要彻底戒烟了，再和老婆出去旅旅游。

最后我们分局推荐了欧，这是分局党组的决定，我们都在准备喝欧的酒了。今天上午市局来宣布任用结果，出乎意料，审理科长和欧没有什么关系。

一切尘埃落定，晚上我们喝酒。他们三个一杯接一杯地喝，完全不像科长的样子。哦，他们现在已经不是科长了。我陪他们喝。

这些年，我们为租房子、买房子在一起喝。房子租得都小，窝窝囊囊不像家，今天水龙头坏了，明天水管炸裂了。我们为买不买车在一起喝，买车子是为了回老家，看老婆看孩子。我们为孩子转学、考学的事喝，为老婆调不过来喝。我们为工作上的事喝，为家里的事喝。为找到地方吃饭喝，为没有地方吃饭喝。为今天喝，为明天喝……谁让人世间有一种叫寥落、茕茕孑立的情怀呢。我们实在太有喝酒的理由了。

前不久我们还一块到福建学习，那时候我们还在一块喝酒，互相鼓励着憧憬着，我们渴望给单位一个交代，我们在这里照样都是顶呱呱的，为大家争了光，现在觉得好幼稚。

今晚弥漫的分明就是失意，或者叫失败。为失败而喝，而干杯。

直到小酒馆要关门了，我们才出来。欧说都还行吧，明天还要上班呢。我们明天都不是代理了，我们可以堂堂正正、伸直腰杆做人了。再也不用委屈自己了。不要让别人看出我们有什么异样，生活总是要继续的。我们从屋里出来，步子都有点趔趄，喝了酒的身子一点不冷。这一晚，我们是少有的尽情、尽兴，甚至还带一点豪气。

后来我查了查日历，那一天却正是大寒。

（原载《星火》（中短篇小说）2020 年 5 期）

《办公室里小生态》之《守门人》

武稚

老李是个爷们。我再也没看到比他更敬业的门卫了。

我第一天到这个局上班，因为紧张、拘谨，又有点想表现，埋头工作，不知不觉抬头时发现办公室人全走光了。我穿过黑灯瞎火的走廊，从传达室经过，发现办公楼的大门紧紧地锁着。整个办公室像陷入黑洞洞的深井，只有传达室的一个小灯泡亮着。过了有一个小时，办公楼大门哗啦啦地开了，老李同志提了一包馍进来。

他看到我一点也不诧异，随随便便地说："哟，还有人在这里啊？"然后径直向走廊深处走，他的两间小屋子就在走廊的尽头。

他连道歉都没有。我觉得被一个看门的人欺负了，心里有点难受，望着他的背影真想咆哮几句，但碍于是新来的而忍下了。

过了几天，我早晨上班刚坐下，忽然听到局长在办公室大发雷霆，"不像话，太不像话了！"听声音气得想把杯子摔掉。原来昨晚局长晚走了五分钟，结果他也坐在黑洞洞的深井里，只有传达室的一个小灯泡陪着他。那个小灯泡一陪就是一个小时。局长气得一夜没睡。我们科长找老李谈话，事情到了非谈不可的地步了。

老李同志慢悠悠地说："我不能不买馍哟，我又不能不吃馍。"仿佛民以食为天，这是天经地义的事。

我们科长愤愤地说，锁门前，你得到每个办公室去看一下，不能把辛勤工作的同志锁在里面，你不能只会看门，要长脑子！

老李慢悠悠地说："过了点就买不到馍了。"即便雷霆一般的事压下来，老李同志仍是这样一副打不垮、压不烂的样子。

我问科长，老李连局长也敢锁啊。

科长咋呼呼地说，他哪个不敢锁。别说晚走五分钟，晚走一分钟都得锁。单位里人哪个没被他锁过，有时一连锁几个呢。

原来老李是一视同仁的，并不因为我是新来的而单独拎出来锁我，我的心里好受多了。

后来，我发现，只要一到傍晚下班时间，所有的人立马停住翻传票、翻账簿的手，拔腿就往门外走，有的女同志忘了拿包，她们转身从走廊里折回来，拿了包，又踩了西瓜皮一般地向外溜。

毫无疑问，老李买馍的时间到了。

大家干起活来，可能会忘记时间，但老李买馍这个事绝对不会忘。有几个同志手机的闹铃是"卖汤圆卖汤圆，小二哥的汤圆是圆又圆……"我听了分明是"买大馍卖大馍……"

我们单位晚上从来不加班，加班不仅要局长批，更主要老李要批。我们局长一提老李，气都不知从哪出好，通常是一摆大手，一副"不要在我面前提起他，我一点都不想搭理他"的神情，总之局长不想和他有任何纠葛。一想到我们夜里不要加班，一想到其他单位对我们的妒忌，我们的心里就暖暖的。这是福利，绝对是福利。老李在我们单位的形象，就靠这一项替他拉了分。

有一天晚上，我去办公室，因为第二天一早我们要出差，我忘记拿介绍信了。我琢磨着老李应该躲在他的那两间小屋子里，晚饭时间也吃过了。我冒着北风走到单位大门口，打手机给老李。老李同志不接，我就不停地打。后来我一边砸门一边咆哮。半个小时之后老李终于回话了，他说高中同学聚会，在外面吃饭，还得半个小时才能结束，“你不能不让我吃饭哟。”我吼着让他半个小时之内回来。半个小时之后，他回话了，他和同学到歌厅去了，同学们都在唱，同学们并不因为他是一个看门的就小瞧他，就放他走。“你不能不让我唱歌哟。”后来我一个人蹲在大门边。再后来我终于如愿以偿见到他了。

又一次，第二天早上体检，我的体检表没拿回家。鉴于第一次的教训，我打电话给老李说晚上就不麻烦你了，明早早一点开门。老李同志满口答应了。初夏的早上，我踏着满街朝晖来到单位，但门仍紧锁着。我给老李打电话，老李不接。我敲门、晃门、砸门，差一点用头撞门了，后来我一个人蹲在大门边。直到快八点，老李同志趿拉着拖鞋穿过长长的走廊来给我开门了。那个时候他正在吃馍吧。我狂奔到医院依次站在每个队伍的队尾。后来我查出血压高、血糖高、心跳快，我心里明白得很，那分明是被老李气的。

星期六、星期天老李从来不值班。我们局长给他800块钱一个月，所以这两天他得满地去找零活。如果这两天想到单位找老李开门，那简直是开牢门。单位原先想多配几把钥匙，可是万一屋子里少了东西，那就不好说了，这个想法很快就被否定了。所以老李始终是我们单位唯一的掌门人。万一有谁想冒这个大不韪，堂而皇之登堂入室的话，只会得到一句话，我在外面干活呢，回不去。“我不能不生活哟。”如果一定要见到老李，那只有正中午堵在大门口，他中午不能不回家吃饭的。

老李如此这般，为何从局长到百姓都奈何不得？这就得说一说老李的背景了。就冲我们局长又想摔杯子，又不能喊出一声“滚”字，就可以想象老李的身后站着的是谁了。只是那个谁隐藏得极深，深到我们从那个走廊往里望，除了看到老李的两间房子，其他什么也看不清。但老李有背景那是公认的。冲他在我们单位稳稳当当干这么多年，就足以说明这些话是有音的。对于老李，甚至不能用“开除”这个词，“开除”对一个临时工那是高配了。老李没有文化，老李除了“我不能不买馍哟”“我不能不生活哟”

这几句话外，其他什么话也不多说。沉默的老李，长脸、腰杆挺得笔直的老李，坚定不移地和我们单位同生死、共存亡。和领导家有亲戚，这倒不算称奇。让人称奇的是老李的房子，这才是真正的背景。五楼只有我们单位和老李一家。老李的那两间房子，是私产。老李在我们单位眼皮底下生活着、居住着。老李的门前是二三十平方米左右的阳台，阳台上空一年挂着葡萄，一年挂着葫芦，一年挂着南瓜、丝瓜，老李把这个地点整得青枝绿叶的，这让大家很满意。阳台上还经常躺着一只狗、两只猫，狗猫经常打架打到我们办公室里去，但是大家谁也不计较它们，还挺习惯的，还挺喜欢的，有人还专门给它们带包子、无花果。它们比老李受欢迎多了。阳台上除了放着狗盆猫碗外，靠着墙壁还有木窗、木门、铁皮架子一类的东西。阳台上还常年坐着一个人，老李的老婆，一个身材适中，白白嫩嫩，脸面像面瓜一样的女人，整日笑眯眯的，头发盘得干干净净的，看样子比老李要年轻十多岁。这女人从来不帮老李开门、锁门，也很少下楼，也不去买馍，她经常坐在瓜棚下晒晒太阳，看看天，吃吃零食，打打毛线，头顶上三角裤、胸罩以及花花绿绿的衣服迎风舞动，这是她的杰作吧，其他再没见她做过什么。从不见两个人大声说话，更没见两个人吵过架。他们在花花绿绿的三角裤胸罩下相当和谐地生活着。我们单位有两个男人离了婚，看到老李还能娶到这样的老婆，经常长吁短叹。老李把女人当笑面菩萨一样地供着，当然也引起走廊深处一些女人的妒忌，人比人气死人，瞧瞧人家是怎么托生的。当然要叫她们去找老李那样的男人，那比杀了她们还难受。

要从老李作为我们单位一员来说，他做的工作还真挑不出错来。四点钟准时给各办公室送报纸，从不漏送、错送。只要谁喊一声，老李来收旧报纸，他立马应声，不要你动手，会花大力气把那些东西搬走，有多少搬多少，顺便还把办公室收拾得条理分明，那一刻老李是可爱的，当然这也是老李的一项收入。至于外人来访，不该放进来的，老李像防苍蝇一样一个也不会放进来。那些收旧报纸、旧纸箱的，老李更像防贼一样防着他们，他们就是这个单位的贼。

后来我们单位搬家了，听说老李也想跟我们一块去。尽管老李有诸多的好处，但还是立马有人说，宁愿带老李家的狗去，也不带他去。要不把那个笑面菩萨带去也行。这回没有人替老李说话。带不带老李走，我们局长肯定也有诸多的难处，局长这回还真表现出少有的骨气：不带！

我们的旧办公楼一直没有卖，我们常常会想起那里面的忙碌和欢笑，也会油然想起已经淡忘了的老李。

[原载《星火》（中短篇小说）2020 年 5 期]

你什么都没有

洪兆惠

对于她，妈妈绝望了，才会这么说："瞅瞅自己，你什么都没有。"说这话时，妈妈的右手背摔在左掌心，"啪"的一声，清脆，吓得她一哆嗦。她愣在原地，看着妈妈进了卧室，把门关死。她明白，妈妈说的"什么都没有"指两样东西，婚姻和工作。

眼看着工作就要到手，可一瞬间，丢了。她参加文学院的招聘，笔试成绩第一，而面试更不是问题。本科时，她拿到两个学位，一个文学，一个哲学，在沪深漂了两年，回来又考研，读的是文艺学，知识储备、思想活力高于同龄人。工作人员说，你们到了考场，只能报考号，不能说名字，这叫匿名面试。她进屋后，看着评委，稍作停顿，情绪安稳了才说，我是3号，我是安妮，真是鬼使神差。她被取消面试成绩。妈妈正是听了这个结果，才狂躁失态。从小到大，她始终享受妈妈的呵护宠爱，就是现在，内衣内裤也是妈妈手洗，妈妈说，女儿的，必须手洗。

婚姻上，她不想委屈自己，一转眼，到了高不成低不就的年龄，她不以为然，却让妈妈落下心病。妈妈说："你楼上楼下的来来回回，邻居见你还是一个人，就问我，你女儿还没有男朋友吧，我都没脸见人。处个吧，哪怕结婚离了，都行。三十多了，别这样，让当妈的受不了。”

她特别想哭，找个人，在他温润的目光里大哭一场，可是身边没有能让她敞开的人。她走向河边，爸爸在那儿钓鱼。她知道，他不可能对钓鱼有多少兴趣，来河边只是躲开妈妈，不然他们三天两头吵。她在家宅着，让他们心情不好。她想告诉爸爸，文学院的事没了，可看到他时，有了给那个人打电话的念头。

那个人是爸爸当年战友的儿子，模样丑，学历低，就是家里有钱。她对结婚没有感觉，不管妈妈怎么说两家知根知底，打着灯笼难找；不管那家人怎么死心塌地等她，非她不娶，她就是不答应。“你嫌他不好看，你是吃模样还是嚼模样。”妈妈一急，顺嘴说的都是姥姥爱说的土话。

那个人叫秋根，她见过他一次，他和名字一样实在，就是难看。他们在刀刀咖啡馆见面，他说这家店是他兄弟开的。他从一辆沾满泥巴的车上下来，那是什么车，她不认识，宽大的车轮表明它身价不低。他问你怎么来的，她指指靠在一边的共享单车。坐下后，他问你喝什么口味，她说随便。他去吧台，和服务员说话，像是常客。一会儿，五杯咖啡，一杯饮品，在她面前摆成一排，夸张，滑稽。她只知道奶泡多的是卡布奇诺，别的不认识。秋根点着杯子告诉她，拿铁、摩卡、康宝蓝、焦糖玛奇朵，饮品是玫瑰水。她更加不屑，直接问：“你们家是不是想找一个高学历的女孩，以后生孩子好聪明?”他脸红到脖根，点头，又摇头，说我不是。她说：“我是不得已，见你就一个目的，给我妈一个交代。”他说：“我知道，我知道。”

那天直到走时，她没动一口咖啡，还有那杯玫瑰水，心里冒出一个词：人淡如菊。她很得意。

今天，她约秋根，还在刀刀咖啡馆。和上次一样，她骑共享单车去。远远就看见他那辆宽胎大轮的汽车，不过这次，那车洗得锃亮。她进屋里，秋根正和服务员说话。坐下后，她依然直接：“我不会跟你谈恋爱。”他还是那样谦恭：“我知道，我知道。”他让服务员给她端来一杯白水。看着白水，她感觉哪个地方不对劲儿。

她问，今天你不在我面前摆一排咖啡了。他看着她，竟然不动声色，仅仅一年时间，他身上多了什么，说不准。从容？他忽然一笑，起身走向吧台。他回到座位，随后，服务员送来一杯卡布奇诺。服务员先放碟子，杯子在碟心，再放小匙，然后把杯耳转向她右手方便的位置，最后伸直右手示意："请慢用。"她注意到那手指长而尖，看了一眼她的脸，真漂亮。每次去咖啡馆，她只喝一种口味，卡布奇诺。上次见面，她不可能跟他说自己喜欢什么口味，而他好像知道。

她说："其实我今天就烦卡布奇诺。"

他看着她，有点儿愣神，突然，扑哧一声，笑了，而后低下头，继续笑。他走向吧台，和服务员说话。他回来，把她面前的卡布奇诺拿起来，坐下，说这杯我喝。她不语，等着新的咖啡上来。服务员端来五杯咖啡，一字摆在她的面前。她没有注意咖啡，眼睛一直盯着服务员，她走路，放杯，放匙，转动杯耳，伸手示意，流畅、大方。他说："这里有两杯玛奇朵，一杯带焦糖，一杯不带焦糖。"她看他，确实比以前顺眼。

她说："我感觉有点儿喜欢你了。"他平淡，对她的话无感。她又说："真的，我有点儿动心，考虑是不是和你谈一场恋爱。"说不清，是秋根的真诚，还是女服务员的优雅，让她的心情比来时好。她随便拿起一杯，喝了一口，醇香。

她说："我想找个地方哭一场，能陪我吗？"他说："可以呀，能陪。"她又说："对着尕斯库勒湖哭，能去吗？"他说："可以呀，能去。"她说："你知道尕斯库勒湖在哪儿吗，在很远很远的地方，在天边外。"他要说什么，被她的手机打断。

爸爸的，问她在哪儿。她愉快地告诉爸爸，和你战友的公子喝咖啡。爸爸犹豫了一下，说快回家，马上。她问出事了，爸爸不说？只是追她快点儿。

秋根开车送她，到了一号门，她下车时，他扭过身子说："你家阿姨没和你说吧，这个周六我结婚。"她被惊着，愣愣地等他离开，可是他比她执着，开着车窗，看她刷卡，跑进园区。

（原载《鸭绿江》2021.4）

黑娘的麦饼

洪兆惠

老单，一个地道的背包客。他的全部家当背在身后，行李卷打得规整，穿的用的装在一条长布袋里，搭在行李卷上，右侧背带下端拴着白瓷茶缸，一条白毛巾穿过两条背带系在胸前，整个人俨然行伍出身。每年，他来苍石一两次，做零工，有时初春，有时入秋。初春苫房，帮着雇主迎接暑天的连绵阴雨。入秋活儿多，盘灶、掏炕、抹墙、掏烟筒，帮着雇主迎接冰天雪地的日子。别的零活儿也做，就是不做农活儿。他盘的灶，好烧。他掏的炕，热乎。他抹的墙，严实。他掏的烟筒，通透。他苫的房，不漏。

老单手上还有别的绝活儿，比如针灸。我神经衰弱，心慌失眠，特别是夜里，怕声音，咔嗒咔嗒的钟摆声，让我发疯。他在我后脖颈儿上下针，每晚一次。一周后，我好了，心神安宁，入夜有觉。他针灸，不收钱。你谢他，他会认真看你一眼，然后笑笑，没有言语。

老单会讲故事，肚里的故事多，讲不完，不重样。他来苍石，愿住东屋白婶家的北炕。白婶家与我家东屋西屋，共用一个灶间。晚上东屋聚着左邻右舍，炕上坐着大人，炕沿靠着小孩。他讲的黑娘的故事，我听了，一生难忘。黑娘是个年轻寡妇，开了家客栈，心善，穷人来住，可以赊账，或者免单。早上，她会给穷苦人送些麦饼，让他们路上充饥。那些吃了麦饼的人，都有了绝技，有的擅缩骨，有的会穿墙，有的能隐身，有的能腾云驾雾，从此不再贫穷。后来有人好奇，深夜偷窥，发现了黑娘的秘密。子时，黑娘打开一个木箱，拿出一堆小木人，摆成一排，噙口水，喷上去。小木人活了，活蹦乱跳。黑娘给他们麦种，在屋地上播种。麦子瞬间长出，又瞬间成熟，黑娘便收割，磨面，烙成麦饼，正好一个时辰。做完活儿，黑娘又朝小人喷一口水，活人变木人，黑娘将其收入箱内。

我问老单："真的吗?"他反问："你说呢?"我说："真的。"他说："你觉得真的，就是真的。"我又说："领我去找黑娘。"他看我。那眼神，我刻骨铭心，好像在我身上，他看到了什么，而我自己，却永远无法发现。

老单从哪里来苍石，离开苍石又去了哪里，没人知道。有人问，他笑笑，看向远处。他从远处来，又到远处去。他不乘火车，不坐汽车，徒步，沿铁道边来，顺铁道边去。老单皮肤黝黑，身轻如燕，心静如水，有问必答，从不多嘴。苍石街的人说，老单道行很深。

这年冬天，老单住在苍石，没走。如果不出那事，也许会长期住下。

东街康姨，一个人领着两个不满十岁的姑娘。她是铁路员工的遗孀，丈夫砍柴，死在山上。怀疑是他杀，又找不到凶手，不了了之。这是三年前的事。上冻前，铁路把旧枕木分给职工，每家二三十根，可烧一冬。劈开枕木要用当地铁匠特制的劈镐，一头尖镐，一头板斧，三下五下，枕木从正中炸裂。这活儿，一般男人都干不了，何况女人！康姨最为难的就是这个。接连三年，她都求谭叔帮忙。谭叔是康姨丈夫的工友，又是养路工区的工长，没说的。头两年没闲话，第三年，谭婶不干了。谭叔给康姨劈一次枕木，谭婶就跟他干一次仗。无奈，康姨雇了老单。老单的活儿不多，隔三岔五劈回枕木，其他时间，下雪扫雪，缺水挑水，无事便上山，割十捆二十捆杏条，用作引柴。康姨如何回报老单，比如付多少工钱或者别的，是他们私下的事，对外人，不露口风。

康姨正经。她的长相和行为，用“端庄”形容，再恰当不过。她做成衣，除了收活儿送货，不出家门；遇到男人，招呼一声，便低眉下视，不再说话。康姨手巧，那年，她给大女儿做了一条洋气的裤子。她解释，在车站看到一个洋气的姑娘穿过，回家就用牛皮纸画出了样儿，做时，自己别出心裁，加了些点缀。那裤，天蓝色平纹布，低腰，屁股上一左一右两个 U 形小兜；从大腿往下越来越宽，裤脚呈喇叭状，“喇叭”上缝出三个三角形，三角形正中插进三颗铆钉，钉帽反射着闪闪亮光。随后，姑娘小伙儿纷纷找康姨，几天工夫，这种裤子在苍石流行了起来。那时，别说清原县城，就连抚顺市内，也很少有人知道喇叭裤。当然，这是老单消失以后的事。聪明人联想，喇叭裤的纸样，也许来自老单。

老单还住东屋北炕，不过，他很少再聚人讲古，常常熄灯时分才回。苍石街的人起疑，他和她是不是早有预谋？有一天，几个戴红袖箍的人把他从康姨家铐走了。这似乎验证了，他们的猜测可能就是事实。

关人的地方在公社大院前面，那里有一排砖房，有几间空着，临时作为监室。我去看老单时，他两手反铐在身后。手铐为苍石机械厂土制——两根铁棍弯成马蹄形，头部砸扁，凿眼儿，一根铁棍穿过空眼儿将两个马蹄形铁环扣在一起。铁棍，一头弯曲，一头留锁眼儿，锁眼儿上挂着家常铁锁。老单手大脚大，手铐在他的腕上紧紧地扣着，皮肤都磨烂了。老单背对着窗户，坐在一堆稻草上。他扭动时，我看见他的侧脸红肿，定是挨打了。我不敢多看，跑开了。

那夜，老单跑了。早上，看守发现，手铐挂着锁头，完好无损，扔在草堆上。人们不解，老单怎么把手从手铐中抽出的——那手铐牢靠，他又是一双大手？唯我坚信，老单一定吃过黑娘的麦饼，有特别的能耐。

苍石街的人，再也没有见过老单。康姨直到离开苍石，也没有改嫁。她的两个女儿先后考上大学，大女儿和我同校，学的都是中文专业。我大三时，她入学，一接触，我发现，她读的书、知道的事，比我多得多。我说：“都在苍石长大，差距怎么这么大？”她笑，不答。我又问：“还记得老单吗?”她睫毛扑闪，很神秘，说：“模糊。”又补充说：“他讲过的黑娘，倒记得清楚。”

后来，康姨的两个女儿出了国，回来接走了康姨。也许，老单一直就在康姨身边，只是我们看不见。我们没有吃过黑娘的麦饼。

（原载《百花园》2021.6）

第五辑

A与蝉

李浩

A是一个脾气暴躁、做事极为执拗的人，或许是出于对他脾气的惩罚，在他三十一岁的时候他的耳朵里被放入了一只蝉——他患上了严重的耳鸣，每日这只蝉都鸣叫不止，无论是白天还是晚上，无论是休息的时候还是忙于工作的时候，它都不肯有半点停歇。

A当然很是苦恼。他对耳朵里的蝉威逼利诱，用和它轻柔谈话的方式，用对它播放佛经的方式，用侧过身去压住它的方式，用挖耳勺和牙签威胁的方式，用头使劲撞墙震动到它的方式，用塞上耳机把最大声响的音乐灌进耳朵的方式，用耳边放另一只不鸣叫的蝉来引诱的方式，用……反正，他想尽了一切办法。这一切办法当中，当然也包括去医院，请求医生的帮助。但是没有半点儿的好转，那只蝉安然地住进他的右耳，不知疲倦地一直嘶鸣。

A的耳朵里住进了一只蝉，这个脾气暴躁、做事极为执拗的人不得不耐下些性子，尝试和这只蝉和平共处，可这只蝉却不为所动。这是一只习惯变本加厉的蝉，与A同样执拗的蝉，它不仅不肯接受A的协商在某些时刻暂停，而且叫得越来越响。A 这个脾气暴躁的人竟然毫无还手之力。

一年的时间，两年的时间，A 可以说不堪其扰。他的脾气因此也变得更加暴躁。这一日，他带着满脸愁容在路上低头走着，一个背着鼓鼓囊囊袋子的老人拦下了他。“这位兄弟，你先停一下，你应当有什么烦心事……”“走开，烦心事多着呢！别想骗我的钱！”“我没说要钱……”“不要钱也不听！”脾气暴躁的 A 再次打断了老人的话，他几乎就要伸出手去。“你耳鸣，是不是？有……有两年的时间了吧？”

A 心里刚点燃的火焰立刻小了下去。“是啊是啊，你怎么知道？你有什么办法吗？……”

A 得到了办法，但这不妨碍他将信将疑——如果非要将信和疑划分比例的话，大约是 3∶7，他的疑虑更多一些。所以，A 并没有立刻按照老人的办法去做。他继续着携带耳朵里的蝉寸步不离的生活，他继续着时时刻刻听见来自耳朵里面讨厌的噪声的生活。

直到有一天耳朵里得意扬扬的蝉鸣严重地影响到他的睡眠，而睡眠不足的他又在一项工作中犯下了错误，而这个错误直接导致领导的愤怒和咒骂。睡眠不足、脾气暴躁的 A 没能忍住，他直接冲过去指着那位领导的红鼻子——结果是，A 丢掉了他已经干了五年的工作，这还将导致……即使如此，忍无可忍的 A 还是没有使用老人教给他的方法，甚至都没有想起来。他使用的方法是，把原来用过的威逼利诱重新来一遍，然后用过量的饮酒把自己灌醉，然后在游泳池里有意沉到水下、有意让水灌进耳朵里去……可无论他使用什么方式，哪怕是“自戕”，都无法伤及这只实在可恶的蝉。

这时候，他才想起了老人的话。

要不要详细地说出老人的办法我有些犹豫，那其实只是一些看上去很简单的操作，既没有巫术也不使用咒语，对小说进程也影响不大；而如果我要略掉，亲爱的读者很可能以为我在关键点上想不出办法，试图糊弄过去——为了表明我并不是试图糊弄，我就把老人教给 A 的方法简要列举在这儿：找一棵高大的槐树，必须是槐树，而且要距离城市略远。用树下的土和一点儿泥，涂在耳朵眼的边上。把三只不会叫的母蝉的蝉蜕找到，烧成灰烬，然后搅拌进盛着露水和山泉水的碗里。侧身躺下，有蝉声的那侧朝上。然后等待。

别说，这个办法还真起到了作用。那只蝉真的从A耳朵里钻了出来，在爬出耳朵的时候它甚至暂时地停下了鸣叫——“好啊，我可让你给害苦啦！”等这只蝉刚从A的耳朵里钻出，A就迫不及待地直起身子伸手去抓这只害他耳鸣的蝉。

这只和A相处日久的蝉相当机敏，它尖叫着，朝着远处飞去。

“往哪里跑！我是不会放过你的！”脾气暴躁、做事极为执拗的A立刻拔腿追赶，“我不会让你跑掉！”

他们跑过树林，那里面有槐树、杨树，也有樟树；他们跑过一片草地，那里有黑麦草、雀稗、细叶结缕草和高羊茅；他们又跑过一条小河，河水里有鲫鱼、鲢鱼、赤眼鳟、青鱼和泥鳅……蝉在不断地飞着，而A也在后面不断地追着。尽管已经气喘吁吁、筋疲力尽，但A身体里那股执拗的劲儿也上来了。“我就不相信抓不到你！你折磨了我两年多，我宁可拿出两年的时间也要把你追到！我不能让你落个好下场！”

他们越跑越远。有几次，这只从A耳朵里飞出的蝉本来已脱离了A的视线，但它无法止歇的蝉鸣还是出卖了自己，A循着蝉声又从后面赶到，它也不得不拖着已沉重不堪的翅膀再朝前面飞一点儿，再飞一点儿。

也不知道过了多长时间，也不知道他们已经跑了多远。这时，他们竟然来到了山上，这片山林里有栎树、桦树、椴树、冷杉、狐狸、野兔、臭鼬、红头灰雀和山崖。是的，他们一路你飞我追竟然追到了一处山崖的边缘。已经没有了力气的蝉在山崖边上停了一下，然后一头朝山崖下面扎，它飞动的样子、鸣叫的样子都显得气急败坏。A也追到了山崖边上。被内心的执拗怂恿着、几乎是遮住了双眼的他似乎没有意识到自己已近山崖，他依然在追，在追……

脾气暴躁、做事极为执拗的A也跟在蝉的后面，跃下了山崖。

他的手臂在舞动着，舞动着。这时，他意识到自己其实是在飞翔，像一只刚刚使用翅膀的鸟。他在空中转动了身子，朝着山崖上面的平地飞过去——

可就在这时，他的耳朵里又响起了一阵蝉鸣。“不行！我不能放过它！”

A再次在空中转身，朝着刚刚那只蝉下坠的方向，以同样的气急败坏，直直地追了下去……

（原载《芙蓉》2021年1期）

为什么要把小说写得这么短

刘按

万面人生

他每天早上醒来，都会在镜子前撕掉一张旧脸，露出一张新脸。他是从十二岁的时候开始发现，自己的脸可以像面膜一样撕掉的，窍门就在右耳后的某处，要从那个地方开始慢慢撕才能撕下来。一般情况下，撕下一张脸需要用时三分钟（后来熟练了，只需十五秒），稍微有一点点疼，但完全可以忍受。他每张脸长得都很像，脸与脸之间的变化是微妙的，有时要过好几年，才能发现他的脸有肉眼可见的改变。他像我们所有人一样，在时间中普通地活着，不同的是，我们是在同一张脸上感受时间留下的所有痕迹，而他在时间的无尽流逝中已悄然换了上万张脸。我们的衰老显露在同一张脸上，而他发现，他越往后撕，露出的脸越老。故事进行到此，他的秘密没有被任何人揭穿。直到有一天，他颤颤巍巍地走到镜子前，缓缓揭开他昨天的脸，然后他发现，这张脸的背后，再也没有脸了，他露出脸背后的骷髅，他从镜子中看到自己的骷髅脸，知道自己死期已至。

少女小 A

1900 年的秋天，大兴安岭深处的一棵树突然成精了，她化身为一个白衣少女，离开自己的树形母体，走出了森林。少女给自己起名为小 A。少女小 A 来到离森林最近的城镇，待了两天就离开了城镇，继续走，少女小 A 在一百年的时间里，去了很多地方，见识到了很多地方的风土人情，她经历了第一次世界大战和第二次世界大战，她交到了很多朋友，迷恋上了喝可口可乐，还曾和一个中国人谈过一场终身难忘的恋爱。少女小 A 再也没有回到过那片森林。有一天，少女小 A 正走在布宜诺斯艾利斯的大街上，正是下班时分，路上行人熙熙攘攘，少女小 A 突然摔倒在地，口吐鲜血，少女小 A 掐指一算，知道有人正在遥远的大兴安岭深处砍伐自己（那棵古老的树），少女小 A 盘腿坐在大街中央，知道自己来到了临终一刻，少女小 A 缓缓地闭上眼睛，在脑海中回忆那些纷纷闪烁的往事，当遥远森林中的那棵大树被彻底砍倒的瞬间，少女小 A 也垂下了她美丽的头颅。

一句话的故事

一个下午，一个皮肤白皙，面容姣好的女人，坐在一把椅子上喝茶，她看着静静敞开的窗户，轻轻地说了一句话。这句话并不晦涩，其中没有生僻的字，每一个字都是简单的，听上去有点像一句废话，但是这句话的意义却非常的奇妙。某种程度上来说，这句话是喝茶的女人说给自己听的，因为身边没有别人，但是她说完，很快就忘了。另一个下午，一个有点沮丧的中年男人坐在家里的沙发上剥橘子，他也是一个人在家里，身边也没有人，这句话又从他的口中被说了出来，他也是说给自己听的。这两个人之间没有任何交集，而且剥橘子的男人说出这句话的时候，喝茶的女人已经死了几百年。坐在沙发上剥橘子的男人说完这句话之后，也很快就忘了。

没有人知道，这句话的下一次复活是什么时候。

聚集的故事

街道上的落叶被扫到一块，超市里不同品牌的酱油放在同一个货架上，烟灰缸里的烟头快满了，一大群鸟越过黄昏的屋顶，几个穿着西装打着领带的人一起朝酒吧走去，很多封信被不同的手塞进同一个街边的邮筒，一个女人走进一家专门卖帽子的商店，有一层病房里全是胃出了毛病的人，五个手指缓缓收拢成一个拳头，很多根火柴静静地躺在同一个火柴盒里，很多素昧平生的人登上同一辆火车，整个街区所有的狗都突然开始叫起来，同一场雨中的每一滴雨在下落的过程中都保持着独立，有一个巨大的会议室里摆满了空空的椅子，狼行成双，一棵桃树上结的每一个果实都是桃子，附近所有的蚂蚁都朝着一颗暴露在空气中的糖爬去，两个人在伦敦的街上用英语对话，另外两个人在贵州的山沟里用贵州方言互相问候，一棵松树长在一望无际的森林里，很多条巴掌长的鲫鱼被一个人不断地从一条河中钓起来放在身边的小桶里，左轮枪里上满子弹，雌雄大盗躺在同一张郊区旅馆的窄床上，一个女杀手独自坐电梯去十七楼，河滩上铺满鹅蛋大的石头，深深的地下埋藏着石油，洪水冲走一个村庄的每一栋房子，猪羊鸡全部顺流而下，一辆汽车停在另一辆汽车的后面，一个人走在另一个人的前面，牛头马面相视而笑，人世的荒野上百鬼夜行，深邃的宇宙中群星闪耀。

（原载《上海文学》2021 年 01 期）

《感情生活》之《图表》

陈思安

交往了七个月后，她得到他的邀请，到他家中做客。交往的半年里，这是她第一次去他家里。

他家的房子不大，只有不到七十平方米，典型的单身公寓。屋子为了迎接客人的到来收拾得还算整洁，至少没有丢在地上的袜子，厨房里的杯碗都是洗干净的，也没有隔夜外卖的酸臭气。不过，电器边边角角的地方和墙沿四周还是积满了浅色的灰尘。

她慢慢放松下心情，跟他说说笑笑着一起备菜煮菜。她预感到，从现在开始，两个人的关系可以再进一步了。

吃完饭后，他们准备一起看一部电影。他主动要求承担洗碗的工作，让她去挑选一部想看的电影。主动洗碗绝对是加分项，然而负责挑选电影也是个坑。之前他们约会常一起去电影院看电影，但电影院里哪有太多可选的余地，无非就是那些视觉大片和爱情片。在家看电影就完全不一样了。

为着慎重起见，她没有选择线上流媒体的电影库，而是走到了书架边浏览起他收藏的 DVD。这时候，那张图表引起了她的注意。图表贴在书架旁的墙壁上，有两张 A4 纸那么大，表格上密密麻麻排满了各种人名和小格子。每个人名后面的小格子里都贴着一系列贴纸，贴纸只有小拇指指甲盖那么大，色彩丰富。细看有苹果，有闪电，有骷髅头，有玫瑰，等等。

她迅速浏览着人名表，发现有一些名字常挂在他的嘴边，也有一些名字从未听他提起过。看名字感觉其中男女都有。区别只在于，有的人名字后面的贴纸多，有的人名字后则只贴了一两个。这张图表让她想起上小学时老师为了激励大家学习而在教室里张贴的小红花榜。真是童年噩梦。她得到的小红花数量总是班上女生里最少的。她焦虑地在图表中寻找着自己的名字。哈，还真的是有。这一次，她的名字后面跟着一排数量极为可观的贴纸。五颜六色的贴纸犹如九色鹿闪耀着多彩光芒的尾巴缀在她的名字后面。

他从身后抱住了她。这是什么呀？她问。这是我的人情关系管理图表。什么叫人情关系管理图表，难道感情还能图表化吗？感情为什么不能图表化呢，只需要一点想象力，世界上一切都可以图表化啊。他笑了起来，显得很得意，比画着那张图表给她解释了起来。

黄色的苹果代表此人在关键时刻帮助了他，紫色的闪电代表此人做了一次伤害他的事，红色的玫瑰代表此人送了他昂贵的礼物，绿色的树苗代表此人临时取消了很重要的约会，橙色的翅膀代表此人帮他实现了很想实现的计划，深蓝色的箭头代表此人在背后说他坏话又被他知道了。总体上来说，暖色系的贴纸都是好事，冷色系的贴纸都是糟糕的事。如果一个人积攒的冷色系贴纸太多，就会得到一颗黑色的骷髅头，代表此人在他心里已死。

她慌忙在自己的名字后面寻找冷色系的贴纸，发现有两棵绿色的树苗，竟然还有一束紫色的闪电。我的老天啊，她在心里低声尖叫，我什么时候伤害了他，我居然完全没有意识到！他像是听到了她的心声似的，搂着她笑说，哎呀我也是闲得慌弄着玩儿的，不要当真，我们看电影吧。

心不在焉的她随手选了一部喜剧片放起来，可她的心思完完全全被那张图表给挂住了。她不得不努力回忆七个月来与他的每一次约会，每一个相处的细节，她说过的每一句可能伤害到他的话。必须得弄清楚那些小树苗和小闪电都是怎么来的。可这是她想要的未来生活吗？仿如加长版小红花榜循环播放的童年噩梦，那些被鲜艳符号所支配的恐惧日日上演。

电影里的人也会意识到自己的可笑吗，还是他们的存在只是为了逗他笑而已？他随着剧情乐得前仰后合，她却连勉强咧开嘴装个样子都做不到。她时不时偷瞄挂在自己身后的那张图表，感慨生活果然不肯给她一个轻松就能得到美好家庭的机会。

（原载《上海文学》2021 年 01 期）

猫变成了幽灵

张宇宙

终于，我走完了我的一生，我的灵魂脱离了身体，我从未感觉如此轻松。

我走在一条开满黄色小花的坡上，我闻到浓郁的青草的味道，我的感官从未这样灵敏。天边紫色的云是晚霞吗？我朝着有光的地方一直走，一直走，这时路中间出现了一只猫。

好可爱，居然不怕人哦……欸？欸？居然站了起来?！猫居然站了起来?！和我一样高！是我缩小了吗？

“啊，你终于来了，我已经在这里等了你50年了！”

欸?！猫居然张口说话了，什么鬼?！是鬼吗?！啊啊啊！

“你是?”我问道。

“你不记得我了吗？我是你的猫啊！”

“我的猫？是蜜桃吗?！”啊，是我26岁那年养的猫，我想起来了我想起来了！啊原来……我……没想到又见了……我难过得说不出话，但其实不知道是难过还是久别重逢的喜悦，那种感觉不像活着的时候那样清晰，但似乎心在颤抖。

“原来外面的世界这么好玩啊，我一直在这里等着你呢。”

“我……好想你啊！”我竟然不知道要对它说什么……明明在它走后的几十年，我时常会想它，但没想到，啊真没想到，我们会以这样的方式见面。

猫凑上来，用它像戴了白手套的爪子挽住我的胳膊，我记起它的小爪子了，我从前总喜欢握着它的爪子，现在，在死后的世界，它居然和我的手一样大了，我们变成一样的大小。

“为什么活着的时候你都把我关在屋子里不让我出去?”猫问我，两只大眼睛看着我，我又回忆起更多生前的细节。

“欸……我……我是怕……”我突然语塞，难道死后变得笨嘴拙舌了吗?

“好啦，都过去了，我们走吧！这条路！”猫挽着我的胳膊拉着我往前走。

好开心。

我就说，哪天我们变得一样大小、一样智力的时候，我们会成为最好的朋友。

我不再是你的主人了。

“那你还打我吗?”

“不打了！求你也别打我。”

我们的声音渐渐地消失在开满白色小花的晚霞中。

（原载《小说界》2020 年第 5 期）

旋转的风景

胡晓江

在山中村落，许多户人家的院子都是开敞式的，最窄小的只有五六平方米，宅门的一侧整整齐齐码放着大量劈好的木柴，另一侧就是这样一间小小的院子，和青石或砖头铺成的路面就隔着半堵矮墙。墙头上放着一排旧搪瓷脸盆，种着葱和另几种叫不出名字的植物，有些长着细碎的叶子，散发出可以泡茶的沁香，有些则长着肉肉的叶子，嫩生生的茎干彼此交织着长成了网状。矮墙的内侧安置着一高一低两个水槽，下方是木板半遮掩着的水渠，因为光线的关系，显得十分幽深。水槽上的三个水龙头，其中一个正开到极限，就像沿途四处那样，整个村子都响彻着哗哗的流水声。山上的自来水来自山泉，每逢雨季，水流格外汹涌，为了减少压力防止水管爆裂，村民们会日夜都将水龙头开着。这一幕日常中透着稍许异常，是平原地区看不到的光景。

当世界顺时针旋转九十度，就得到了另一幅截然不同的景象。我踩着房屋的外墙，垂直于它向宅门走去，原先的重力兀自在发生作用，新的重力已于我脚下悄然生成。在我的右侧，延绵百米的倾斜山体之外，天空和云层在无限远的地方组建了一道巨大的幕墙；在我的左侧，是整个底盘都立起来的村庄。我的头顶，矮墙成了一截挑空的屋檐，就像一小段长着绿色的刺和鳞片的怪兽背脊。我从电视机一般悬挂着的水槽前经过，盈满之后水开始沿着水面的方向溢出，它就像一个裂纹剧烈变化的屏幕，水渠里则映出了我黑色的半身剪影。我有些费劲地适应着两个方向的重力，走到门框处站住，脚下是几米深的房间，家具贴着四壁，中间空落落的，如果从这儿向下攀爬，我将穿过许多房间、窗户和门，抵达村庄的边缘。但这并非目的，我只是坐下来，目光越过柴禾堆，如今它们就像被修剪过度的灌木丛，看着晚霞平平推过旋转了九十度的天空，厚厚的夜幕渐渐合拢，在原先的屋顶边缘处压没了最后一丝光线。

（原载《小说界》2021 年第 3 期）

快走

李晓东

近来，男人很烦。没事，男人便去乡村瞎走，走到哪算哪。他听人说，人老脚先老，快走让人年轻，走到足够快时，甚至可以让时光倒流，回到青年，回到少年，回到童年。对此，他深信不疑。

这天，男人又去乡村瞎走。他不知走了多久，忽然，他来到了一个熟悉的地方，只见一片金黄的稻田中央，矗立着三五栋楼房。

这不是二十五年前他任教过的樟源中学吗？他沿着田间那条笔直的沙土路走进校园。一进校门，他便看见一个青年笑着朝自己走来，拦住去路。他愣愣地望着青年，越瞧越面熟，到底在哪里见过呢？

青年笑着问："一别就是二十五年，你早忘记了我吧。我就是青年时期的你呀！你现在还好吗？"

男人说："甭提了，活得窝囊。现在我老了，妻子失业，女儿找不到工作。我要钱没钱，要地位没地位，活得比牛还累。我只想回到过去，重新做一个青年教师。"说罢，他便要往前走。

青年一把拉住他，忙说："不急，你先听我说。现在不比当年，如今教书先要考教师资格证，还要参加网上的各种教育培训和考试，上课不能体罚学生，就连骂学生也得好好掂量一下。最要命的是，这里的教师比学生还多，学生大多随父母进城了。你随时得准备下岗，你可要想清楚！”

男人仍不肯回头，说：“快放我走，我要回到无忧无虑的少年时代！”

男人不知走了多久。走着，走着，他来到一所山村小学，看见校园外的小溪边有一株半枯半荣的老樟树。他愣住了，这不是自己当年读书的樟源小学吗？奇怪的是，怎么听不到读书声？

他正要进校门看个究竟。这时，一个少年挡住他，问：“你还认得我吗？”

他上下打量着少年，越看越眼熟。

少年说：“我就是当年的你呀。你不会忘记了我吧？你今天怎么有空来看望我？”

他说自己活得很累，想回到从前。

少年笑着说：“你知道吗，我比你活得还累。当年你读小学时，上学晚，放学早，一个学期只考试两次，平时作业也少。你没事就去捞菱角，上山摘杨梅，爬树掏鸟窝。你读三年级时，就爬到校门外那棵老樟树上玩耍，还从树洞里抓出了一只没长齐羽毛的小猫头鹰呢。”

他笑着说自己真怀念这段快乐的少年时光。

少年接着说：“你不知道，现在樟源小学早成了村民的晒谷场，这里没有一个学生了。我得去十里外的乡中心小学读书。除了语文、数学外，我还得学英语、科学、思想品德等多门功课。就连双休日，我也被老师抓去补课。寒暑假，我更是被父母送到各种兴趣特长班。你知道我为什么总长不高吗？因为我每天被书包压得直不起腰，抬不起头，喘不过气。不说了，你可千万别回到从前，做什么小小少年郎啦！”

他不信，执意要朝前走。少年冲他不停地摇头叹气。

又不知走了多久，他来到一个偏僻的小山村，村后有一座高山，云雾缭绕，这不是樟源岭吗？他看见村口有三棵高大的古枫，枫树上栖满了白鹭。这村庄越看越熟悉，正是他儿时的故乡樟源村啊。

他正要进村。这时，一个儿童走上前来，拦住他说：“你离开家乡几十年了，怎么还认得回家的路？你不会不认得我吧？我就是当年的你呀！这些年来，你过得还好吗？”

他说自己活得没意思，好想回到天真烂漫的童年。

儿童突然哭了起来，说：“你还是别回来的好。你知道吗？樟源村只剩下两户人家守村了，多数村民都搬到城里住了。我早到了上学年龄，可村里没有小学，就连幼儿园也没有。”

听着儿童的哭诉，男人很难过，对着村口三棵古枫大嚷道：“我不相信，怎么会这样！”

忽然，男人被自己的喊声惊醒，睁眼一看，天亮了。

（原载《天池小小说》2021.5）

老舅等着咱们去钓鱼

谈波

进站刹车，双层巴士剧烈晃荡。哥哥把脸贴向车窗。

车下的弟弟先看见了哥哥，他冲着上层的哥哥，举了举手中的鱼竿。

哥哥等到弟弟上来，才把旁边座位上的背包拿开，放到了地上。弟弟却拍了拍哥哥的肩膀，要他把靠窗的位置让出来。哥哥照做了。

哥哥把弟弟的鱼竿小心翼翼地顺到座位下面，跟自己的鱼竿挨着摆好。弟弟的眼睛随着鱼竿上下移动，没得看了，视线转向窗外。弟弟没有包，他拎了一只塑料袋，里面是只小塑料袋，装着鱼饵，几根半湿不干的鱿鱼须。哥哥从弟弟手中要下塑料袋，丢到背包的上面。

巴士开动。树枝打得车顶啪啪响。

弟弟捂着头往哥哥身上躲。

“我的妈。”

“没事。”哥哥推开他。

“知道。”弟弟说。

弟弟放下胳膊：“老舅呢？”

“老舅在养殖场门岗，等着领咱们进去。”

“小时候真好，没有人不让钓鱼。管天管地，管不着海。”

“可不是吗，一刮风，海参，恁大个，有的是。”

“像锅盖的那叫什么来着？”

“锅盖？”

“海蜇，对。没人要，海蜇。”

“谁要那玩意儿。海虹、海蛎子遍地。香波螺用扫帚扫。”

哥哥突然不言语了。哥哥利利整整的，板着面孔。

兄弟俩的前边，坐着一对学生恋人。小姑娘回头看了他们一眼，使劲捂嘴，惹得小伙子也回了一下头。小伙子比较谨慎，他没有笑。弟弟长着一张国标脸，额头上皱纹很深，低着脑袋，看人的时候并不抬起，只眼睛往上翻。弟弟的眼神相对正常，并且容易羞怯，有人回视，他会迅速把目光移开。

“哥，老舅和你谁大？”

“干什么？”

“我想知道老舅和你谁大。”

“我们同年。老舅生日大。”

哥哥一直看着前边。

“五十一？”

“五十五。我比你大七岁，能五十一？”

哥哥突然严厉起来：“上班时间，你不要打我手机。”

“好。”

“好什么好，跟你说过多少回了，打分机，你总打手机。”

“我忘了。”

巴士进站，停下，开走。哥哥问：“上回老舅钓了几斤？”

“老舅不高兴了。他有话跟你唠。”

“你嫂子病了么，我才没去成。老舅钓了几斤？”

“老舅没说。反正钓了一条特大的。这么大。”

“那可不小。你呢？”

“我一条没钓。”

桃园站。两个学生手扯手下了车。小姑娘快速看了弟弟一眼。她把头埋到男朋友的胳膊上，还是笑出了声。弟弟挠头。挠得花白的头发唰唰作响。没有人上车。

巴士驶向海边。顶层只剩下了老哥俩。夏天，这是条旅游热线。现在是十一月末。哥哥给弟弟整了整棉衣领子。

“我发了件新棉袄，下次捎给你。”

“给小宝吧。”

“小宝穿工作服？人家从上到下名牌。”

“小宝聪明。哥，我记得小宝从小学习就好。”

“两岁能背唐诗。”

“真的吗！我上初中还不会背。”

“你？一加一学了半年。咱爸没少揍你。一加一等于几？三，呱唧一巴掌。”

“哥，我梦见咱爸了。咱爸在街上溜达。他问我，地狱的门在哪儿？我也不知道地狱的门在哪儿。这梦怪不怪？”

“一般的人死了上不了天堂。一般的人，谁能不干点坏事？”

“是吗？我就干过不少坏事。我跟咱舅把人家自行车气嘴子拔了。总共拔过四次。”

“那倒不算什么。”

“我还跟老舅在大春家门口拉了一根绳，把大春的爷爷腿摔破了。你忘了？大春总下绊子绊我。他还把你打哭了。哥，我最想咱妈，我怎么从来没梦到过咱妈？”

“到时候就梦到了。”

“你梦到了？”

“梦到了。”

“咱妈跟你说什么？”

“没说什么。你胃还疼吗？不能一天到晚吃方便面。晚上就到我那儿去吃。我们一块儿吃。”

“咱老舅也这么说。他让我去他家吃饭。可我挺爱吃方便面的。再说，你们都搬了新房子，太远了。”

“你都跟老舅说了？”

“说什么？”

“其实，你嫂子吧，常惦着你的吃饭问题。她这人就是爱干净。”

哥哥拍了拍运动背包。

“你嫂子给你做的。韭菜盒子。明天的饭都带出来了。拿个尝一尝？”

“现在不饿。”

“你嫂子，你嫂子那天说你的话吧，不要往心里去。再别去找小宝就是了。知道你爱跟小孩儿玩，可小宝已经长大了。老师同学都看着，影响不好。小宝能不亲他叔？小宝亲你。”

“哥，小宝学什么专业的？”

“计算机。”

“听说小宝有女朋友了。哥，告诉小宝，别耽误了学习。”

哥哥望了望窗外：“起来吧，快到站了。”

哥哥拿起塑料袋，交到弟弟手上，然后弯腰把鱼竿勾了出来。弟弟接过自己的鱼竿。哥哥背上背包，说：“等退休了，我去给你做饭。”

“你退休，早着嘞。”

“那还不快？你看今年，这不马上就要过去了？”哥哥说，“不知道怎么过去的。”

“哥，咱爸哪年退休的？”

“走，下车去等着！”

（原载《青春》2021 年 02 期）

《童少六记》之《乡村小画家》

王怀宇

似乎从我记事起，父亲就一直是我的“死对头”。我这个天才的乡村小画家就毁在了父亲的手上。用现在流行的话说，我是先遭遇了捧杀，然后又遭遇了棒杀。

我在三岁的时候就喜欢画画了。当时，我那已经三十多岁还不甘平庸的父亲正在外地的一所大学求学，母亲带着我和姐姐留守在五棵树村，寄居在外祖父家。

外祖父是个大大咧咧的热心人。他宠爱外孙子超过了亲孙子。正是因为有个与众不同的外祖父，我才从来没有那种寄人篱下的感觉。我在外祖父家生活得心安理得、自由自在，俨然一个作威作福的小皇帝。我想干啥就能干上啥，画画一不小心就成了我的最爱。鸡鸭猫狗，猪马牛羊，我几乎是见啥画啥，而且画啥像啥。

念过私塾的外祖父是村里的文化人，见外孙子有如此本领，脸上的神情就更加慈祥。乐不可支的外祖父有空就领着我在整个村庄走家串户地表演画画，那可真是一场不知疲倦、兴致勃勃的终日游荡啊。我又是那样配合和乖巧，外祖父指向奔走的狗，我就画鲜活的狗；外祖父指向跃上窗台的猫，我就画灵动的猫。外祖父让我画啥我就画啥。那时的我还会背很多句唐诗宋词呢，如“锄禾日当午，汗滴禾下土”“少壮不努力，老大徒伤悲”“待到重阳日，还来就菊花”。还有“书中自有黄金屋，书中自有颜如玉”“万般皆下品，唯有读书高”这类的古语，都是不经意间从外祖父那里学来的。在外祖父眼中，那时的我一定是神笔马良或者是天才仲永。

五棵树的乡亲们那时还没学会嫉妒和恨，他们都对我投以羡慕的眼光，我和外祖父当然非常受用。正在我乐此不疲地在乡村走家串户地画画，沉浸在“乡村小画家”的称号中时，在外求学的父亲毕业回来了，说要带着母亲、弟弟和我进驻平安县。那时五棵树的乡村人视平安县为天堂，谁也没有理由放弃进城的好机会。

捧杀就是从这个时候开始的。看上去更有文化的父亲并没有忽视我的画画天赋，在去平安县的路上，他还在跟母亲说，平安县有文化馆，文化馆里有教画画得好的老师。

父亲没有食言，不久，他就找到了平安县文化馆美术辅导部的李主任。

李主任比父亲年长几岁，毕业于一所大学的美术系，论起来竟和父亲是大学校友。老同学就非常热情地接待了我们父子，李主任还慷慨地送给了我三支又粗又黑的专业素描笔。临走时，李主任摸着我的脑袋说：“这孩子能行，好好学吧。”又加送给我一本厚厚的精装大书——《鸟的基本画法》。

过分热情的老同学显然让父亲受宠若惊，素描笔和工具书更是让父亲如获至宝。当天晚上，父亲把睡眠都弄丢了，竟然熬夜亲自为我列好了学习计划。

接下来就是那场噩梦般的棒杀了。

按照父亲制订的学习计划，开始时我每天要画完一只鸟。我每天都要使出吃奶的力气，才能在父亲急赤白脸的指挥下勉强完成任务。

父亲一向干啥事都认真，这次更不会例外。只要我画画，他就不再急着去上班了，总是一丝不苟地站在后面监督着我。我几乎每画一笔，他都要认真点评一番。画好了还行，一旦哪笔画得不对了，我就要挨训；画得再离谱点儿，就得挨骂；如果画错了，就要挨踢。从那以后，我的每天好像都变得漫长了，年少的我过早地拥有了那种度日如年的感觉。

随着时间的延续，不知不觉中，我发现画画已经不再是我的美好爱好了，好像越来越变成了痛苦的负担。

几个月后，按学习计划，我每天必须画好两只鸟了，就更得经常被训被骂被打了……渐渐地，我对画画竟产生了恐惧心理，常常暗自后悔：当初自己为啥要有这种爱好呢？这不是没事找事吗？

我打心眼儿里越来越不爱画画了，可死要面子的父亲哪会同意？他还急着去老同学李主任汇报教学成果呢。

每次我流露出想放弃的意思，一顿骂都是难免的，有时还要挨上几大脚。

终于有一天，我突然有了一个好主意——坚决不画了。我决定，无论父亲怎么骂，怎么打，我一定要挺住！我想，只要挺过了这一次，以后就彻底解放了，彻底自由了，一定不会再因为画画这件事挨骂挨打了。

那天父亲怎么骂的我，怎么打的我我都记不清楚了。我只记得最后他实在骂不动了，也实在踢不动了，竟然首次给我一记响亮的耳光。以前不论我怎么淘，父亲可是从来不打我脸的。

最后，父亲气得说不出话了，好像打不动了，才浑身颤抖着用嘴在我的大腿上狠狠地咬了一口，把嘴角都咯出血。父亲是一边擦着嘴角的血迹一边最后狠骂了我，父亲最后的骂声空洞而无奈。

可以说，是父亲的异常严厉导致我最后选择了放弃画画。那个天才乡村小画家终于生生地被他父亲给扼杀在摇篮里了。那年，我刚刚七岁。曾经那么热爱画画的我不敢再热爱了，我摆脱画画就像摆脱掉了一场巨大的噩梦……

一天下午，外祖父从五棵树乡下来平安县看我。我还没放学，见外孙子心切的外祖父就早早地来到小学校园里。当时校园里正办着全校小学生画展，有些驼背的外祖父就背着手满操场转悠着，边等我放学边看画展。他看了一遍又一遍，哪张是他外孙子文学画的呢？他居然一直没有看到我的名字，难道是外孙子改名了？可是从没听说外孙子改名啊？放学后黄昏的校园里，在我没认出外祖父之前，我先看见了一位满脸失望的老人。之后我才发现那位满脸失望的老人竟然是我的外祖父，那是我有生以来见过的最困惑、最失望的外祖父，外祖父在拥抱我之前的那一脸茫然若失让我至今印象深刻。这些年，我并不觉得父亲怎么对不住天生喜欢画画的我，我倒觉得父亲更对不住的人，应该是我那慈祥、善良的外祖父。我不敢去深究父亲到底对不起谁，怕父亲重新让我学画画。直到多年以后，我仍不敢提及跟画画有关的事。

（原载《鸭绿江》2021.6）

《我的流浪日记》之《味道》

莫小谈

广场上来了一位写地书讨钱的青年，一帮人围着他看，我也站在其中欣赏着，还夸他的字有味道。那青年并未抬眼看我，顿了顿笔，忽而俯身趴在地上，用鼻子凑近字，嗅了嗅，说：“你没闻过，怎么知道它们有味道?”

我突然觉得他的行为很“艺术”，便与他并排趴下，闻地上的字，引得围观的人哄堂大笑。

这位写地书的青年叫苇子，一心想用笔来书写人生。他说，自打那天起，他就认定我是他兄弟，我们并排跪在广场上，就算行了结拜之礼：苍天在上，黄土为证，今日我兄弟二人……

得得得，别贫嘴。我拉着他走进我们的小窝，处于这座城市最北郊的一个村落，虽离城很远，但离生活很近。

我们租的房子，是经过房东二次改造的，一端搭着他大哥家的房顶，另一端则搭在自家屋顶之上，远远看去，整个建筑就像是一个大大的“凸”字。

“如果将这座怪异的建筑物想象成金字塔的话，我们就住在塔顶。”每次回家，苇子总会不自觉地自嘲，说，快，让我们登上人生的巅峰。

即便是这个“凸”字之巅，也被房东动了手脚，几张装修板将一个大通间隔成了七八个不同的小世界。没有窗户，暗，隔音效果也不好。邻居翻个身，床板就“咯吱”一声。我们只好用高分贝的音乐抵抗隔壁黄毛和他的朋友们传来的吆五喝六声，若不行，再用棉花团子堵住耳朵，若再不行，就干脆大声朗诵顾城的诗：

在春天
你把手帕轻挥
是让我远去
还是马上返回

这仍然不管用。后来，苇子想出了一个颇具喜感的办法，每当隔壁声音一落，我们就齐声唱“啷个哩个啷”——

“哥儿俩好啊。”

“啷个哩个啷。”

“五魁首啊。”

“啷个哩个啷。”

“六六顺呀，八匹马啊。”

“啷个，啷个，啷个哩个啷。”

此举引起黄毛及其友人的极度不满，报警说我们声音太大，惊扰了他们的生活。片儿警很认真，苦口婆心地安抚着每一个人。

除了噪音，这座“凸”居里还有一大特色，冬凉夏热。房东还不允许过度用电，电磁炉、热得快、电热毯、电风扇啥的，都在禁用之列。我们的电饭煲就曾被房东没收过，还连同锅内三大把准备煮粥的黄豆。

苇子向房东索要时，房东说，那不行，白纸黑字写得清楚，禁止使用大功率电器，你们就是不听。

“总不能不让人做饭吧？”

“让，但规矩是大家的，不针对任何人。锅，暂扣三天。”

“租房又不是牢房，你凭什么扣押私人物品?”苇子仍不乐意，和房东吵。

“凭什么？就凭楼上楼下这二十多条性命，男男女女，老老少少，如起火漏电，出了岔子，谁担当得起?”

“那你总不能不让人吃饭吧?”

“让，我哥家的饭馆不分三教九流，你尽管去吃，没钱赊账都行，饿不死你!”

我们只好三天不开火。

三天后，苇子去领锅，一溜儿小跑回来，满脸的惊喜，进门就喊：“快，快过来，围拢过来。”我放下手中的书，眼神迷茫地望着他。

“凑过来，凑近一点儿，快，快闻闻，香不香？你们闻闻香不香?”

我定眼一瞧，之前下锅准备煮粥的黄豆经过几个日升月落，竟生出了豆芽菜，根根粗壮。

“太奇妙了，这是大自然的馈赠，是原野的味道。”苇子难掩兴奋，“你说说，快说，咱是清蒸还是红烧?”

“人家都这么努力地改变自己，你却想着吃掉它?”

我的这句话并没有改变豆芽菜的命运，只是出锅前，苇子在品尝它的咸淡时烫了舌头。他一个激灵，说：“不好，我良心发现，灵魂抽了一筋儿。”

苇子既没上过大学，也没有学过书法，却始终想拥有一个有趣的灵魂。

我问他：“是家里有病重的老人，还是有即将辍学的兄妹，等你补贴家用?”

他笑笑说：“都没有，就那么脑子一热，跑出来了，出来后才发现自己一没技能，二没文化，只会写字，还是在课堂上比着字帖偷练的。”

苇子依然每天拿着他的笔，从广场边的水沟里打水写字，一写就是一天，只是比先前多了一道工序，每每写完，他必趴下闻闻地上字的味道。“这广场其实就是一台复印机，大地是纸，人群是字。”苇子说，“复印机的可悲之处，就在于它看似每天复印着不同的纸和字，实则是重复着相同的命运。”

苇子的情绪总是起伏不定，当无数次求职失败后，他的情绪低至极点，他说，他的四周都是黑暗的。我安慰他："至少广场上的大地是白的。"

"是啊。"苇子抿着嘴笑，"这台复印机才是我的米面油。"我从来不在意他言语中的真伪，也从来没有在合租时让他承担过分文。

后来我们中间经历了很多事，直到多年以后，不断有人问我同样的问题："当初，他吃你的喝你的，你就毫无怨言？"

我说："毫无怨言。"

因为，在我最落寞的时候，苇子曾对我说过一句话，他说："醋与污水是我的墨，写在哪里都是酸的，但和你在一起的时光，是甜的。"

（原载《濮阳广播电视报》2020 年 10 月 13 日）

第六辑

罗老师

安勇

2003年，我刚刚写作不久，就认识了罗老师。

罗老师在市作协的内刊《新星》当编辑，戴副黑框近视镜，有点驼背，人还没到，先闻到一股烟味。罗老师还喜欢喝酒，量不大，一瓶啤酒下去，就有了醉意，拉住人家手谈文学，眉飞色舞地分析阿扣的人物形象。有人提醒，不是阿扣，是阿Q。他嘴上应着，说的还是阿扣。又感叹文学的黄金时代已经远去，文学越来越边缘化，原本全国公开发行的《启明》，憋憋屈屈地变成了现在的《新星》。

大家见话题沉重，提议他唱一段，被他抓住手的人赶紧鼓掌，借机把手抽了回来。罗老师笑眯眯地点燃一支烟，不紧不慢地抽两口，头低下去，眼睛看面前的酒杯，冷不丁的，歌声就从喉咙里冲出来。每次唱的都是《茅草地》，烟熏酒泡的嗓子沙哑苍凉，听上去别有一番味道。罗老师唱得投入，烟灰掉进酒杯浑然不觉，歌唱完，端起杯就喝。旁人制止时，酒已经进了喉咙。

罗老师哈哈大笑："高温消毒，喝了也不会坏肚子。"

这时候的罗老师透出一股豪放癫狂劲儿。

罗老师从小爱好文学，先写诗和散文，后写小说、剧本，几十年下来，写了几百万字，从未上过省级刊物，作品多发表在本市的报纸上。罗老师时常感慨，自己是走投无路才当了编辑。话虽这么说，罗老师其实非常喜欢编辑这个职业。读到一篇好作品，仿佛捡到了宝贝；发现一个有潜力的新人，就像探到一座矿山，四处给人家做宣传，千方百计帮着推荐发表。我参加的几次饭局，都是罗老师带去的，席间被他夸得真是不好意思，如果写不出来，感觉第一个对不住的就是他。

罗老师认为，只有同类才能彼此理解，相互安慰。他常说一句话："写作这事不容易，所以呢，写作者必需互相温暖才行。"

罗老师花钱极仔细，饭局从不付账，烟也极少让人，只有买书大方，是本市数得着的藏书家。罗老师非常喜欢把书送人，尤其是刚写作的新人。每次都郑重其事地捧给对方，对自己送出的书赞不绝口，似乎那本书能改变人家的命运。罗老师送我的是《给青年小说家的信》和《小说机杼》。

罗老师说："看完这两本书，你就会明白小说的奥秘。"

在一个散文论坛上，我结识了外地文友老秦。老秦写了十几年，文字功底扎实，发表过一些作品，但始终没有大起色，终于心灰意冷，不再创作。几次跟帖留言，渐渐熟悉起来，加了微信。听说我所在的城市，老秦发来一张汇款单图片。五年前，他在《启明》上发过一组散文，杂志社给他寄了480元稿费，但因为种种原因，没能及时领取，等到去邮局兑现时，得知钱已经被退了回去。他多次试图和《启明》编辑部联系，但刊物上的电话始终打不通。他让我想想办法，看能不能帮忙联系一下，把这笔钱补寄给他。

"钱我真的没领，否则的话，汇款单就会被邮局收回去，不会在我手里了。"

我知道这事不好办，已经过去五年了，《启明》已不存在了，即便想给他补，这笔陈年旧账从哪出呢？我含糊应承几句。老秦却很执着，隔三岔五追问结果。我只得实话实说，告诉他几年前《启明》刊号被收回，原来的编辑部也解散了，实在没处找人要钱。老秦似乎听不懂我的话，仍然时不时让我想办法，帮忙联系，弄得我不厌其烦。

在一次饭局上，我把这事说了出来，责怪老秦不识时务。在座众人基本都站在我的立场上，谴责老秦一根筋，一条道跑到黑。大家出主意，让我把老秦拉黑，再也别理他。

罗老师喝下一杯酒，眼睛看着空酒杯说："这个作者也挺不容易的，没领到稿费也是实情，我想想办法吧！"

几天后，罗老师用微信发来480元钱，让我转给老秦。

"事情解决了，你告诉他，《启明》编辑部给补发了稿费。"

我心里疑惑，想不出来罗老师通过什么渠道给老秦补的这笔钱。罗老师又发来消息，向我要老秦的地址，说有本书想赠送给他。我按罗老师说的，把钱转了过去，又要了地址。

几天后，在一个饭局上见到罗老师，我追问他那笔钱究竟是从哪来的。罗老师脸红到脖子根，说钱是他自己出的，但他不是有意要撒谎。看他的样子，似乎很对不住我和老秦。

我心里非常过意不去，这事是由我而起的，罗老师虽然曾经是《启明》的编辑，但也没有任何道理让他无端受损失。我说这事得和老秦说明白，让他心里有数，知道盐打哪咸，醋打哪酸。

罗老师急忙摆手："千万不要告诉他，咱们这些搞写作的人，大多执拗、敏感，要是让他知道钱是我个人给的，不是编辑部行为，他没准会看成施舍，那样一来，就会伤害到他。写作这事不容易，所以呢，写作者必需互相温暖才行。"

时隔不久，我收到老秦的消息："罗老师的赠书读过了，请替我谢谢他，我又开始写作了。"

（原载《天池小小说》2020.11）

眉头上的字

杨静龙

礼物在蒸笼里冒着热气，我想那一定是一份非常特殊的礼物。

半个月前，我得了严重的焦虑症，为了舒缓心情，我来到了这家深藏在大山里的农家乐，遇到了“光头大叔”。

“光头大叔”是农家乐的厨师，五十多岁，瘦得像一块太湖石，几乎秃顶，数得清的几根头发稀稀拉拉的，聊胜于无的样子。第一次叫光头大叔，老板娘似乎有点儿不开心，瞪了我一眼。他自己却笑着答应了，往脑门上啪啪打了两下，说：“光头有什么不好？光头就不用剃头了，每月省下一笔剃头钱，就算是老板娘给我涨薪了。”老板娘和我一起哈哈笑了起来。

光头大叔是一个“快乐哥”，这些天给了我无穷无尽的快乐。

每天早上，我拿着画夹去写生，光头大叔都要做一顿丰盛的早餐，我的餐桌上总比其他客人多两只鸡蛋，或者多一盘新炒的溪鱼干。临出门，他把中午的干粮装进塑料袋，塞到我手里。

下午一般我早早地就回来了，在农家乐小院子里修改画作。听到声音，光头大叔从厨房里走出来，双手粘着鱼鳞，看我带回来的写生画。“这不是村口的老樟树吗……”“那是三叔公的老屋场……”他满脸兴奋，一迭声地说，“那是东村的荷花塘呀，这张画画得最好，啧啧……”光头大叔还挺有眼光，那幅“荷塘春色”确实是我这几天画得最满意的作品。

老板娘在一旁怂恿：“看起来你真是跟画画有缘，你就拜小陈老师为师学画吧。”

光头大叔的目光从画面转到我的脸上，目光灼灼，好像我的脸变成了一幅画。

美院毕业之后，我开办了一家培训机构，教小孩子学画画，学生不多也不少，赚的钱刚够养活自己。“我招学生是要收费的，”我说，“但是你光头大叔嘛，可以免费。”

光头大叔乐呵呵地回到了厨房。吃晚饭时，他特意给我加了两个菜：半只土鸡和一盘河虾。

光头大叔开始学画了。白天空闲时，他把我的写生画搬到餐厅里，非常认真地临摹。平时我教他一点技法，给他一些指点。因为画的都是村里村外的景物，是他所熟悉的，依样画葫芦，虽然没有什么章法，倒也画得像模像样的。

我们的交流日渐多起来。说是交流，其实大多是听他讲，他讲笑话、讲故事、讲乡村的民间传说，内容五花八门，包罗万象。他似乎有讲故事的天赋，能把看似平常的事说得惟妙惟肖，让我开怀大笑，忘却了许多烦恼。他千方百计地接近我，源源不断地送给我快乐。有些时候，我觉得他是故意在找笑料，哄我开心，让我笑。我的心头弥漫着一缕情愫，觉得自己正被一种近似于亲情的气息包裹了起来。

我的焦虑症状在不知不觉之中，日渐消减下去。我决定返城了。

临别之际，光头大叔指着我的额头说：“小陈老师，你那么年轻，眉头上就写着‘川’字啦，这可不好，什么时候眉头上不写字了，你就不会焦虑了，病就好了。我真想送你一支画笔，可这笔没地方买呢……”

“哦——”我好奇起来，“那是什么笔呀？”

“你拿这支笔往自己的眉头上一画，眉头上的川字就没有了。你就变成一个快乐的姑娘了。”光头大叔说完，拍着光头呵呵地笑了起来。

我笑着说：“光头大叔，你太逗了。”

边上的老板娘听了，也哈哈笑起来。

“那样的笔是买不到的，但我为你准备了一份特殊的礼物，也很有意思的。现在，我们就来看看那份礼物吧。”光头大叔说完，走到灶台前，一把掀开了蒸笼。

一缕热气从蒸笼里喷涌出来。待热气散尽，我看到了一幅画，一幅神奇无比的画。

蒸笼里，一张白色的蒸笼布，上面错落有致地排着八只大虾。八只大虾呈现出各种姿势，形象可爱，栩栩如生。仔细看时，发现原来它们被一枚枚小针钉在蒸笼布上，上首用切得很细的土豆丝，拼凑出六个小字：齐白石虾趣图。

我看看蒸笼里的“虾趣图”，又瞅瞅光头大叔的脸，再瞅瞅老板娘，一时竟说不出话来。

“它们摆在蒸笼布上是画，吃到肚子里就是虾。现在我把‘齐白石’蒸熟了，小陈老师你把它吃掉，以后一定也能成为一个大画家……”光头大叔半开玩笑、半认真地说。

“吃了这些虾，我就要成为齐白石了，哈哈……”我一边笑一边拿起筷子，夹了一只大虾。

光头大叔像一位慈祥的父亲，满脸堆着笑，一边看我吃虾，一边喃喃地说道：“吃，你快趁热吃。”

离开农家乐之后，我与光头大叔和老板娘都保持着微信联系。

半年后的某一天早晨，老板娘突然给我发来微信，说光头大叔昨天夜里从山崖上摔了下来，被人发现时，已经咽了气。

“深更半夜的，光头大叔跑到山上去干什么？”我问。

老板娘在微信里回答道：“他有一个女儿，和你同岁，也是学画画的，写生时不小心从山崖上失足掉了下来。她的坟就在山崖上……”

我呆呆地看着手机的屏幕，不知如何答复。

过了一会儿，老板娘发过来一段文字：“你知道他为什么掉头发吗？化疗的。女儿去世的第二年，他就得了肝癌。”

“他是一个好父亲……”我在手机上写道，然后删掉，删掉了又写，想了想又删掉了……

（原载《小说月刊》2021.3）

二十米

胡炎

二十米，是走廊的长度。女保洁员看着那些危重的病人，从走廊西侧的门进入，而后，多数人被从走廊东侧的门推出。进出时，他们都安静地躺着。

女保洁员想，生与死，大约也就二十米的距离吧。这么深奥的想法，看起来不该是一个女保洁员该有的。可她真就这么想了。她的祖父在世时，曾是有名的“半仙”。祖父说：“生死之间，其实也就是一口气的工夫。”祖父又说：“每个人的身体里都住着一个灵魂。人死了，灵魂就自由了。”祖父还指着天上的星星，说：“瞧见没？那都是灵魂变的，有一天，爷爷也会变成星星的。”所以，打小她就觉得，人不过是一个壳子，灵魂才是那个真的“人”。灵魂走了，壳子也就废了。

她在 ICU 从事保洁工作已经多年，一切都似乎习惯了、麻木了。这二十米她来回走过多少次，叠加起来是个什么数字，她不知道，也不在意。她多数时间都弯着腰，左手笤帚，右手撮斗，或者两手攥着拖把，自西向东，让这二十米保持干净。常常，她一面清扫地上的烟蒂和痰渍，一面发着牢骚，但抽烟的继续抽烟，吐痰的继续吐痰。她拿眼瞪着他们，小声说着脏话。这大约也成了习惯。

累了，她就扶着笤帚，呆呆地站一会儿。又有人蒙在被子下被推出来，只露出两只僵硬的脚。哭声在走廊回荡，形成多声部的合奏——沉闷的发自一个中年人，背驼得厉害，胡子像一团杂乱的荒草；哭出戏腔的大约是他的妻子："我的婆婆唉……唉，唉，唉……"怎么听都有些煽情；尖厉的来自一个年轻女人，红头发，脸色苍白，五官扭曲。他们用哭声把那个异常安静的人送入电梯间，从九楼开始下降，然后哭声渐弱，最终坠入某个深不见底的地方。

她就这样站着，面无表情，似乎无意识地挥了挥笤帚，然后继续她的劳作。白日下沉，夜色升起，夜幕笼罩着走廊，叹息声压过了其他声音，在黑夜里凸显出来。她分辨不出，谁在为生命感叹，谁在为钱发愁，谁在为出资不均忧闷，谁又在为无暇谋生焦虑……但她知道，每个人都在煎熬着。夜渐深，备受煎熬的人终于疲惫，鼾声在走廊翻滚，重浊的、高亢的、带着哨音的、时断时续的……交汇起来，驱赶着死亡和恐怖。有人在铁质座椅上不安地翻身，制造出刺耳的声响。她倚着墙，看着他们，就想，睡吧，都睡吧，睡着了就什么都忘了。

她也有无聊的时候。站在窗口，看夜空中的星星。那些星星眨着眼，显出几分诡谲。她时常会陷入恍惚——那颗最亮的，是祖父吗？这些星星当中，会不会有那些走过二十米的灵魂呢？有时，她也会和人搭讪，比如那个文弱的青年。他戴着眼镜，像一个腼腆的大学生。她注意他很久了，心中一直有一个疑问，青年的母亲病情危重，为何只有他一个人陪护？

"怎么不见有人替你呢？"她佯装清扫他脚下的地面，顺口问道。

青年叹了口气："我爸十年前就死了，在建筑工地打工，从脚手架上摔下来，人当场就没了。"

她手里的笤帚抖了一下。

"我还有一个哥哥，"青年接着说，"三年前出了车祸，也死了。"

她的全身都抖了一下。

“家里就剩下我和我妈，”青年脸色惨白，“现在，我妈也要走了。”

她愣在那里，表情木木的，眼皮跳了几下，似乎想流泪，但她流不出。她看着青年，想，十年前，他还是个孩子；三年前，他也只是个大孩子；而今，他可能很快就成孤儿了……她似乎想摸摸青年的头，手伸了伸，又缩回了。她什么也没说，手里的笤帚，倒是有些发狠了。

青年母亲去世的时候，她依旧呆立着，无意识地挥了挥笤帚。

又一个晚上，一位半大小子进了ICU，陪同而来的是一个妖里妖气的女孩儿，化着浓妆，头发染成焦黄色，打底裤外套着一件黑色皮短裙，身上的味道香得撩人。更吸引眼球的是，她的双臂居然文着彩色文身。从她出现在这里后，她似乎一直有打不完的电话，嘴里粗话连篇，简直不堪入耳。女孩儿边打边在走廊晃荡，如入无人之境，有时还会朝注意她的男人抛媚眼。所有人都睥睨着她，远远地躲开……

她没躲，迎着走过来的女孩儿，说：“伤得不轻啊。”

女孩儿乜了她一眼：“被刀捅了，轻得了吗？我得让我的哥们儿给我男朋友报仇！”

她就唏嘘了一声，说：“还是报警吧，闺女，别把事情搞大了。”

女孩儿不耐烦地推了她一把：“去去去，要你个扫地的多管闲事！”

她僵着一张脸，看女孩儿在电话里招呼四方神圣。她嘴唇翕动着，却再也无话。没过多久，那个半大小子从东侧的门被推出来了。她还是呆立着，向着再也站不起的半大小子，机械地挥了挥笤帚。

这么多年，她挥了多少次笤帚，连她自己也不知道。或者说，她几乎没有意识到自己是在以这样的方式向那些死者挥手。所有的陪护者，也不会关注她。她的确太渺小了。她在每一次挥手后，就接着清扫她的二十米。她只知道，不管那些人是好人还是坏人，是善人还是恶人，她都得让他们干干净净地走完这二十米，然后变成夜空中的星星。这是她的本分，也似乎是她必须完成的使命。

（原载《百花园》2020.11）

劳动者

安石榴

我好朋友曾经教我一个处世招子，她说："你这种天生少几根筋的人？"天哪，她说的这是什么话呀，少一根筋就要命了，还几根？她说："你这种人，买东西的时候，一定要睁大眼睛打量卖家，专挑那些面善的人，你才能少上些当。"

好吧，事实证明这很好用。认识小万馒头铺万师傅一家就是这个原则的实践结果。小万是个男生，我认识他的时候他二十多岁，细纤纤的，还是男孩样儿。宽眉，大眼，但都又浅又淡，我想可能这就把一些看起来锋利的东西淡化了、中和了。他鼻子端端正正的，加上一张爱说爱笑的嘴，总是和和气气的样子。好像一家人的话都让他说了，他母亲和妻子不大爱说话，时时刻刻闷头干活。反正这样一个小作坊，完全以人力顶着呢，根本放松不得。

小万的馒头铺只有三个品种：馒头、花卷、糖三角。用自制面粉，蒸出来个个胖嘟嘟的像小猪娃似的，好吃，实惠。

小万的馒头铺的确是个小店铺，生产和售卖都在一个空间。正方形的小屋子里，墙排列着一台笨重的和面机，一块超大的板，一个煤气灶，一溜儿顶棚"醒"馒头晾晒架，两摞半人高的面粉袋子垛，一个成品的货架。当然了，还有一个收钱的小子。买馒头的人只要站在门外，所有一切一目了然：他们的每个动作、每个人脸上粉尘、每一块干净的屉布。

小万爱笑爱说话，一边手脚不停地作，一边和顾客打着交道。这样我便知道他一直跟母亲在一起，结了婚也和母亲在一起，他妻子和他是发小。他转过身来一只比画到自己的下巴颏，说："她小时候大涕这么长。"我知道他大半是在开玩笑，不住哈哈大笑，一边瞄他妻子。她正在把一块块面剂子揉成圆形馒头，没有抬头，也不反驳，抿嘴偷笑。他母亲已是一头白发，他没听见，只顾从售卖架上拿花卷装在袋子里递给我。

慢慢地，我也知道了小万馒头铺的运作。他们一家每天凌晨一两点钟起床，一起用掉十几袋子面粉——五十斤一袋，一次蒸十二三屉，每屉二十三四个馒头。这是日常工作，不包括订单，比如有一次小万给北山大庙一次蒸了三万个馒头，一家人通宵达旦干活。

所以，小万抖了抖刚刚倾入和面机的面口袋说："这个活计干不长，熬人，消耗太大，没法干长。"

我想这也是小店铺普遍的困境吧，干活的人不能一拨拨替代流动，老板当不成甩手掌柜，必须亲自下场劳作。母亲年纪大了，妻子必定还要带孩子——这时候，他们还没有孩子呢。

就在我们聊这件事不久，小万妻子开始显怀了，肚子越来越大。但我旁观着，她的活儿还是那些，不然怎么办呢？小小的作坊，人手有限。

接下来的几年，我还在这个老旧的小区里住着，小万娘儿三个依然在楼下的小店铺里做着馒头、花卷和糖三角，小万的女儿由孩子的外祖母在乡下带着，偶尔能在店里看到。小姑娘笑眯眯的，模样像父亲，看起来要到上学的年龄了。

然后，忽然有一天，毫无征兆地，小店铺换人了。也是一家三口，但不是小万一家了。我吃了一惊，仰头看门面，还是原来的门匾，这么多年风吹雨打，"小万馒头铺"几个字依然清清楚楚。我问：

“换主人了吗?”

男人回道:“是的。”

我发现他和小万不是一个类型的男人，立刻丧失了闲谈的兴趣。新主人增加了品种，除了之前的馒头、花卷和糖三角，还增加了小米发糕、荤素包子、酥饼，等等。然而，小店并未坚持多久，也就一年多吧，闭店了。邻居吴大妈说:“啥啥都瓢轻的，不干黄了才怪呢。”再开业的时候，牌匾换了，主人也换了，这一家专营自产蜂蜜。

每天出门上班都经过店铺，我偶尔会想起小万，他们一家在干吗呢?这个问题会在我的脑子里一闪而过，不会久留，个人有个人的事儿，哪有闲心面面俱到。

有一年，深秋的一个晚上，我们单位聚餐之后，我打车回家，一上出租车，司机和我都笑了，原来是小万。几年没见，小万还是小万，只是稍微胖了一点儿，倒是显得成熟了许多。我这才知道，小万这几年都做了什么。他先是买了一套学区二手房，安排孩子上学之后，两口子就一起去学开车，考下驾驶证就买了一辆出租车，夫妻搭档，白天妻子开，晚上小万接手。小万说:

“我媳妇白天开车，兼顾着接送孩子上下学，我妈给我们做饭看家。”

我说:“一家人在一起，挺好的呀。”

“那是。”小万哈哈笑着说。

“不过，还是挺辛苦。”我说。

小万连连摇头，说:“不不不，我挺知足。自己的车，自己说了算，虽然挣不了大钱，生活自给自足。”他转头看了我一眼，说:“大姐，老话讲孩子老婆热炕头，还说，细水长流，我都信，真心相信。”

(原载《小说月刊》2021.6)

看月亮

张建春

他对妻说："我们去外面看月亮吧?"是商量的语气，也带点儿恳求。妻眼都不抬，专注于手中的手机，说："找事呀？月亮有什么好看的!"

窗外的月真好，月辉让人感到是蓬松松的，是暖的，万物静悄，似都在专心领略。小风吹过，月色仿佛一浪一浪地波动。十五的月亮正凌空，圆得意味深长。皓月千里，不过如此。

他感到有些扫兴，拿起本书，书上的字被月色泡软了，横竖不对劲儿，看不下去。他还是想去看月，又和妻子提起："月好，去看看吧。"妻子不回话，转动下身子，算是再次拒绝。

月的诱惑力太大，他独自走出家门，一瞬间月色就把他浸透了。

略略的不快，在月色里消解了。他沿着小河行走，月在小河里浮泊。他走月也走，他站月也停，一时间他有了错觉，月莫不是他的追随者？

想到妻子。他和妻子谁是谁的追随者呢？他有些疑惑了。初恋时，妻子说过一句话，他还记得："月亮跟着太阳走。"那时，妻子是把他当作太阳的。

实际上，妻子也是喜欢月亮的。知青下放的日子，他和妻同时下放到两个村子。两个村子相距约五公里，中间隔着一块大大的冲田，他们相约每个月月圆时相见。他总是提前走，加快脚步迎着妻，怕她多走路。相逢时，月在他们两人之间，总是羞答答的。妻扑向他，一句话是固定的："月亮来了。"月亮是妻。

他盼着月圆，数着月圆，将日子一天天打发过去了。

那时的妻子有想法，依偎在他的怀里，总要给他出难题，比如要他把月亮摘下来。他很是无奈，妻说："真笨。"她让他从冲田中捧了清水，一轮月就卧在了掌心。他们欢快地笑，天地寂静，世界是他们的。送别是一场大戏，他执意送妻子，一程又一程，直至妻子下放的村边。妻不放心他，他有话应对："怕什么，有月亮陪呢。"一语双关，妻给他一个甜甜的吻。

回城了，上班了，生孩子了，月亮就和他们远了，他和妻似乎再也没有一起看过月亮。

他心有戚戚。月亮当头，他的步伐慢了下来。

小河水潺潺地流，他顺坡到了河边。好久没下雨了，河水清澈，浮在河里的月干净而澄明。他闻到了月的味道，有青草的香、禾苗的香。这味儿真的好闻，亲切，和气，不就是下放时冲田里月的味儿吗？他的心又一下子走得好远。那段岁月哟！他的眼睛里一层薄薄的湿气升起。

看月亮的不止他一人。一对小情侣席地而坐，相互依偎。月色很明，他看到了两个青春的面孔。女孩将手中的石子一颗颗丢进河里，河里的月碎了又完整，完整了又碎。男孩不制止，反而捡起身边的石子，递给女孩。一递一扔，似琴瑟和鸣。他心中忖度，他们是在和月亮游戏呢，或许还有更深层的含义。是什么，只有他们两人知道。

他悄悄退去，一对静默相守的情侣是不愿被打扰的。不是吗？他和妻圆月厮守时，对身边叫着的虫子、蹦跳的青蛙都感觉特别多余。

时间好快，儿女都大了，翅膀硬了，都远远地飞走了。他和妻都退休好多年了，不缺吃不缺穿；房子是大房子，三室两厅，空荡荡的。平时，少许的家务做完了，剩下的就是大块大块的时间。他抱着本书看，妻手机不离手，好像上面有黏黏的蜜糖，撕也撕不开。

儿女和孙子偶尔回来，来去匆匆，纯粹是过客。热闹一番，留下的却是挥之不去的孤寂。他不怪他们，各人有各人的生活，圈是圈不住的。

他深深地叹了口气，叹出的是浊气，再吸上一口，连同月色也吸了进去。

回到家，妻还是卧在沙发上看手机，见他回来，眼皮抬了抬，随即又把目光集中到屏幕上了。

他想和妻子说说小河边的月亮。看妻子专心的劲头儿，突然迟疑了，但仍然忍不住，他大声地说："河边的月亮有味儿，是冲田上空月亮的味道。"

妻一惊，目光从屏幕上离开，打量了窗外一眼。窗外月色溶溶，月亮逃远了。

十五的月亮十六圆。明天无论如何要拽着妻去看月亮，要问问她，这月亮的味道可是青草味、禾苗味？他突然有些激动。

（原载《百花园》2021年2期）

陶爱哥

王炬

陶爱哥是个神秘的歌者，也是草原的一个传说。

对于北方的牧场来说，4 月是个最凶险的月份。根据政府要求，4 月份开始禁牧，直到 5 月 20 日左右才开牧。禁牧期间，是羊群最难熬的时光。这些在一望无垠的大草原散养的公羊和母羊，挤挤挨挨待在羊圈里，烦躁地叫着，公羊们则是寻衅打架。而草原上的嫩草开始萌发，一到夜晚，草原的空中弥散着绿草的气息，那些两三岁的大羊，嗅见了嫩草的气息，回忆起嫩草的香甜，便更加焦虑地叫着，年轻力壮的公羊甚至跳栏，恨不得冲到旷野去撒欢，吃那些香甜的嫩草。

这个时间，羊群就不好好吃干草了，远方的绿草诱惑得它们的心都野了，它们焦虑地一声声叫着，那叫声让人特别难受，真想放开圈门，让它们去野外放松一下。羊们瘦了，它们不好好吃东西了，即便添加香喷喷的料豆，它们也没有胃口，它们焦虑的叫声，让牧人们真想放它们出去。

但不行，必须等一场雨，没有一场透雨，草长不出来，羊吃不饱不说，还会对草原形成破坏，而且“跑青”的羊会跑死。

人们去敖包举行祭典求雨，让老天赐给牲灵们活路。

求求老天来一场透雨吧！

在人们焦虑的期盼中，终于，雨来了！

干涸的大地得到了滋润，牧人们站在雨中，在雨中笑着，大家感觉脚下的小草也在笑着，伸出了它们的小巴掌，捧起了甘露般的雨水尽情地喝着。

一个晚上过去了，第二天你去看吧，草原都绿了，绿得晃眼，呵，夏天来了，牧人们收拾行装，要倒盘了。

倒盘就是离开冬天放牧的草场，转移到夏天的草场。我们的一号牧场距离二号牧场有十多公里。这让大家有点发愁。

大羊们的体力强，赶着过去没有问题，问题是有一百多个春羔子，有的才生了一个多月，还在吃奶，根本走不动。

场长萍姐最后决定雇一辆拉羊车，分四趟，把这些羔子拉到二号牧场。

牧工老周和老孙赶着羊群上路了，留下萍姐和小丁拉那些羔子往夏场二号牧场倒，过程很顺利，车毕竟比羊群走得快，等这些羊羔子分四趟运到二号牧场，大羊群也差不多到了。

这些和妈妈们分别了的羊羔子，先是在新环境里欢快地蹦啊跳啊，过了一会儿，它们饿了，开始一声声叫着它们的妈妈，不远处，它们的妈妈也听见了它们的声音，也一声声应和着，有几头心急的妈妈，已经率先冲过来，它们已经好几个小时没见着自己的孩子了，不顾一切地向小羊羔群冲进来。

意外发生了，母羊们在小羊羔群里绝望地叫喊着，它们找不见自己的孩子了，小羊羔们也焦急地喊着，有的小羊找到了自己的妈妈，拱到妈妈肚皮底下寻找奶头，可是妈妈们嗅了嗅那些小羊，一脚把它踢开了——你是谁，你不是我的孩子！

大羊在焦急地奔走，围着小羊们不停地旋转，小羊们更是饥肠辘辘，不停地拱来拱去，整个场面混乱一片。

牧工老孙说：“坏了，坏了，就怕这种事，还是发生了！”

小丁问到底怎么了，老孙说：“咱雇的车有问题，烧机油，小羊羔身上串上了机油味了，大羊不认他们的孩子了。”

母羊是靠气味辨认孩子的，这些小羊羔串了一身机油味，大羊认不出他们了。

听着小羊们饥饿的叫声，大家都着急了。

萍姐说：“不然用奶粉救急吧！”

老孙说：“千万别，你用奶粉救急，一百多羔子喂不过来不说，羊羔还会跑肚拉稀。另外，大羊的奶不放出来，会得乳腺炎，以后会很麻烦，你们看，它们的乳包都憋红了，赶紧想办法，不然回了奶就麻烦了。”

“那咋办？那咋办？”大家听他这么说，都急了。

老孙说：“没有别的办法，请陶爱哥吧。”

陶爱哥，是这片草原的一个传说，据说他的歌声能让拒哺的奶牛、骆驼流着泪去给孩子们喂奶，但很多人不信。

但老孙这样说了，也只好去请了。

老孙对作为牧场长的萍姐说：“我去找人，你们在家准备好酒和奶茶，还有他唱一场三千块钱，你要同意我就去。”

萍姐说：“三千块钱，够贵的，万一没效果咋办？”

老孙说：“没效果算我的，咱不能让一百多羔子和母羊出事不是。”

萍姐笑着说：“那就去吧，这事也够玄的。”

老孙说：“那还去不去？你定。”

萍姐犹豫了一下，说：“去吧！我去旗里买奶粉，咱两手准备吧！”

老孙骑马去了，萍姐开着车去旗里买奶粉，不料几个小超市的奶粉都卖完了，去了几家凑了十袋，再也没有了，这下把萍姐急坏了。萍姐又开车去了四十公里外的多伦，也没买上几袋，天也黑了，萍姐只好开车回来了。

虽然是5月天了，晚上还是很冷，萍姐往回开的时候，车窗上竟然挂了雪花，风也起来了，视线也不好。萍姐开车回来，已经快九点了，天色已经铁幕一样黑下来，等她开车进了二号牧场院子，满认为羊群会惨叫一片，不料没有羊群的叫声，只听见羊圈里传来低低的歌声。

萍姐停好车，顺着歌声朝棚圈走去，看见在不太明亮的灯光下，一个三十五岁左右的清瘦的男人正坐在棚圈的地上，身下是一捆干草，他的身旁是一瓶酒和一个暖壶，暖壶旁是一只碗，他安详地坐在草上，低沉又浑厚地唱着一个没有歌词的歌：

“陶——爱——哥——”

“陶——爱——哥——”

“陶——爱——哥——”

“陶——爱——哥——”

他不停地吟唱着这一句，又不时喝一口茶，再喝一口酒，瓶中酒似乎空了，他似乎有点醉了，身体在微微晃动，但唱声却似乎更加洪亮，更加神秘，那些母羊们卧在那里，静静地望着他，萍姐看见它们的眼眶中竟涌出亮晶晶的东西，那是泪水。

“陶——爱——哥——”

“陶——爱——哥——”

歌声突然温暖柔和，而且更加悠长、低沉，只见一只母羊慢慢站了起来，在羊圈里转了一圈，低头去拱两只饿得快站不起来的小羊，那两只小羊迅速站起来，又跪倒，立刻衔住那红通通的饱满的奶苞，不顾一切地吸吮起来，紧接着，又一只母羊找见了它的孩子，一只又一只母羊站起来，去找自己的孩子……

萍姐看得呆了，忘记了身上落了一层雪。

老孙不知何时站在萍姐身旁，说：“得唱一宿呢，你去休息吧！”

“他唱的是啥，我怎么听上去就一句呀？”萍姐问。

老孙说：“我也不懂，自古传下来的神秘咒语，牲口们听得懂，人不懂。”

老孙又说：“唱一宿就祥和了，你放心去休息吧！”

萍姐带着一种奇异的感觉躺在床上，听着后院传来“陶爱哥”舒缓悠扬的唱声。忽然明白，为何这个人被叫陶爱哥了，原来是一句歌词。她给老孙发了个微信询问这件事，果然老孙说，不是歌手的本名，草原上管唱这种劝奶歌的人都叫“陶爱哥”。

萍姐也是累了，很快入睡了，第二天五点起来，去羊圈看，见那人坐在那里，低着头睡着了，一只一岁的细毛小母羊用头拱他的胸，这个场景让萍姐心动，她看了一会儿，回屋洗漱，回来时那人已经离去，一开栅门，只见那些小羊一个个欢蹦乱跳地奔出羊圈，在院子里撒欢。它们吃饱了。

萍姐叹道："神哪！"

老孙说："人走了，没提钱的事，说还回来，有事商量。"

唱了一夜，救了羊群，却不要钱，这事透着古怪。不过草原人心大，不在小节上纠缠，萍姐想早晚给他就是了。

又过了三天，一个下午，在牧场放牧的老孙打电话给在家拌料的萍姐说："陶爱哥来了，在牧场呢，你来吧，有点怪！"

萍姐听他这样说，立刻开车去了牧场，远远听见那人在牧场的蒙古包外坐着唱呢，不过这次唱的不是"陶爱哥"，而好像是一首情歌。

年轻两岁的细毛羊哟，
在秋天月圆的日子成亲。
美丽三岁的羊公主呦，
是去年草好的季节结婚。
银子做成的奶水，
像河水一样多。
金子一样的奶水，
像淖尔水一样多。
我心中难忘的妻子哟，
不知你还记不记得我……

阳光透过芨芨草照在他脸上，斑驳的草影使他显得很遥远。他这样唱着，满脸忧伤的样子，只见有一只年轻的小母羊，从羊群里走出来，来到他跟前几米远的地方，睁大双眼看着他，他又唱着，那只小母羊又往前走，走到他身旁，把头顶在他的怀里，他伸出手，搂住了这只小母羊，把下巴抵在它的头上。

萍姐发现，这就是那天早上和他依偎的那只小尾细毛羊。

他就那么和那只小母羊依偎着，后来弯起腰向老孙招了招手，老孙走过去，两人低低说了半天，过了一会儿，老孙走过来跟萍姐说："他说那晚三千块钱不要了，就要这只小尾细毛母羊。"

"那他不是亏了？"

"他觉着不亏，他说这只羊是他老婆，他老婆前年的，他说他知道她托生成了一只羊，他整个草原找，在咱这儿找见了。他说他愿意再倒找咱点钱，只求把羊带走。你看朝他要多少钱？"

萍姐觉得有些震撼，又觉得不可理喻，说："还朝他要啥钱？他这么说了就让他带走吧！"

老孙过去跟他说了，他走过来，朝萍姐鞠了一躬，说谢谢。

萍姐说："你真名叫啥？"

他说："姓马，叫三多。"

他走了，那只母羊跟着他离开了牧场，大家都惊异地看着，从来没见过一只母羊这样乖乖地跟着人离开羊群。

大家说："有可能真像他说的，是他老婆转世的。"

老孙说："也许是他的歌迷惑了那只羊，他的歌太神了。"

他就那样和那只羊离开我们的视线，后来，大家没再见过这个人。不过，大家总是问，那只小母羊真的是他妻子吗？

（原载《金山》2020 年 12 期）

肖像

艾克拜尔·米吉提

那一天很热，他提着相机随意走在喀什老城，用镜头撷取一些画面。走着走着，忽然一幅画面吸引了他。在一个低矮的铁匠铺前，一位白须齐胸的长者，正在叮叮当当地敲打着一块红铁。那长者形象实在是太慈祥了，他想为他拍一幅肖像。他们语言不通，他只好举起相机示意可否拍照，那长者停下手中的活儿摆了摆手。他明白了。

但是，这幅画面刻进了他的脑海，他觉得自己不能离开这幅画面而去。他就安静地坐在那里。他观察到这是一个小小门脸的铁匠铺，店门甚至低于路面有半米多，但是店门口收拾得干干净净，他觉得眼前这是一位勤劳的长者。

时不时有一些驴友和拍客经过铁匠铺，拿起镜头就想拍摄，一律被长者摆手谢绝。

他静静地坐在那里，时不时地看看那位长者的面庞，他觉得实在是完美无缺，他内心甚至漾起微澜。

有那么一次，他和长者对视了一下，他自己欢喜地笑了一笑。他感觉到了长者双眸深处的一丝温暖。他为之有一些小小的激动，他觉得有一种希望正在萌生。

长者依然叮叮当当地敲打着手中的活儿，他也依然静静地坐在那里观察着长者面部轮廓。不经意间，他们的视线又一次相遇了，他自己笑了，他看到长者脸上也有了笑容。

这时，长者停下手中的活儿，从一旁拿起一茶缸酸奶喝了起来。他不失时机地举起相机示意可否拍摄，长者没有摆手拒绝，而是脸上漾起一副笑容。他明白了，立即咔嚓咔嚓按动了快门。随即他调出这些画面一看，他内心十分激动，真的拍摄到了从未遇见过的肖像。他调转相机给长者看了一看，长者脸上一副轻松的笑容。他于是向长者亲切地摆了摆手，示意感谢和告别，便走向那条老街的拐弯处，寻找着他所探寻的新的画面。

后来他回到北京，调出那天在喀什老城街头拍摄的长者肖像，内心十分温暖。他选了其中两幅画面洗印出来，装了画框，摆在屋里，感觉美妙极了。他想把这两幅肖像寄给那位长者。

不过，他为自己当时的疏忽有点儿小小的懊恼，那天一时激动，竟然忘了要长者的联系方式，现在无法给长者寄出这两幅肖像。但他转而一想，那天他也无法要长者的联系方式，他俩语言不通，只是以手势视线和笑容交流，所以又有些释然。

翌年夏天，他决定再次飞往喀什故地重游，顺便把两幅肖像送到长者手上，了却一下自己的心愿。

他来到了喀什老城那条熟悉的老街，找到了那个小小的铁匠铺。令他意外的是，铁匠铺门锁紧闭，在低于路面的店面口，陈着一些枯枝败叶。

他来到左近的一个店铺，展示手中肖像画框，询问这位长者上哪儿去了，怎么店铺关着。

店铺里的人看了看他手中的肖像画框，淡淡地说了一句，他死了。

他啊了一声，内心很是惊讶。

他说，什么时候死的？

店铺里的人告诉他，就在去年秋天，突然心梗去世的。

他竭力控制着内心的悲伤，使自己尽可能平静下来，问他们，长者还有家里人吗？

店铺里的人说有一个女儿，说着拿起手机拨通了女儿电话。

不一会儿，长者的女儿出现了。当他拿出长者的两幅肖像交给女儿时，女儿禁不住泪水横流，泪水冲刷着描摹过的黑眼眶，在她美丽脸庞画出了一道道不规则黑线……

他和满脸泪痕的长者的女儿合了影，有点怆然地离开这里，他感慨生命有时候真是脆弱，想不到自己这幅肖像摄影竟成了与那位长者的永别。

（原载《光明日报》2021.4.30）

正常的傻子

刘正权

如果一个人站在熙熙攘攘的闹市中，盯着一个方向，老半天才错一下眼珠，而且是在很毒的太阳下，那他一定是在等人。

这样的画面，我们在电影电视里看得实在太多了。

但姚文丽绝对不是在等人。

她只是忽然对站一站有了兴趣，为什么，那么多人都要行色匆匆呢？停一停，让时间静下来，多好。

产生这么奇怪的念头，缘于她路过报刊亭时无意间看见的一句话——慢一点，让思想跟上。在一本杂志封面上，很醒目，那么，停下来，思想会不会跟上，或者超前了呢？

姚文丽就相当果决地停住了脚步，慢一点多没劲啊，那是步人家后尘。姚文丽是个特立独行的女子，步人家后尘，绝对是她不屑的行为。

她不知道她这么一站，会不会站成某个故事的开头，成为其中等待或者被等待的一个女主角。

这感觉挺好的。这想法也很有意思。什么叫神游八极，这就是。心静自然凉，空气中的湿热似乎因她这么一站也凝固起来，总之，姚文丽没觉得热或者粘湿什么的。站定了，思想果然跟上来了，她开始仔细打量身边形形色色涌动的人流。

没准，这人流中就有一张令她梦里寻他千百度的面孔呢。

这么想着，她就潜意识地扭了一下头，姚文丽的脖子很漂亮，那种语言无法表达的漂亮，她这么一扭，就扭出几分风情来，有点那人却在灯火阑珊处的味道了。这味道，很好。

姚文丽就把眼光放了开来，一辆公交车呼啸而至，从车上吐出来一批人，又从站台上吞进去一批人，姚文丽才注意到，她停的位置是一个公交站台。

也好，不能让人觉得她是个无所事事的女人吧，她这么一站，起码能给人造成等车的错觉。

奇怪的是，这班公交车过去后，再也没有公交车来过，这是个很让姚文丽不解的下午，难道因为她这么一站，时间和公交车都改变了方向？真的凝固了不成。

这么想着，姚文丽就忍不住收回了目光，居然，身边不知何时多了一个男人，静静地靠在站台的柱子边，一言不发地抽着烟。

呵呵，一个来历不明的男人。

他会不会跟自己搭讪几句呢？一些电影画面在姚文丽眼前浮动起来。

这样的邂逅是一段浪漫爱情上演的前提呢。姚文丽禁不住偷眼打量了男人一下。

男人穿短衬衣，背抵柱子，头微仰，一只脚立着，另一只稍微提起，用鞋尖点地，看什么呢？天上除了白云就是太阳，这种响晴的天，看太阳容易刺伤眼睛的。

姚文丽是个对眼睛保健有点研究的女人，之所以有点研究，是因为姚文丽有一双能盈出秋水的眼睛，套用古人说的，就是美目盼兮的那种。

因为这双美目，姚文丽赢得了许多男人的赞誉，当然，也招来了许多女人的妒忌。

现在，是她回报男人赞誉的时候了。姚文丽想都没想就走了过去，冲那男人说，这样看太阳容易伤眼睛的。

男人似乎怔了一下，头一低，姚文丽从他眼光一亮的神色中悟过来，刚才男人的眼并没看天，人家只是眯着的。

眯着，一定是想什么问题想得投入了，姚文丽看过许多西方大片，那上面，有深度的男人想问题都是仰着头，眼微眯，一副若有所思的表情。

莫非，这是一个有深度的男人？

姚文丽心里激动起来，这年月，有深度的男人似乎全都隐了身呢。一念及此，姚文丽就补了一句，想什么呢，这么投入？

男人看了姚文丽一眼，说，我在想一个问题，等车的人是不是都是傻子。

傻子？姚文丽一怔。

是的，正常的傻子。男人把点着地的鞋尖放平，给了姚文丽一个脚踏实地的感觉。

姚文丽还是一怔，正常的傻子。这思想不光是跟上的问题，是超前了，超前得以姚文丽的智商居然没悟出个一二三来。

男人嘴角挂了笑，比方说吧，你在这儿等公交车，等了半天，车没来，我来了。

姚文丽表现出良好的修养来，不插嘴，只是倾听，男人继续说，我来了一问你，说半天都没来车，我就打一辆的士，走了。

这很正常啊。姚文丽以为他的话完了，接上一句。

呵呵，男人再笑，你见我搭的士走了，会怎么想？姚文丽就低了头去想，还没想出答案呢，男人又说了，跟我一样打的士，你一定觉得不划算。

是吗？姚文丽还是百思不得其解。

因为你都等了半天了，也许公交车马上就来了呢。男人一副洞穿世事的语气，你说，这算不算正常的傻子。

姚文丽差一点就捧腹大笑了，他可真是打算让思想跟上的人呢。不过，一个正常的傻子也很幸福的。男人忽然俯耳对她说了一句，妹子，有些人，你等一辈子也等不来的，不如放弃吧。

说完这话，男人迈开步子，穿过街道，走了。

姚文丽看着男人的背影，忽然就泪流满面了，三年前，她在这个地方站了大半天，不过她要等的人始终没出现。

（原载《小说月刊》2021年第5期）

草

刘国芳

村里有个老人，从我记事起，我就看到他是一个人。几乎每天，老人都悄悄地从我身边走过，然后去地里做事。

老人地里栽了玉米，还栽了甘蔗，栽了红薯，栽了南瓜、冬瓜和茄子、辣椒。

一次，我到地里去看老人，看见老人挖出一个大红薯，老人看着红薯满脸高兴，问我："这红薯大吗？"

我说："大。"

老人说："最少有三斤。"

我说："我就没见过这么大的红薯。"

老人笑起来。

还有一次，我又去地里看老人，看见老人冬瓜棚上有一个特别大的冬瓜，老人又是满脸高兴，老人问："这冬瓜大吗？"

我说："大。"

老人说："有一百多斤。"

我说："我就没见过这么大的冬瓜。"

老人又笑。

也看到老人不高兴的时候。一天我去地里，看见老人坐在地里发呆，我问老人："爷爷怎么在这里发呆呀？"

老人指了指地里，跟我说："今年的薯白栽了。"

我说："为什么？"

老人说："都被野猪拱了。"

我说："这野猪真害人。"

老人叹一声。

又有一次，也看见老人在地里发呆，我问老人："爷爷怎么在这里发呆呀？"

老人指了指地里，跟我说："被人拔了好多甘蔗。"

我说："谁拔的？"

老人说："不知道。"

我说："这个人太坏了。"

老人又叹一声。

老人并不是天天在地里，有时候老人会坐在门口，半天一动不动。

我走过去，问老人："爷爷坐在这儿做什么呢？"

老人说："晒太阳。"

我问："爷爷不去地里做事吗？"

老人说："冬天了，地里没事做。"

我点点头。

有一天我没看到老人。

我去找老人，去地里找，但没看到他；也去老人家门口找，同样没看到他。于是，我问村里一个人："李阿公（村里人都叫老人李阿公）呢，怎么没看到他？"

回答："不知道。"

我说："李阿公到哪里去了呢？"

回答："谁知道呢。"

我又问村里另一个人："李阿公呢，怎么没看到他？"

回答："不知道。"

我仍说："李阿公到哪里去了呢？"

回答："谁知道呢。"

我后来去了李阿公家里，才看到他躺在床上，我问："爷爷，你怎么没出来呀？"

老人说："我生病了。"

我说："你要去医院看呀。"

老人说："不要紧，过两天就会好。"

但过两天老人没好，不久，老人过世了。

我再也见不到老人了。

后来的好多好多年，我忘记老人了，真的，彻底把他忘了。

这天，我看到有人在朋友圈发了这样一首诗：

路边的一棵草
它默默地生长
又默默地枯黄
正如它悄悄地来
又悄悄地走
它也有快乐，会在风中欢笑
它也有忧伤，会在雨中哭泣
只是，它的快乐与忧伤都没人知道
也没人在意

忽然，我想到了老人。

（原载《安徽文学》2021 年 03 期）

第七辑

云胡不喜

迁夫子

“必须跟‘云胡不喜’分手！”夏朗冲妹妹夏清吼道。

“凭什么？”夏清盯着夏朗质问，“就凭一个朋友圈，我看你就是忌妒他有才。”

夏朗涨红了脸，欲言又止。

夏朗认识“云胡不喜”是在大四的下半年，那时候“云胡不喜”还叫“蹲在堵头等红杏”，一个贼俗气的网名。

大四那年夏朗保研成功，不用点灯熬油冲刺，天天闲出屁来。看别人在朋友圈做微商，也心血来潮跟风。夏朗脑子灵活，不走寻常道，他不卖化妆品之类的小玩意儿，他做微信代言专家——卖智慧。

微信代言专家专门替别人设计朋友圈。网络时代“见微知人”，朋友圈是一个人的脸面。有人要脸面，又不擅“化妆”，就委托高手帮着设计，夏朗就是此中高手。

客户基本上都是大学生，撩妹的、网恋的、装修门面装牛逼的，形形色色。夏朗从不问为什么，只管按客户要求设计就是了。虽然客户不多，但只要抓住一个，基本就是中长期饭票。

“云胡不喜”就是夏朗的大客户，他是隔壁某大学一个叫“蹲在墙头等红杏”的混混儿，据说家里有钱，出手阔绰。

刚接洽“业务”的时候，夏朗说你得改昵称，“蹲在墙头等红杏”太赤裸裸了，完全是QQ那套，微信行不通。用假名、说真话的QQ时代早过去了，现在是微信时代，都是用真名说假话。

我靠，就你了。对方被夏朗的一番宏论征服了。

成了？夏朗还寻思得多费点口舌呢，没承想这么快就拿下了。

昵称最好与众不同一点，有点文化，还容易被人记住……夏朗滔滔不绝，听说对方姓胡，灵机一动，就叫“云胡不喜”吧。

对方问，啥意思？夏明就给他讲《诗经》，“云胡不喜”嘛就是“怎么让我不欢喜”，既带了你的姓，还显得很有文化。

牛逼！“云胡不喜”发过来一个翘大拇指的表情。不爱打字，爱发表情包，真没文化，夏朗心里不免鄙夷。但鄙夷归鄙夷，夏朗仍然使出浑身解数给他设计朋友圈，顾客就是上帝啊。

直到有一天，夏朗看到“云胡不喜”的朋友圈里有妹妹夏清的留言，他立刻警觉了。

夏清怎么会和“云胡不喜”是好友？他们？

当知道夏清已经和“云胡不喜”聊得火热的时候，夏朗急得抓耳挠腮。必须趁妹妹还没有和他深交，让她跟她断掉。

“云胡不喜”不，“蹲在墙头等红杏”，当初的朋友圈他是了解的，那里面除了抽烟、喝酒、泡吧、打游戏的画面，似乎就没见他做过别的事儿。夏朗当时还建议他，要么把这些乌七八糟的内容全删掉，要么就把朋友圈设置三天可见。

全删掉，“云胡不喜”说，我要跟过去说拜拜。夏朗当时还嘀咕了一句，洗心革面了？一想到这些，夏朗就想扇自己一个响亮的嘴巴。

夏朗决定要和“云胡不喜”见一面，虽然这违背了自己不和客户线下交往的“规矩”，但这个例他得破，他不能眼睁睁地看着自己的妹妹往火坑里跳——夏朗隐隐约约觉得，如果妹妹跟“云胡不喜”交往是跳火坑，那他这个微信代言专家岂不就是掘坑人？

想到这一层，夏朗不淡定了，他从来没有这么想过，如果不是夏清，他决计不会多想，他的眼里只有“客户”。

咖啡馆人不多，响着低回舒缓的音乐，夏朗点了一杯卡布奇诺靠窗坐着，对面就是客户“云胡不喜”。一见面夏朗却没了网上指点江山的气魄，他被“云胡不喜”的英气震慑住了。“云胡不喜”穿着一件普通的T恤衫，T恤衫下是一身藏不住的腱子肉。

“云胡不喜”坐下后就跟夏朗开门见山，我知道你为什么要约我，为了夏清是吧？

一定是夏清跟他说了什么，夏朗心里嘀咕，又不好点头或摇头。

“云胡不喜”说：“非常感谢，是你改变了我。”他不管夏朗惊疑的神色，继续说，“还记得我跟你说的要和过去说拜拜吗？从你替我打理微信朋友圈起，我就按照你给我设计的在做了，然后我就爱上了健身、游泳……对了，我还爱上了《诗经》。不过，咱们的合同应该解除了，不为别的，我想我的生活应该由我自己来设计才对。”

“云胡不喜”抬腕看了一眼表，起身拎起外套搭在肩上，“抱歉，我该走了，还有一个约会。”

走到门口，他忽然回头冲着夏朗说：“我真的很喜欢你给我起的网名。”

夏朗怅然若失地坐在那里，喝掉了杯里已经凉了的卡布奇诺。忽然手机“叮”的一声轻响，是“云胡不喜”发来的一张照片，画面上是他在前面奔跑，回头冲着镜头用手指比了一个“V”字，后面拍照的人只露出一只白色的运动鞋。

夏朗放大照片反复看那鞋，希望捕捉到一些蛛丝马迹。

（原载《小说月刊》2021.6）

寻找摩天轮

贾淑玲

艾米想坐一次摩天轮。这想法是突然产生的，就在刚才挂掉电话的一瞬间。

上一次坐摩天轮，还是她上大学的时候。闺蜜夏天故意拉着她去的，因为她恐高，而夏天想看她尖叫的样子。说来奇怪，从那次开始，艾米不再恐高了。

刚才的电话，是她打给家里的。妈妈在电话里叮嘱她，要好好工作，现在有份好工作多不容易，你弟弟的手术还需要很多钱。

艾米挂了电话，她本来是想告诉妈妈，几年前，爱人就摔碎了她最喜爱的花瓶。她还想说，她很累，想吃妈妈做的酸菜鱼。

一开始，她只是在公园里闲逛。现在，她的目的很明确，她要寻找摩天轮。她问路边一个看起来并不讨厌的男人，公园里的摩天轮在哪里。男人看了看艾米，热心地说，应该在上面的游乐区，我带你去吧。

艾米迟疑了一下。男人说，走吧，我也是游客，也没什么事儿，我是从三亚来北方避暑的，这边的夏天温度真舒服。

艾米去过三亚，是在几年前的冬天。艾米喜欢海。艾米最先看到的是大连的海。去了三亚之后，艾米才知道，海与海的感觉是不同的。她觉得三亚的海像女人，而大连的海像男人。艾米在心里种下一个愿望，她想走遍所有有海的城市，只不过，她一直没机会去其他的地方看海。

和男人并肩走着，突然，艾米笑了起来。男人问她为什么笑。艾米摇头，艾米想到，自己来这座城市读书、工作，并在这里安家，也算是本地人吧，竟然让一个外地来旅游的男人带路，多么可笑。

她笑着笑着，竟笑出了眼泪。她想不起来，自己有多少年没来公园了。

男人似乎也没有要追问下去的意思，自顾自地介绍公园内的情况。艾米看着男人古铜色的皮肤，脑海里却是海浪声声：她光着脚丫踩在细软的沙滩上，回头看到一串串音符般的脚印……

来到游乐区，艾米才知道，摩天轮已经被拆除、移走了。艾米很失落。

男人用手一指，去玩儿小火车吧。

艾米瞪大了眼睛，说，什么？那是孩子玩儿的吧，我这么大了能玩儿那个吗？

男人笑着说，那有什么不可以呢，把自己变成孩子，才会真的快乐！

艾米一愣，男人的这句话像有一种魔力，不偏不倚，正好击中艾米的心脏，让她的眼泪差点又掉下来。

来到这座城市后，所有人都让她努力让她跌倒了一定要爬起来，甚至连闺蜜夏天在一次喝醉酒后，都拉着她说，艾米，你听好了，在这座城市里，你要是不够努力，就没资格留在这里。那晚，她也喝醉了。她们坐在楼顶上，看着繁华的城市，都哭了。夏天回了老家再也没回来，她却留了下来。

没有一个人告诉她，变成孩子，才会真的快乐。艾米觉得，能说出这句话的男人，一定是懂得生活的男人。艾米看到，男人钢针似的短发在阳光下泛着淡淡的光。

艾米看着男人，心里熄灭了很久的星光，似乎又亮了起来。

她在男人的微笑里，把自己变成一个孩子。小火车、蹦蹦床、旋转木马、碰碰车……艾米记不清自己有多久没这么开心了，她觉得，体内的元气慢慢恢复了，周围的一切都焕发出新的色彩，就连天空，也比往日蓝了许多。

艾米接过男人递过来的冰激凌，像个孩子一样，伸出舌头舔了舔，擦擦额头的汗，灿烂地笑着。

开心吗？男人问。

艾米点点头。

你身材这么好，一定会跳舞吧，这附近有个舞厅，我请你去跳舞吧。

跳舞？艾米问。

对！你的身材真的很好，能做你的舞伴，我很荣幸。男人打量着艾米说。

艾米摇摇头说，我不会跳舞。

男人热情地说，没关系，我教你，很简单的。

艾米还是摇了摇头。

男人走近一步，拉着艾米说，你是不是累了，要不……去我住的酒店休息一下？

艾米愣愣地看了一会儿男人，甩开男人的手，转身走了。

男人在后面喊：嗨，都是成年人，至于吗？

艾米路过一个垃圾桶，把手里已经融化的冰激凌塞了进去。

她心里有种说不出的感觉，甚至还有些恼火。就像心里曾经是一片废墟，有个人在这片废墟上，给她盖起了一座玻璃宫殿，正当她在玻璃宫殿里放下一切防备，做着美梦的时候，那个人，又把玻璃宫殿砸碎了。随着清脆的爆裂声，一片片碎玻璃散落一地，在阳光的照射下，泛着光，很刺眼。

像极了她最爱的那个碎了一地的花瓶。

笨蛋，你怎么可能真的变成孩子呢，艾米对自己说。

艾米其实会跳舞，而且，跳得很好。她和爱人是在朋友的生日派对上认识的，她还记得那天他不止一次地说，能做你的舞伴，我很荣幸。那只心爱的花瓶碎了之后，她再也不跳舞了。

艾米想起来，她毕业后很想开一个书店，哪怕不是很大，哪怕看书买书的人不多，哪怕赚不了很多钱，至少，她还可以安静地守着自己的心。

她又想起妈妈说，你这个当姐姐的，不管在什么时候，都要照顾好你弟弟，哪怕我们都不在了。

艾米走着走着，迷路了，她不知道公园的出口在哪里。

（原载《天池小小说》2021.1）

主位

海华

老班长又是发微信，又是打电话，忙活了好几天，总算把家乡中学毕业班的老同学约齐，定好日子，并做了一些有关准备工作，近期举行同学会。

那是个阳光明媚的下午，老同学一聚齐，有的握手，有的拥抱，有的搂肩膀，有的互相拍照，互相问候……说了好话说段子，欢声笑语此起彼伏，十分地热闹。紧跟着，天南地北、家长里短地侃个没完。待商量好活动事项，大家伙就按计划和约定好的时间，兴冲冲地先去母校参观，与母校的部分师生座谈。尔后，给母校赠送了纪念品和数千本图书……

六时许，入住某酒店安顿好后，便准备举行晚宴了。

这一切都很顺当，充满了热烈、欢乐而友善的气氛。没承想，到安排谁坐第一桌的主位时，却卡壳了。

大家静一静！老班长首先提议，请班里仅剩的一位厅官程旭同学坐主位。站在前面的十多位同学随即大声附和。

程旭同学脸上掠过一丝不易察觉的自恋式的神情，笑了笑，又瞄瞄这位，瞅瞅那位，瞬间想起前不久一位很要好的同事告诉他，那同事的一位在省里某厅当一哥的老乡，两个月前应邀参加一次十多位老同事的聚会，由于这帮老同事数他行政级别最高，大家推举他坐了主位，没想到半个月后，竟进去了。说完，那位同事又一脸正经地说，老程呀，往后如有参加啥聚会，可别轻易坐主位。想到这，程旭心里不禁打了个寒噤。于是，便言辞恳切地婉言推辞，再三说，老同学聚会，不必穷讲究，这……这个主位嘛，我就不坐了。

老班长轻咳了一声，又提出请某大公司的董事长祁大志同学坐主位。祁大志同学身旁的好几位同学都说应该，应该。

祁大志同学先是头一仰，胸一挺，嘴一咧，嘿嘿两声后，心中不禁有些忐忑，耳边猛然响起昨晚妻子给他吹的枕头风，大志呀，咱这些年办公司，开工厂，好不容易赚了一些钱，但不知你那帮老同学有无办企业，做生意的，听说上一届同学开同学会，谁出钱最多，谁就坐主位。你明天去开同学会，不管是开会还是吃饭，坐位一定要靠边些，千万别坐主位，咱可别去充什么大头哟。想起妻子的嘱咐，他很快伸开两只手掌，左右晃个不停，使不得，使不得哟。这主位还是让别人坐吧。

老班长沉吟片刻，环顾了一下左右，再次建议道，那就请咱们班里唯一的一位博士文咏静同学坐主位吧。不少同学连声说好。

这时，一位年纪稍大的同学对老班长悄声说，顾建伟同学当年是母校学生会副主席，现如今是咱家乡镇上的镇长，咱们的父母官，这个主位让顾建伟同学坐好些。

原本双眼闪现出些许亮光的文咏静同学耳灵，反应挺快，他赶紧满脸堆笑地说，是是是，应该让顾建伟同学，不，是让顾大镇长坐主位。说完，鼻子里轻轻地哼了一声。心里说，父母官？父母官又咋地？去年冬我有个亲戚建房的事去找他，请他这个当镇长的老同学通融一下，没想到他净给我打官腔，不就是建多一层吗？说啥也不给我半点面子，给他意思一下，还跟我装。这事过去大半年了，而今一想起就来气。哼！不就是个科级嘛，跟你争这么个主位就跌份了。

不不不。还是让文咏静同学，哦，是让文博士坐主位吧。顾建伟同学双手抱拳，满脸虔诚地推让道。可脑子里老打问号，这年头的博士呀？嘿！心里想，去冬正是清理违章建筑的风头火势，他为一个啥亲戚建房的事来说情，说什么就多建一层，钢筋都扎好了，我大道理小道理地说了一大堆，他硬是转不过弯来，老是在念叨看在老同学的份上，净想着自个，咋不设想一下我的处境？还扭扭捏捏地想送礼，真是屙屎不知风向。想让我违规，用咱乡下人的话说，捉我的手去抓蛇，门都没有！切！还博士呢，这个主位让你坐又如何？

渐渐地，餐厅里的气氛似显得有些沉闷和尴尬……

依我看呀。一位身体有些发福的同学对老班长斟词酌句地说，哎呀，都这么谦让，你是咱们的老班长，又是这次同学会的召集人，这主位呀，还是你坐比较合适。

这位同学的话音还未落地，立马有同学直嚷嚷，是呀，是呀。

老班长愣了愣，心中直打鼓：以往开同学会或搞啥聚会，常为主位的安排伤脑筋，有的争，有的让，有的没坐上主位，事后牢骚满腹，有的坐了主位后出了这样那样的事……得，你们都够猴精的，可我也不傻。

有同学嘀咕道，这个主位真麻烦……

又磨叽了一会儿，老班长亮开嗓门，对餐厅经理朗声道，上菜吧！

终于，晚宴开始了。餐厅里似又恢复了刚刚那热烈、欢乐而友善的气氛，刹那间响起了一阵阵推杯换盏之声……

然而，第一桌的那个主位却空着。

（原载《羊城晚报》2021.4.9）

拍不好的镜头

符浩勇

采访车颠簸了三个多小时，在弯仄的山路上爬行了三百多里路，终于在一排简陋的建筑物停下了。这就是鸡嘴岭乡政府，是我们这次县电视台“劳模风采”专题摄制组的最后一站。要不是这里出了一个劳模教师，一般谁也不会提出到这个地方来采访。

乡政府秘书老林等人在大门外等候多时，日头已半天高了，个个已是汗流浃背，却还是满脸喜气地把我们迎进了简陋的办公室，屋里守候的忙着拿上椅凳，端上热腾腾的茶。寒暄了一阵后，我们提出要去乡小学校去看看劳模张老师。

“啊呀，不巧，张老师的老母亲身体不舒服，一放学他就赶着回去了。”老林说。

我们明显因为张老师的傲慢而不快，但还是问，张老师家离这里近吗？近的话，我们可以赶到他家里去拍几个镜头也好。

老林引我们走出乡政府办公室门口，手指了指对面的大山说：喏，张老师家就在那山腰上。

我们定睛看去，果然见对面迷蒙的大山上散落着一些青瓦白墙的民房。我们中有人说这些房子是怎么建造的，莫不是飞腾上去的？或者是神仙下凡给造的。老林说，你们看见的这些房子仿佛就在眼前，可是隔着三道半山梁，快走也要半天呢，要当面采访他要等明天了。老林接着叹口气说，也难为了张老师，家里农活要顾上，学校的课也不能落下。这几十年，他就是这么山上山下地跑，硬是教出了那么多孩子上大学。

当天夜里，我们在乡政府招待所住下，并不忘做好采访的侧面佐证，不少人感叹，就张老师为了孩子山上山下地跑，不知磨破了多少双鞋子！这些年洒下的汗珠可也滋润了路边的山花。张老师的劳模，完全是靠一步一个脚印走出来的。

次天一早，我们匆匆用过早饭，便踏上了山路。刚走过第一道山梁，我们就开始停停歇歇的，有一搭没一搭说着话。攀上第二道山梁时，一边是陡峭的石壁，一边是万丈悬崖，我们已是屏声敛气，心悬到了半空。爬进第三道山梁了，我们出了一身热汗都顾不上擦，备用的水几乎喝完了。到达半山腰时，老林领在前头，看到远远的雾地里，晃动着一个人影，喊了声：“喂，谁在那呀？”那边粗着喉咙答话过来：“我呀，乡小学的老张。”老林一阵欢喜，紧跑着步子迎上去。

我们气喘吁吁松了一口气，走近才看清是一个老农模样的人在地里忙着活。大家都想不到这个人就是带出了二十个大学生的教师劳模张永光。从他的身上，唯一能嗅到教师味道的是一双闪着智慧的眼睛和一件口袋里插着两支钢笔的旧皱的白衬衣。

老林介绍说：“县电视台的同志来采访你，给你拍录像，要上电视呢！”

张老师眼里闪过一丝亮光，嘿嘿笑了几下，搓着手说：“辛苦你们了，到屋里去坐。”

张老师的家陈设简陋，是一个典型的山里农家，屋门口的一个土篱笆围成的小院里，一个老太太就是张老师的母亲，正在抛谷子喂小鸡。老林还告诉我们，张老师的妻子前些年得了急病，来不及送医院，早走了。他的一个儿子在外面城里打工，一个女儿还在读高中。家里的一切都要张老师一个人撑着。

在文字记者采访张老师后，我们便把场面稍微布置了一下，让张老师坐到墙边的桌子旁，手里捏着一支钢笔，做成批改作业的状态。这时候摄像师的镜头对准了他，灯光打开了，满屋子照得白晃晃的，摄像师说了一声："准备，开始。"打开了镜头。张老师忽然一下子跳起来，满脸尴尬相："我拍不好的，我拍不好的。"我们便劝张老师放松一点，尽量做到跟平时一样，接着，让他重复来一次。可当灯光一打开，他又说："我拍不好的，我拍不好的。"他伸出一双粗糙的手连连摇摆。我们只好停了下来，让老林去做工作。老林脸涨得通红，满头汗水地把张老师拉到一边，做了半天思想工作，张老师总算配合了一次，可是最终拍下来的他还是一脸拘束不自在的样子。

回到县城，我们忙碌了三天，"劳模风采"专题节目制作终于接近尾声，我们谈起采访张老师拍录像的模样，不禁感慨了一番：难得一辈子扎根山村！可等到取舍张老师这一节镜头时有些为难了，台里领导说："不好取舍的镜头都剪掉吧，只要有他一个镜头就行了。"

当我们完成剪掉张老师的那些难堪镜头时，忽然接到一个从鸡嘴岭政府打来的电话：张老师去世了。

我们惊骇得说不出话来。怎么会？……我们离开时，张老师他不是还好好的吗？

老林电话里悲痛地告诉了事情的原委：那天，我们采访组走后，张老师的老母亲吵着要看看电视里的儿子。张老师上了电视，他心里也很激动，便盘算着购买一台电视机。昨天，他到附近的镇上办事，顺便捎带了一台电视机回来，路上搭了一辆拖拉机回家。不料在这条山岭上，九曲十八弯，拖拉机翻落进几十米的山沟里。在救出两个小孩后，张老师却再也上不来了。

采访组的人全流了泪。我们坐到机房里，拿出那盒录像带，看了一遍又一遍……电视里张老师一双粗糙的手挡在胸前，他说："我拍不好的，我拍不好的。"静得出奇，谁也不再说话。

（原载《山西文学》2020 年 10 期）

名医

李敏

徐爱红，男，高中时睡我上铺的兄弟。

他大学学中医，毕业后在小城不起眼的小医院做医生，我做警察，我俩单位挨着。

他瘦弱，矮小，常常抖着两撇八字眉，像个受气的小媳妇。我看着他样子就爱掐他脖子，后来成了我俩亲密特殊的小动作，每次见面他都会抖抖八字眉，撇撇嘴巴，然后把脖子伸过来，我则伸过手搂他脖子，往怀里一带，然后再喝酒吹牛，我媳妇和他媳妇都早已习惯了我们的亲密，见怪不怪。

现在的他有些凸肚，秃顶，下巴留了胡须，神情肃穆，已经是小城炙手可热的名医。

他出名也是近几年的事。他医院小，病号也不多，清闲得很，闲来喜欢看些周易八卦的闲书，看多了和朋友一起难免会卖弄，他的卖弄有些让人信服。中医四诊纲领就是望闻问切，望是四诊之首，他说人的五脏六腑都在脸上显现着，别人就特别信服。

偶然机会，他和公安张局长坐到了一饭桌上，他看到张局长面色苍黄，眼泛赤黄，除了喝酒，对一桌山珍海味似乎没有任何胃口，徐爱红同学凭医生的敏感判断他的肝部不好，这个应该没错，常泡酒桌的人，有几个肝好的？

徐爱红就靠近张局长，关切地问候两句，然后让张局长伸出手掌看了一下，张局长的手掌苍白，这更是供血不足的症状，徐爱红委婉地建议张局长务必近期百忙之中到医院去检查一下肝部。

后来，徐爱红接到张局长的电话，是感谢电话。张局长听了徐爱红建议，检查了肝部，医生建议是立即住院治疗……张局长真诚地说，主治医生说幸好发现得早，治疗的早，要不后果不堪设想，爱红你就是我的救命恩人啊……

徐爱红没想到自己会无意中做了好事。在张局长生病期间多次去看望，有时会带一些冲泡的或煎煮的中药给张局长。张局长大病后对健康看得很重要，对徐同学建议悉心记好。

二孩政策放开后，最着急的应该是四十靠后的人了，四十六岁的张局长和四十三岁的局长夫人也是在拼命努力，西医中药，吃药拜佛都用了，毫无动静。眼看夫人四十过五，岁月不等人，张局长急得不行，恨不得国家能马上放开二妻政策。

徐爱红同学得机会，仔细观察了局长夫人气色，又摸了脉相，甚至咨询了一些妇科问题，说，嫂子宫寒，喝点儿我开的汤药试试，不行，也没啥坏处。

局长夫人也抱着试试看的心态，没想到怀孕了，喜得贵子。

徐爱红也不相信是自己功劳，大喜的张局长一家，高兴得都不知道该感谢谁，拜佛有门了，那佛就是徐爱红。

徐同学被张局长一家介绍给亲戚朋友：教育局的桑局长，建设局的李局长等，都成了徐爱红的朋友。

小城有头有脸的人都爱找他，徐爱红的名气大了起来。

来小医院找徐爱红的人越来越多，徐爱红激动的心还没冷静下来，小城最大的人民中医院发来邀请函，请他去人民中医院坐专家门诊，徐爱红同学就这样坐进了有助手的人民中医医院专家门诊。

人民中医院专家门诊都有自己专长的，例如，刘大夫专治腰腿，黄大夫专治肠胃，徐爱红坐诊几乎都治。他的理论是，一棵树叶子有问题不能只治叶子，树枝有问题不能只治树枝，要从根本找原因，去掉病灶。哪个生病的人不希望去掉病灶啊，所以他的理论让很多病人认可。

小城人爱跟风，哪个医生病号多，说明他医术厉害。就连感冒患者也凑热闹去找名医徐爱红。

紧张的警察职业让我常常上火，口舌生疮还便秘是常有事，常备西药越来越不顶用，与朋友说起来，他说，你不能只依赖药物，最好找中医调理一下肠胃功能。

对啊，徐爱红同学就是中医专家啊，赶紧联系他。

徐爱红给我望闻问切后，开了一大堆中药。

俗话说良药苦口，没想到如此难咽，怀着对便秘时要死要活的敬畏，二十多天中药苦水我硬是用顽强的毅力灌到胃里，便秘真有了改善。

按徐同学的意思，我还要再调理巩固一段时间，可我的肠胃提出强烈抗议，胃胀，反酸，不消化，后来，两肋生疼。原来我胃口极好，相信是因为喝中药出现了副作用。

解铃还须系铃人，我去找徐同学，说明症状，他抖抖八字眉，说，便秘是因为体内热，调理就得用黄芩、白术、连翘等，此类苦寒药是会伤胃。

我给你先开点治胃的药吧，他说。

我站在一边，看他开药方。他身体发福，脖子变得粗短，依然是八字眉，但是神情肃穆端庄，恐怕我再也没机会亲昵地掐他的脖子了。

我问，这个，有副作用么?

他说：有，砂仁、柴胡、厚朴等，食用不当会引起便秘。

我听后，愕然。

（原载《小说林》2021年04期）

风生水起

李欣欣

老林搬到了新的办公室。

椅子很硬，他感到骨头疼，也说不清是哪块骨头，总之不舒服。他端起茶杯送到嘴边，又放下——多精致的紫砂茶杯啊！以他现在的身份，已配不上这茶杯了，换一个普通白瓷的就够了。窗外是车间物流通道，几辆蓝，色大卡车忙碌着驶入、卸货、装空料箱、开走。那发动机打火启动的声音真叫人受不了，老林赶紧关上窗户，不禁暗自悲叹：毕竟已从“林主任”变成了“老林”，这样的办公条件也是配得上眼下的身份的。

老林在车间主任位置上工作了五年，这期间，他工作表现突出，一时风生水起。谁知被匿名举报，说他给女同事写暧昧诗词。虽无证据，毕竟还是有舆论影响。公司便以“岗位轮换”的名义，安排他来管物流仓储。名义上叫“物料总监管”，实则手下只有仓库管理员，与原来领导九百多名工人的车间主任没有任何可比性的，难怪老林觉得失落了。

门开着，一个小伙子站在门口。老林回过神来，假装咳嗽了两声，然后示意他可以进来。

“林总，这些出库单需要您签字。”小伙子亲切又自然。

“你叫我什么?”老林竟不自觉地站起来，手扶桌子，身体前倾，两眼闪烁出了片刻的光芒。一年后，老林“复出”时，他对这次在下属面前的失态是很不满意的。

“您是我们的物料总监管，我叫您林总啊!”

签了字，小伙子离开。老林一拍脑门儿，恍然大悟，自言自语道：“嘿！真是糊涂了！我这是新官上任啊!”

老林赶紧找出手下员工的简历，一名好将军必须要熟悉自己的兵。刚才那个小伙子姓王，大专毕业，工作五年。回想五分钟前，小伙子表现出来的政治觉悟，老林直觉地认定，这个小王将是他的左膀右臂。

接下来的一个星期，老林分别和十名下属谈了话，了解了每个人的工作范围。再接下来的一个星期，老林视察了仓库里的每一个角落，每个料架的每一层都存放着什么零件，他都了然于胸。之后，他又研究了车间的取货方式、卡车的送货时间……老林的能力真不是吹的，大家都这么说。

“向问题要业绩”，老林深谙此理。到任的三个月里，他不是在库房调研，就是关起门来找问题，找流程的“漏洞”，找“改革”的可能性。思路断了，就打开窗户，伴着卡车启动的声音，他的心好像也被点着了火一样，充满了动力。

功夫不负有心人，灵感总会在不经意间敲你的头。老林是用笔敲的头，在他签字的时候。“成了!”老林精神焕发，“众里寻他千百度。蓦然回首，那人却在，灯火阑珊处。”老林开心地念出了声。

他开心的时候，就会吟咏诗词，就像调岗前他思念心仪的女同事时那样。作为一名经验丰富的干部，他基本可以预见这一灵感将给他带来什么。

小王来了。

“小王啊，领料单上为什么没有需求部门，就是生产车间领导的签字?”

“林总，需求部门只需要领料人签字，这样比较快，尤其是设备出问题时，就不用长时间等待维修备件。”

“不对。作为仓库管理员，我们必须严格把关，保证每一个零件都用在刀刃儿上，降低工厂成本。这个流程得改。比如，领用 A 类零件，需要车间主管签字；领用 B 类零件，需要车间主任签字：领用 C 类零件，需要召开‘领料评审会’。当然，目前就是这点儿思路，你年轻，脑袋活泛，回去好好琢磨琢磨。”

从林总办公室出来，小王觉得林总不愧是老干部，懂管理，要好好跟着林总学习。

在企业一线工作过的人大都有体会，“领导签字”是个麻烦事，能避免就避免。过去只能拧一次的螺丝现在拧三次：失效了的传感器修一修还是可以用的。设备毕竟是钢筋铁骨，过去吃鱼吃肉，现在吃糠咽菜，还是一样生产，有时候出点儿小毛病，吱吱呀呀两声也就过去了，节省出来的费用可就是真金白银。工厂管理会上，车间张主任主动感谢老林的改革。

然而小王心里却总是有点儿别扭，他问林总：“这样真的行吗?”林总说：“张主任都感谢咱们了!”

问题爆发的时候，已是半年后了。一次夜班，设备突然发生故障需要加机油。按要求，这台设备是要喝原装进口机油的，但原装进口机油金贵，得车间主任签字。维修工人手边刚好有一桶国产机油……

设备罢工了十天，是请了外国专家来修好的。停产加维修费用，车间共损失两千万。公司领导来调查，问维修工人为什么不去库房领进口机油。维修工人一时紧张，说他不想找车间主任签字。

领导看了张主任一眼，说：“小张啊，要注意官僚主义问题啊!”

张主任心想：“完了。”

老林心想：“成了!”

老林和张主任换了办公室。

小王来找老林，希望调来车间工作。老林告诉小王，要坚守岗位，是金子在哪里都发光。

回想这一年的波折，老林能屈能伸。把玩着心爱的紫砂茶杯，他想，要是自己是那个女同事，准会爱上自己的。自己唯一的“污点”就是上任那天在小王面前的失态，他对自己不满意，也连带着对小王不满意。

张主任变成了物料总监管，然而，窗外卡车的隆隆声并没有让他气馁，他想，林主任不也是在这个岗位上做得风生水起的吗！

（原载《天池小小说》2021.1）

《历史细节》之《面子》

陈振林

年轻的判官走进府衙的时候，阳光正好，凤翔府衙门前的梧桐树上几只喜鹊正欢畅地聊天。

进到公堂里，他却看到一张绷着的脸。那脸，长在一个瘦小老头的身上。

“我姓陈。”绷着脸的老头开口说话了。年轻的判官知道这位就是自己上司知府陈大人了。

年轻人想要自我介绍一下，老头摆了摆手：“我知道你，你是新上任的知府判官。”年轻人昨晚还作过一首诗准备来呈给知府大人的，他没有从袖口里拿出来，只好自个儿站在了一边。

下午卸下了差事，判官随同事们快步走出府衙。快嘴的衙役丁三拉过年轻判官：“贤良，你要习惯呢，陈大人就是这样的人，他让你没有面子。”

“贤良，你的才华我们早知道了，你本是状元，欧阳大人最初看到你的卷子，因担心是自己的学生中状元，才朱笔将你批成了榜眼。他老人家想不到是你呢。”衙役赵四接过了话。

年轻人知道，“贤良”这一说法是对读书人赞美性的称呼，自己当初应考时就是“贤良方正”科。他拱了拱手，只是轻轻地一笑，他没有想到，自己的一点好事，居然专到了这儿。

又一天的公堂，知府陈大人拍了下惊堂木，叫：“前日里，哪几人称呼府人时用上了‘贤良’一词的？报上名来。”丁三和赵四，慌忙站了出来。陈大人又拍了下惊堂木，二人立即被按在长条凳子上，各人被责打了二十板子。

年轻的判官额头一直在冒汗，他没有想到，几乎中了状元的人也不能被称作“贤良”，他只能眼看着两个喜欢说笑的衙役趴在长条凳子上叫喊。这怪老头子，太不给人面子了，年轻人实在是想不通。

转眼到了中元节，按照惯例，府里的大小官员得一起聚会谈心。判官心想，虽说刚来，自己也算是府衙中的一员，也应该有个小主张才行。既然这陈大人不给自己一点面子，那这次我也就不响应他的号召，不去参加中元聚会了，算是我的一个小小的抗议。

第二天清早，年轻人在府衙门口看到了一张告示，告示上公布了昨天没有参与聚会活动人的姓名，一共有三人，自己的名字排在第一个，赫然入目。

最后的结果是，每个人处以八斤铜的罚款。刚刚履职的年轻人，没有领到第一个月的薪俸，却倒被处罚了。

知府陈大人似乎没有觉察青年判官的感受，上班了，他照样分配给年轻判官不少的事儿。其中重要的一桩事就是，写文章。说回来，写文章对年轻的读书人不算什么了，更何况是官府的公文。

每每任务一到，等不了多长时间，年轻的判官就写好了，认认真真地呈到陈大人面前，想着改变一下老头儿对自己的看法，让他多给自己一点面子。不想，每次呈上去的公文，陈老头不是在这儿添加一句话，就是在那儿删除一个词。这让优秀的读书人更是难堪，年轻的判官狠狠地捶着自己的书桌。

几个月之后，凤翔府修建了一座凌虚台，这次知府陈大人似乎给了年轻的判官一点面子，那就是让他写一篇《凌虚台记》。

年轻人知道机会来了，他想着借写这篇文章，好好地发泄一下心中的不满。年轻人在文中写道，世事变换，飘浮不定，“盖世有足恃者，而不在乎台之存亡也”。众人一看，知道年轻人在文中有特别意思。可意外的是，知府老头儿一个字儿没有修改，让人将全文刻在了一块石碑上，立在凌虚台前。

做判官的日子似乎并不长，年轻人终于舒了一口气。他终于可以离开这个不给自己一点面子的瘦小的陈老头了。

之后的岁月，年轻的读书人四处漂泊为官，几次受谗遭贬，又几次出山，他都平平安安。在好些个有月亮的晚上，读书人猛然想起的，居然是那瘦小的陈老头。

他太给我面子了。读书人心里说。

读书人成了大学士。他从不给当朝人立传，偏偏，他为那瘦小的陈老头写了一篇长长的《陈公传》。

［原载《短篇小说》（原创版）2020.10］

乡干部老石

王永玺

老石外号石政府，部队转业时安排到滨海劳改农场。他说，妈拉个巴子的，那些劳改犯见面规规矩矩喊政府，在那儿干真神气。大伙问，那你回来干啥？他说没法呀，家里一群孩子！大家笑，说你是恋着小嫂子吧。老石笑。

大家都知道老石娶了小姨子。那年老石妻子得绝症，老石从部队赶回探视，昼夜候在床前端汤喂水地伺候。小姨子深受感动，姐姐死后，就上赶着嫁给了老石。老石得意地说，没法呀，咱不能驳人家面子呀，姑娘家脸皮又薄。

他小姨子我认识，是李寨村文艺宣传队的一枝花，人称李铁梅。

老石是乡党委宣传委员，小学文化。按他的说法就是文化水又浅又混。他说若多念几年书在部队早干上连长了。那时乡干部开会总是先学文件社论，这是老石的分内事。老石认字少，难免念出些笑话。把“雪中送炭”读成“雪中送灰”，把“日内瓦会议”读成“日内砖会议”……大家闹他说，石政府，你怎么连砖和瓦都分不清了？他腼腆地笑笑大咧咧地说，咳，砖呗瓦呗还不都是一窑子货。

老石嗓门高，下乡宣传总是他喊大喇叭，有时来了兴致还会站在乡大院甬路上来两嗓子：大海航行靠舵手……声若洪钟，只可惜走了调门儿。我们逗他说，石政府，你若多念几年书，说不定就成歌唱家了。老石不无得意地说，没法呀，生活困难，老爹非逼着下学拔草喂羊，唉，屈材料了。

老石仗义。地区报社的记者来采访，从县城打摩的讲好二十元，来到后，司机说路不好走，非要五十元，正巧老石撞上。他一把推了那小子个仰八叉，熊道：他妈的反了你了！还敢在乡政府门口讹人。光头司机掏出刀子，威胁老石：你找死呀！老石挺胸向前喝道：你个小毛贼，老子从参军就专治坏蛋，你算个球！说着拉开架势要动手。那小子撒腿就跑，说，这事不完！老石吼：老子天天候你！

皮庄是个烂摊村，村班子瘫痪，老石自告奋勇去排忧解难。他自带馒头进村入户走访调查组建班子。村里有个痞子刘三，干买卖赔了钱，就想弄个村主任当捞一把。在村上串连拉选票，掂着烟酒搞贿赂，吹嘘在县委工作的表兄支持他。老石公开揭露他说，谁支持也不行，你贿赂拉选票是犯法行为。刘三落选后，喝得醉醺醺，提着酒瓶子骂咧咧到村委会闹事。把酒瓶在办公桌上摔个粉碎，指着新班子人员大骂：不让我当村主任，你们休想干成！说着把办公桌掀了个腿朝天。老石冲上去，一拳把刘三放倒在地，拧起他胳膊骂：老子治的就是你这号撑邪劲的孬种！人高马大的老石手脚重，扭伤了刘三的胳膊。

刘三在其表兄的指点下，用白布吊着胳膊到市里省里告状。扬言要把皮庄弄个底朝天。要叫老石去坐牢。

最终老石被记了处分赔了钱。老石说，邪气不除正气不树，这处分值。

老石带领新班子一班人大搞种植结构调整，干部带头搞大棚蔬菜。快收获时，村主任家的大棚菜花被铲烂了二百多棵。老石马上召开村干部会排查，并亲自蹲在大棚里反复查看被铲的菜。然后让村干部把排查出的 30 户怀疑对象家的铁锹收集到村委会。老石对收集上来的铁锹一张张地查看。突然他指着手中的一把铁锹问：这是谁家的？大家说：刘三家的。老石说，就是他！并指着铁锹背面按装木把的裤筒处让众人看，大家一看那地方果然有残存的菜叶渣滓。老石说，奶奶的，这样的小案子在劳改农场破多了。

刘三被抓。

时进深冬，天气预报有寒流。老石操心皮庄大棚菜防冻的事，忙到深夜才骑自行车回乡。夜深人静月光微明，寒风袭来，阵阵刺骨。突然身后响起一阵急促的摩托车突突声，老石冷不防被撞进了路沟里。好在一身棉衣没摔重。他爬上来抬头见撞他的摩托车又返回向他冲来。老石抓紧自行车待摩托车冲到他身边时他蹉步闪身轮起自行车猛砸过去。老石力气大，再加在部队又练过擒拿格斗，三两下就把那人控制住，掀掉他头盔一瞧又是刘三。老石骂了句，你娘的，还敢给老子玩阴的。

刘三再次被抓。

两年后，皮庄成了我乡的先进村，村民说，多亏了石宣委。

后来我们都退休了。今年秋天听说老石儿子车祸去世，儿媳另嫁，撇给他两个孙女，日子艰难。我邀了几个老伙计去看他。老石的家在由马村西头，四邻都是红砖新瓦房，就他那小矮房像个脏孩子蹲在中间，煞是寒酸。李铁梅已非昔日小美人，如今头发皆白，面容清瘦憔悴。问起老石，她说，儿子走后，肇事者是个拉破烂的没钱赔，老石说，算了，不起诉了，把他逼垮了，社会上又多个困难户，咱也不忍心。干脆我再去找个活多挣点钱补贴家用吧，就去城里看建筑工地去了。

我们听了心里都酸楚楚的，细算来老石若健在应该七十三岁了吧。

（原载《短篇小说》（原创版）2020 年 12 期）

环

奚同发

飞奔到医院时，一眼瞧见窦文贵躺在急救室眼望天花板一动不动，杜继宏“哇”地哭了出来。退休后九年，窦文贵走完自己最后的岁月，撒手人寰。杜继宏最清楚师父不瞑之目的内涵，心说，师父，我会让您安心地闭上双眼。

窦文贵的讣告，不仅发布于晚报、日报，许多手机朋友圈也转发，与生前低调相比，这次可谓轰轰烈烈。都能理解，毕竟人生最后一回，且非逝者可以左右，徒弟、同事、亲朋一干在操作。

退休后的八年多时间，窦文贵带着老伴儿辗转安吉、五指山、侯马、永城、白水、松口、农安、莒县、江津、雷山、碌曲、常熟，只为图个清静，躲开因当年警察职业所带来的各种困扰。没想到，最后一年，妻突发脑梗，抢救过来，说话和下肢都不方便了，两人不得不回到他工作多年的城市……

送行那天，来了不少同事、领导，统一穿便装，还有一些案犯家属。殡仪馆吊唁厅门前过道，摆了一张小桌，与他人以往在此签名送礼不同，现场有人指挥来宾依次按下指印。据解释，此系从警一生的窦文贵，留下的一个别样要求。追悼仪式后，手指印册将随遗体一同火化。虽然觉得不可思议，但逝者为大，人们也纷纷照办。也有人至此表示，走错了地方，转身即去……

杜继宏发现，老班没来。窦文贵去年回来不久，便把他叫到家，安排了后事，其中第一局，虽然不少在逃案犯落网，老班果然不曾露面。

当年窦文贵已把老班堵在他家院里。面对两名警察，老班还是要硬交手，很快被摔趴下。上手铐时，听到屋里一老人沙哑音问话："谁呀，谁在院儿里?"

老班咬着牙低声说："让我再见老娘一眼，这辈子肯定没机会了，求你了。"他的泪噼里啪啦滚了一脸。

窦文贵有些犹豫，老班老娘守寡多年且一只腿瘸，因邻里打伤她养的狗，两家争执，没想到老班当夜杀了人家九口。

"你可想好，如果逃跑，别怪我开枪。"窦文贵说。

"你尽可放心，我一命换九命，值了。我不会跑了，跑哪儿都是死。"

等老班进屋，窦文贵与队友分头，一个守前门一个守后窗。他听到老班喊娘，娘就哭，问他是否杀了人。他说没有的事。娘说前些日公安都找上门啦。他说那是查户口。然后听老班说："娘，你渴了吧，我去给你倒水。"娘说："孩儿你放心，娘不渴，你倒水自个儿喝吧!"娘又哭起来……

老人的哭声断断续续，有时还边哭边说。直到没了动静，窦文贵觉得不对劲儿，推门，才发现门从里面顶住了。

他急喊："开门，开门！老班，老班……"

没回声。

他大喝："再不开门，就开枪了!"

仍然没有回声。大冬天，窦文贵冒一头汗，全身便撞去——农村的两扇对开门，板厚闩硬，哪儿撞得开。守后窗的队友赶来，两人喊着一二共同发力撞了两下，才听里面说："来了。"大门一分两开，老人迎门而立，窦文贵绕过她，屋里早没了老班的人影。

“人呢？人呢？快说！”队友催问。

老人一瘸一拐坐回床头，一副波澜不惊的样子说：“跳窗……了……”

两人先后跳窗去追，哪儿追得到。增援警力赶到，仔细搜查才发现，老班老娘床下的破箱子压着一个洞，通往院里的柴草棚。二人进屋后，老班才借机外逃，方向各异，南北不同。从此，这个人似乎人间蒸发。

直到窦文贵退休，交回枪那一刻，脑海中闪现的仍是老班的一脸泪。

窦文贵逝后不到半年，老伴儿也随他而去，二人就合葬在一片山清水秀的公墓。这里仅有一个守墓人不时清扫墓园落叶或道路。

窦文贵逝世周年的次日，晚霞已挂天边，一对男女抱着孩子来打听窦文贵的墓，一脸胡子的守墓人指点后继续面无表情扫地。三人来到墓前，男的上酒摆果品祭拜一番，十多分钟后一行出了墓园，男子递给女人一个信封说：“钱一分不少你的。”女人说声“谢谢”，抱起孩子坐上停在路边的小车走了。

男子双手插兜，回望一眼墓园，轻轻一叹，然后沿着梧桐夹道的公路徐徐而行，不料其间一棵树后走出守墓人，还有一个黑洞洞的枪口。

“老班，终于等着你了。”

“你搞错了，我不姓班。”

此时，男子身后嘟嘟嘟响着摩托，停下，又举起三支枪。其中一人道：“老班，真有你的，跑了这么多年，你以为化个装就能跑掉吗……”

回到窦文贵墓前，杜继宏深鞠一躬说：“师父，依您安排，两局已结，您可以瞑目了。只是第三局您老不曾明示，也不知能否如愿。”

随后，他打电话给胡师傅。对方说：“谢你才对，这一年我是挣工资不上班呐，天上掉的馅儿饼吃光啦，又要开工啦……”

离开墓园时，杜继宏心生感慨，这一年，明白了太多，无论你生前有多少放不下，身居高位也好，财过五车也罢，到了这里什么都放下了。

“小杜，祝贺你，成功告破多年的命案，局里要给你记功！”听他道谢，李副局长又说，“还是谢你师父吧！守墓，也是他的建议。他把你从警校里挑出来，很看好你。可你这脾气急、太毛躁，蹲守总沉不住气，有几次一点儿动静就出击，结果打草惊蛇。跟踪时，常被各种外界因素干扰。街头一对恋人吵架，或遇扒手，你都可能跟丢目标。我想，这一年守墓，应该如你师父所愿，磨成了一把好刀！”

杜继宏的泪憋在眼眶，硬没让掉下来。他心底明白，师父墓地周围一孔孔隐藏的摄像头，成为让一个个目标陆续落网的利器。年代不同了，蹲守精神固然可取，但与师父时代的手段各不相同，许多许多，其实无高下之分。

（原载《啄木鸟》2021年01期）

第八辑

我叫你一声姑父吧

赵新

沟里村的老秋大叔有一种刻骨铭心的忌讳：最害怕最反感别人打问他的岁数。有人问他的身高，他笑嘻嘻地回答："不高不高，也就一米七的样子，算中等个头吧。"有人问他的体重，他乐呵呵地回答："不重不重，刚刚称过，满打满算也就125斤。"这当然是老百姓说的市斤。有人问他的岁数，他就烦了，他就恼了，他就红脖子涨脸地回答："哎呀，哪壶不开提哪壶，你问我多大岁数干什么？查户口吗？招工吗？对不起，我也不知道我多大岁数！"

他这样一闹腾，别人觉得很尴尬，就不敢再刨根追底。村里的老老辈子们给留下一条古老的训诫，叫作："七十三、八十四，阎王手上一根刺，当心叫它拔了去，不管你愿意不愿意！"意思是人活到73岁就危险了，阎王爷的花名册上就有你的名字啦！

在这有吃有喝乐享太平的年月，谁愿意上那个阎王爷的册子呢？

所以老秋大叔坚决反对别人打问他的岁数，一问就烦，再问就生气，三问就不搭理你。因为他的岁数一年比一年大，他必须守口如瓶保守秘密。

也有根本不相信这一套，故意和他闹着玩儿、故意挑逗他的年轻人。

比如陈亮。陈亮25岁，他管老秋叫姑父。

姑父不是亲姑父，是这么论了那么论，论出来的一位姑父。按照当地风俗，这样的姑父是可以随便和他开玩笑，而不计较什么辈分不辈分的。

这是桃红柳绿的春天，村巷里流淌的都是鸟语花香的气息。太阳刚刚出山，在五彩缤纷的朝霞里，村里人把饭碗端出来，或蹲或立或坐着，聚在十字街里红红火火热热闹闹吃早饭。这工夫陈亮看见了老秋，那老汉端了一大碗面条儿，靠在墙根儿里，吸溜吸溜吃得很香甜。

陈亮走了过去："老秋姑父，您好您好。您吃的什么饭呀，看吃得欢实的！"

老汉很认真地回答："你小子怎么说话？没大没小，没老没少，喂猪喂狗喂牲口才说它们吃得欢实呢。我是你姑父，是你老辈子！"

陈亮笑了："哟，姑父可真会挑理啊！我猜想，这面条儿是姑姑擀的吧，她手艺真好，擀得又长又细！"

老汉并不恼怒，反倒笑嘻嘻地回答："小子，这还用问吗，这面条儿当然是你姑姑擀的！你记清楚了，你记牢靠了，她是你姑姑，她是我媳妇儿！"

聚在一起吃饭的人们轰的一声笑了，都觉得老汉风趣幽默，说话挺有意思。

但是在陈亮问了第二个问题后，老汉就恼怒了，就恼怒得怒发冲冠，鼻子不是鼻子、脸不是脸了。

陈亮问："姑父，您有60岁吗？我看您身板结实精神抖擞，好像只有50多岁！"

老汉一下子激动起来，红了脸回答："淡话！你问这个干什么？"

陈亮说："姑父，不干什么，我随便问问不行么？"

老汉扭身就走："陈亮，你回家问你爹去，问你娘去！你不是咱们沟里村的人，你简直不懂沟里村的规矩。你白白上了高中，白白长了那么高的个子！"

陈亮追了上去："姑父，您等等再走。我必须提醒您，我不但是咱沟里村的人，我还是咱们村委会的会计！"

老汉说："小子，你别拿会计吓唬我，我就是不告诉你我的岁数！"

陈亮说："姑父啊，先别吹大话，您要是告诉我了呢？"

老汉说："小子，我要是把我的岁数直截了当地告诉你了，我管你叫姑父！"

老汉又补充说："大伙可以做证明，大伙都听着哩！"

这一天就这么过去了，谁都是忙忙活活的。到了晚上一弯月牙朦朦胧胧亮起来的时候，村委会的高音喇叭响了，是陈亮严肃而又认真地广播一个通知。

陈亮的嗓音很浑厚，很响亮，好像是山山水水都有了回音，都帮他呐喊，帮他传播，帮他布置。

一开始老秋拿这广播不以为然，因为陈亮经常在这喇叭上呼来喊去，显示他是村委会会计。但是今天不知怎么侧耳一听，就觉得这个通知很重要很可心很温暖，他必须认认真真地听下去，一字不落地听下去。

陈亮广播说："尊敬的乡亲们，亲爱的爷爷奶奶大伯叔叔大娘婶子们，根据上级通知，现在对我们沟里村的老年人进行认真而又严格的统计，凡是年满60周岁的老人，不分男女，请带上您的身份证，到村委会进行登记，准备按月领取您的养老金……"

老汉听得兴奋了。

老汉听得激动了。

他算了又算想了又想，按周岁说，他今年正好60岁，他老伴儿也正好60岁。两个60岁，就是双份养老金！

哎呀，好大的福气，他们赶上了这村村寨寨家家户户奔小康的年月，以后可以和上班的人们一样，按月领取养老金！

哎呀，好大的骄傲，他们是中国最最普通的老百姓！

什么七十三，什么八十四，那是爷爷奶奶老辈子们念叨的事情，过时了，早就过时了，听不得也念叨不得了！

老汉在家里坐不住了，揣了身份证，大踏步地来到村委会。

这个时候，村委会里只有陈亮一个人。

陈亮很严肃，拿出一张表来，直来直去地问他："姓名？"

他回答："赵老秋。"

陈亮又问："年龄？"

他响亮地回答："我是农历腊月二十八的生日，62虚岁，60周岁！"

陈亮再问："为什么您自己来了？"

他笑了回答："你姑姑已经睡着了，她劳累一天，我不好意思叫醒她。"

陈亮给他倒了杯水，请他坐下喝茶。

他不坐。他红了脸说："陈亮，对不起，我输了，我叫你一声姑父吧。"

（原载《金山》2021.1）

晋老头儿的骄傲

刘立勤

一向骄傲的晋老头儿最近觉得特别闹心，喉咙好像被人塞了一坨棉花，心里好像窝了一盆火。他见谁都乌丧着脸，好像别人借他的陈大麦还他的是老鼠屎，拉走他一头牛还回来的是一只鸡。

让晋老头儿闹心的是他儿子。儿子太不听话了，放着好好的法院庭长不当，要去当什么律师。律师是个啥？就是讼师。讼师是干啥的？挑灯拨火混吃混喝骗钱害人。当地有句俗语——一奸二盗三讼师，可见讼师是多么让人讨厌。家里有个讼师，几辈子都抬不起头。

任他说什么儿子都不听，八头牛都拉不转儿子的决心。儿子还噼里啪啦说律师如何如何重要，又说律师能够更加主动地为弱者提供法律服务。哄鬼呢？当庭长有时都由不得自己，还说律师！末了，他问："收钱不？"儿子说："当然要收钱哪。"说一千道一万，还不是为了骗可怜人那几个可怜钱！官司赢输都得给你们钱，讹人呢！哪有拿公家的工资干净硬气？可儿子硬是摔了人人羡慕的金饭碗，当了讼师。最重要的是法官受人尊敬，律师被人小瞧看不起。晋老头儿想到这里，一气之下回到乡下老家住去了。

儿子曾经是晋老头儿的骄傲。儿子上小学时成绩年年第一，并且以全村第一的成绩考进镇中学，以全镇第一的名次考上县高中，又以全省第一的成绩考上了北京大学法学院。北京大学，又是学法的，发胀得很呢。晋老头儿满心都是骄傲，那份骄傲还从心里漫到脸上，脸上那深深的皱纹里流淌的也都是满满的骄傲。不只是晋老头儿骄傲，乡里乡亲也跟着骄傲。

儿子本可以留在北京或是省里工作，但为了孝顺父母，儿子回到县里进了公安局。晋老头儿虽然心有不甘，可进公安局有面子呀，他的那份骄傲依然在脸上流淌。乡里乡亲也高兴了，咱公安局有人了，不用受阿猫阿狗的欺负了。

后来儿子转到检察院，又转到法院，虽然没有给人办事的能耐，还是让他骄傲，毕竟是给公家干事，脸上有光彩。尤其是儿子当上法院的庭长后，他很是高兴了一阵。他还听了儿子的话，狠下心撂下几亩薄地，跟儿子进城生活去了。儿子给自己长脸，自己也要给儿子长脸，不能硬守着乡下几亩薄地，让儿子背个不孝的骂名。

不知道儿子吃错了什么药，放着好好的庭长不当，硬要辞职当律师。律师有个什么好？红的说成白的，白的说成黑的，红口白牙哄人钱，还不如当个小老百姓，种地打工挣几个干净钱。因此，村里人问他儿子咋回来了，他说儿子被人撸了。他觉得儿子当律师，比让人撸了还让他丢人。村里人讪讪一笑，不知说什么好。他呢，也不解释，任由儿子自己去折腾。

儿子真能折腾，辞职才半年就办了好几个漂亮案子，人们都在传说儿子的能耐。最神奇的是儿子竟然把他们村吴奎的案子给翻案了。

吴奎是晋老头儿的邻居，老实巴交的一个人，天上掉下一片树叶他都怕砸破脑袋，走在路上担心踩死蚂蚁。这样一个老实人，却被人诬告强奸杀人。那时儿子已是法院的庭长了，晋老头儿从没因为什么事求过儿子。为了吴奎这个老实人，他第一次求了儿子。儿子仔细研究了案卷，说：“就案卷看，吴奎罪责难逃。除非有个好律师，认真调查取证。”可那律师只认钱不办事。晋老头儿让儿子帮忙，儿子说：“我是主审法官，我不能出面替被告调查取证替他辩护的。”好在儿子还有点儿良心，找出证据中一个疑点，点拨了一下吴奎的律师，给吴奎留下了一条命。

谁想到儿子当律师后，对吴奎的案件重新进行调查取证，不仅让吴奎沉冤得雪，为吴奎争取了一大笔赔偿金，还找出了真凶。当吴奎背着一大包礼品来感谢晋老头儿时，他心头窝着的火好像被谁灭了，喉咙里那坨棉花也给拔了出来，乌丧的脸上也有了几许笑意。

后来，听说儿子又办了几个案子，他认识到了律师的作用。特别在看到儿子为几个可怜人代理的案子后，晋老头儿对儿子的选择有了新的认识。这时，他对儿子的安全也有了一些担忧。

比如说儿子现在代理的案子，晋老头儿很是担忧。

那真是一个大案子。政府招商在冷水河边建了一个化工厂，污染十分严重，冷水河两岸的老百姓深受其害。苦不堪言的老百姓急于表达诉求，却苦于找不对门路。没想到儿子这个愣头青自愿当了代理人，他还联络外面的媒体，连续报道跟进。在巨大的压力下，儿子终于打赢了这场官司。

一场官司打下来，儿子瘦了十斤，晋老头儿脸上的皱纹又加了几道。好在，那一道道皱纹里没有了担忧，而是从心里流淌出来的骄傲和得意。要是熟人遇上难缠事，他就骄傲地说："去找我儿子，我儿子是律师呢！"

（原载《百花园》2021.4）

渡船

刘帆

马老四独自坐在船头发呆。

渡口的小卖部门前，大半个树荫下，坐着一群人，这是一伙要过江的人，也是马老四的渡客。

过渡的人，不管知道不知道，大家都习惯喊他“老四”。

马老四有个规矩，不到点不开船。因此，买了票的这伙人，就在岸上树底下拖条板凳歇着。三三两两，没个队形惯了。这些渡客，马老四有的闭着眼睛，听声音也能听出来谁是谁。

渡客们肆无忌惮地谈论一个话题，在马老四看来，可能是一种痛。马老四的儿子，指着岸上的一帮人说：“爹，他们在谈论架桥的事，吴乡长上次过江也说过，这么宽的江，得有一座桥。”

如果是不知好歹的人，跟马老四说“架桥”的事，或许马老四会生气。然而，现在说话的是儿子，还有儿媳妇也在船上，马老四心头的气，堵得慌。他看了一眼儿子：“是啊，架桥，做不了水上人家，你就上岸，老马家还有几亩薄田，饿不着。”

或许是担心儿子听不懂，马老四故意抬高了八度声音，冲着青衣江吼道。然后背转身，朝岸上一声吆喝：

“开船啰——”

这马老四，今儿个怎么回事？离开船时间还有半个钟头呢！

众人骂骂咧咧，不情愿似的，一个个从树荫底下钻出来，拎着包，挑着担，牵着小孩，乖乖上船。

马老四如今的汽船，虽然比不得电视上海洋里漂浮的豪华游轮，但在这青衣江，却也十分显摆了，起码，往来两岸的渡客眼里的船，上下游几十里远近，也就他的船最好了。所以，众渡客都喜欢往他的船扎堆。马老四脸上的笑容，从新船抵达青衣江那天起，就明显地挂在脸上。

过江费从之前的五角，到一元，再到今天的五元，也没见到几个渡客感到不满。

马老四的腰包日渐鼓起来。这条船能够载多少人，往返摆渡多少趟，整条航线全由他说了算。按理说，赚得也差不多了，停渡也可以，毕竟年纪摆在那里，脸被江风吹，日头晒，人黝黑，很显老。

渡船的航线，是马老四开辟的。不对，航线是马老四家族很久很久以前，在这青衣江上用一条船犁波劈浪开出来的，就是通俗讲的水上通道。

马老四家族选择青衣江这一段宽阔江面摆渡，是有考量的。青衣江蜿蜒流长，多狭窄江段，这样的地方，往往波涛汹涌，只有这宽阔水面，水路虽然远了点，但是水流平缓，摆渡才比较安全。特别是之前的渡船是木船，为避免狂风骇浪，降低风险，保证人和船的安全，自然是平缓江段适宜。

一年三百多天，几乎没有看到马老四的船停渡过。或许，这也由不得马老四，青衣江两岸，走亲、采买的渡客们三三两两地过江，特别是往返的学生伢子，上学没少渡过，哪天停歇过？这使得马老四一家，上岸的机会就很少，采买油盐酱醋茶和肉蛋蔬菜等，小贩们会送到江边来，不甚宽阔的码头，不晓得何时开始繁盛，开圩建市，两岸同出一辙。不同的是，马老四陆上安家的这一头，圩市是农历三、六、九，对岸是二、五、八，两岸物资集散，有所差别，往来互市，才有流通。

马老四心中的烦恼，又显然不在两岸的圩日不同。刚才儿子的话，勾起马老四心中的不快，是因为传言有板有眼，计划架桥，桥址选择在狭窄江段，为的是缩短里程，减少不必要的投资。但是，上个月乡长从这里过河，在船上说可能在马老四这一处航道建桥，马老四听说后，对桥址就特别敏感。

“架桥”是一说，却一直没动工。马老四曾质疑这是要断自己的活路。马老四不是傻子，随时在盘算上岸过日子的时间，那一天真的来临，马老四的劲道也就没有了。

马老四正准备开船，岸上突然传来一句呼声：“等一等！”

马老四停下来，朝岸上摆手。

岸上的人终于在起航前上了船。

马老四喊儿子开船，自己跑到船尾。

“乡长！”马老四喊道。

“老四啊，我还是喜欢坐这渡船。”

“嗯……乡长啊，我想通了，架桥好，桥通路宽，汽车一溜就过去了……”

乡长好像没听到，径直走到船头，“那年我上学，就是坐着它上岸的！渡船怎么啦？渡人上岸，好啊！听说你儿子将来要去渡人，做教书先生，那更好啊……”

（原载《小说月刊》2021.2）

秋旱时节的一把火

王生文

镇里的会议一结束，匡甘平便骑着自行车风风火火往村里赶。

夕阳像一轮燃烧的火球，迟迟不肯落下去，好像要烤干空气里的最后一丝水分。天空中不见一片云，四周没有一丝风，路旁是枯黄的杂草。再远处是收割后裸露龟裂的旱地，以及旱地间快要干涸见底的小沟渠。

“要是下一场透雨该多好啊。”匡甘平一边骑车赶路，一边在心里祈盼着雨。除非下一场透雨，秋播的被动局面才会扭转，人心才能安稳。

今天镇里召开的是防火与秋播工作会议。会议的背景是由于入秋后滴雨未下、天干物燥，一连发生了几起火灾，不仅给当地造成了很大的经济损失，更主要的是给广大村民带来了心理上的阴影。人们谈火色变，诚惶诚恐，以致影响了秋播的进度。匡家村虽然没有发生火灾，但有关火灾的谣言早就传开了，什么火神已经到了匡家村，只等哪天找个机会，就会烧起一场大火。如何防火？落实防火措施是必需的，但安稳民心尤其紧迫。

镇长说谣言止于智者，但要安稳民心，还得看自己怎样去引导。一路骑着车，不觉天色暗了下来，匡甘平推着车走进村头时，夜色已经很浓了。

就在这时，“喔喔喔——”一声公鸡的叫声，刺耳地在村头响起，传进匡甘平的耳朵。他的心一紧，不觉骂了一句：“该死的晕鸡，你也来给我添乱，看我不收拾你！”匡甘平判断得出这鸡叫声来自匡志明的家。

乡间向来就忌讳傍晚时分公鸡打鸣儿，因为它预示着有火灾要降临，更何况是在目前人心惶惶的当口上。匡甘平加快了步伐，此刻他还来不及去收拾那只带坏头的晕鸡，他要做的是督促各家各户落实好防火措施。

“喔——喔——喔——”一时间，从村头到村尾，公鸡的叫声此起彼伏，整个匡家村顿时笼罩在一种不祥的氛围里。

新情况的出现无疑增加了工作的难度。匡甘平摸出一支烟点燃，猛吸了一口，定了定神，便就近走进一户村民家中。这家的主妇正端着一个面盆，往鸡笼上洒水，口里还在不停地念叨着。听见脚步声，妇人侧头一看是匡甘平，慌忙放下脸盆，紧张地说：“主任，这鸡迟不叫早不叫，偏偏这时开口叫，看来火神真的进了我们村，你得想想办法啊！”

匡甘平故作轻松地一笑，接过话说：“婶，就算火神进了我们村也没有什么可怕的，把它打发走不就得了！”

妇人摇摇头，忧心忡忡地说：“它来了不烧把火，恐怕是打发不走的，你看柳河村、朱湾村……”匡甘平听妇人这样说，不觉眼睛一亮。他又想起了镇长的话，谣言止于智者，我为什么就不能做一个智者呢？他会心地一笑，转身走进了妇人家的厨房。

这天晚上，月上中天时，匡甘平才检查完村民们防火措施的落实情况。应该说，他的心是踏实的，因为各家各户都做到了灶门收净水满缸。但同时匡甘平的心又轻松不起来，村民们都信谣传谣，人心惶乱，一边按要求防范火灾，一边又在家里燃香烧纸敬奉火神。如何迅速有效地制止这种现象，杜绝火灾隐患，这才是防火工作的当务之急啊。

第二天傍晚，匡甘平不想再去村民家检查防火工作。他提着一瓶老白干，点上一支烟，走出门，先围着自家门前的草垛转了转，然后大踏步向村东走去，今晚紧要的是赶在那只晕鸡还没开口前先收拾掉它。他径直走进匡志明家，正好匡志明又在敬火神，他把酒瓶往桌上一放，高声叫道：

“志明叔，别敬了，快把你家那只晕公鸡杀了，今晚我陪您喝几盅怎么样?”

平时请都请不来的村主任今天主动来自家喝酒，匡志明简直有些不敢相信自己的耳朵，他慌忙去厨房里拿出刀，霍霍磨了几下，打开鸡笼门，把那只晕鸡提出来一刀宰了。不一会儿，厨房里飘出美味的鸡肉香……

“起火了!”

突然，村子里响起救火的喊声，匡志明出门一看，马上返回对坐着的匡甘平说：“不好，好像是你家门前起火了!”说着，手提水桶，就要去救火。

匡甘平一把拉住他，走出去看了看，说：“是草垛起火了，抢也没有用，不烧一把火，火神肯离开吗？走，我们喝酒去。”

干燥的草垛，像硝药点着了火一样很快就烧完了。许多村民为救火而来，实际上都成了旁观者。一把火，烧掉村主任家草垛的同时，也把他们心中的一块石头烧落了地。

天黑了，公鸡再也没有打鸣，不知情的村民纷纷说，你看，火神真是显灵，草垛一烧，这鸡也不叫了。这个夜晚，是多日来最平静的一个夜晚。

几天后，下了一场透雨，秋旱结束了，田间地头人欢马叫，村民们早出晚归抢墒播种，谁也无暇再去敬奉火神了。

秋播任务顺利完成了。

匡甘平一次在与村民们回忆那段日子时，把他往自家草垛里放一支烟的事说了出来，许多村民听了，恍然大悟地说：“看来，这世上并没有火神啊!”

（原载《天池小小说》2021.1）

耿政委

张海龙

二十年前我海校毕业，上船参加工作的头几年，船上还配有政委。那时私企很少，几乎都是国企海运公司。按照红头文件，船上要配有专职党务工作者，负责船舶党建、传达公司精神、树立安全意识及伙食管理等工作。

耿政委上船前，曾在省港航局下属分局做局长多年，到了内退年龄，按政策办理了手续，回家开始安度晚年。不料，港航局念其政治思想觉悟高，身体尚好，于是征求他意见后请他上船做了政委。

耿政委上船后，平日里喜欢四处走动转悠，看看生活区内部各层有没有卫生死角，卫生间有没有异味，脏旧的工作服及工作鞋有没有在走廊里乱放，影响安全通道的畅通……遇到不合适的、需要处理的，他便自己动手处理了。耿政委转悠到甲板上，发现有穿拖鞋值班的、吸烟的、干活儿没戴安全帽手套的，立即制止，进行教育。在每月的安全大会上，耿政委也会针对不断重复出现的问题对甲板部、轮机部两个部门长提出批评，给出指导意见。耿政委开会时，一贯笑呵呵的，即使批评某个人，也是推心置腹，尽量站在考虑对方安全的角度来探讨问题。

船舶装卸货时需要靠泊。无风无雨的好天气，靠泊的过程会很顺利。遇到刮风下雨天，视线受到影响，船员们顶风冒雨工作便遭罪了，安全隐患也随之加大。靠泊前，船长会通过公共广播来发布本次靠泊指令以及首尾带缆人员就位时间，要求大家保持谨慎，注意脚下水滑、缆绳受力等。不需要参加靠泊作业的耿政委听到全船广播后，总是第一时间换好雨衣、雨靴、橡胶手套，戴好安全帽，早早来到船尾，向船尾负责指挥的二副报到。风雨天视线不好，甲板水滑，沟通吃力。船进入港池，船速在减慢，船体受风影响横移加大，船长在驾驶室频繁利用车舵掌控着船舶行驶在计划航线上。耿政委年岁大，躲避脚下的缆绳不利索，二副安排他来操纵缆机的手柄。耿政委很听话，不去理会帽檐淌下的雨水，一双眯起来的眼睛紧紧盯着二副的手势指令，同时不忘大声叮嘱左右操控缆绳的水淋淋的水手："注意脚下，不要站在缆绳圈里……不要骑在缆绳上，注意手握受力缆绳的位置，注意缆绳受力打滑别伤到自己……"风雨交加中的靠泊类似一场攻坚战，既要胜利又要零伤亡。等船靠泊妥当，大家湿漉漉地回屋换衣服，耿政委的嗓子却在冒烟儿。

船是移动的国土。上了船，驶离了家和亲人，家里有什么突发情况，也很难在第一时间知晓。水头老林的老伴儿常年有胃病，没想到这次疼得厉害，吃了胃药也没减轻，去市医院检，竟查出了胃癌晚期。老林听到消息后，顿时傻了，整天除了哭就是哭。五十多岁的老爷们儿，突然间被老伴儿的病情击垮了。老林已经无法集中精力在船上继续工作了，公司安排新的水头来接替。

老林临走的前一天晚饭后，除了老林，我们都被耿政委悄悄喊到房间。由于人多，房间里显得很拥挤。耿政委先给大伙儿敬了一圈儿烟，然后语气沉重地介绍了老林老伴儿的病情，说："老林来公司十几年，每次上船工作都兢兢业业、勤劳肯干，咱们的船容船貌便是最好的证明。老林这次回去照顾老伴儿，还能不能与我们再同船了都不好说。百年修得同船渡，我们和老林有这个缘分。老林走之前我们应该帮帮他，让老林带着一份温暖回家陪护老伴儿顺利进行手术，战胜病魔……"耿政委说得动情，我们听得心酸。最后耿政委拿出准备好的牛皮纸信封，给每人分发一个，说："捐款纯属自愿，捐多少自愿，把钱装入信封，封好，外面写上名字即可。"

第二天，老林背着包裹与大家道别。当耿政委把二十多个信封塞进老林粗厚的大手里时，老林本就通红的双眼立即泪如泉涌，他双手掩面蹲了下去。耿政委心酸地劝慰老林万事往开想，回家好好照顾老伴儿。老林哭哭啼啼下了舷梯，踏上码头，回过身，对着甲板上挥手送别的我们，深深地鞠了一躬。那一刻，我们都落泪了。

耿政委因为年龄大，不适合长时间在船上摇摇晃晃，半年后便被公司安排休假了。休假前，耿政委挨个儿房间道别，语重心长地鼓励我们一帮小年轻要定期写入党申请书，多阅读党报党刊，积极写思想汇报，积极向党组织靠拢。

耿政委下船了，船上似乎突然清静起来，我们的内心也一下子空了。我们的眼前时常浮现出那个有些矮胖、谢顶、和蔼、幽默、唠叨的老政委，他又一次笑呵呵地凑到你跟前，提醒你注意这个、防止那个……

（原载《百花园》2020.11）

最美女兵

王培静

在青藏线上的所有军营中，都留下过一名女军医的脚印。在每一个青藏线上官兵的心中，也都给她留下了位置，她就是青藏线医疗小分队的女军医夏一贤。

这不，刚过春节不到一个星期，她就带领医疗小分队出发了。一路上全是积雪，车开得很慢很慢，就是这样，有时车还会打滑，谁也判断不准哪里的雪下面有冰。

出来三天，他们已经去过了四个兵站为官兵们服务，她们乘坐的军车一路西行，向着沱沱河兵站进发。夏队长坐在前面和司机说着话，她是怕小李疲劳犯困。其他几个人坐在后面进入了梦乡。

天快黑时，车子向前栽了两下，停了下来。轰了几下油门也不管用，气得司机小李直拍方向盘。夏队长说：我下车看看。

车外的温度至少在零下四十摄氏度，一开车门，风刮在脸上像小刀在割。风刮起的雪粒和沙土，使人几乎睁不开眼睛。

夏队长看到，车的多半个右轮陷进了雪下面的坑里。

她正跟着下车的两名男兵去周围找找，看能不能找到石头。十多分钟后，两名男兵两手空空回来了。夏队长想了想，脱下自己的皮大衣，抱着向车轮走去。司机小李和两名男兵先后说，夏队长，你赶快穿上大衣吧，用我的。夏队长说：先用我的，不行的话你们再脱。

大家都知道夏队长的性格，平时有什么事找她都行，什么话都可以和她说，但执行任务时她说一不二。

夏队长说：小李，你上车准备。小宋、小姜你俩戴着手套把车轮边的雪扒开一些，把大衣塞到车轮前面。

等两人在车轮下塞好大衣，小李加大了油门。车屁股冒了好大一股浓烟，车才勉强开出了那个深坑。夏队长的大衣则全是雪水不能穿了，几个人都要把自己的大衣脱下来给她。她说，你们都年轻，若是冻坏了，你们老爸老妈找我算账怎么办。再说，你们将来还要找对象，谁愿找个有毛病的人。我这老胳膊老腿了，不怕冷，也冻不坏。

在车上，夏队长说，这点儿事，算什么。过去医疗队没有车，我们都是搭运输车队的车，那时的车都是烧柴油的，车况也差。车一熄火就发动不起来了。没办法，我们先是撕了大衣烤车，还不行，再撕棉袄，再不行，一个个接着撕棉裤。我们先是温暖汽车，让汽车再去温暖当地藏族同胞和沿线的官兵。当时车队拉的大都是军需和生活物资。

在车上，女护士小慧好奇地问：夏队长，我问您件事，您可不许生气。

保证不生气。你这个小机灵鬼要问什么，随便问。夏队长笑着说。

听老兵们议论说，您年轻时上线，有时会和男兵们一起睡大通铺，这事是不是真的?

夏队长沉思了一下，回答说：是真的。那时有的兵站条件差，一个班就住一间宿舍。就我一个女的到那儿，不可能让全班人出去站着，我自己在屋里睡觉。

那得多难为情啊。小慧红着脸说。

我可不只是在一个兵站和战友们睡过一个屋，更不方便的是上厕所，好多兵站历史上就没来过女人，哪里会有女厕所，只有一个男厕所。只要我想上厕所，随便拉住一名战士向厕所一指，他就明白我的意思了。先是进去“清场”，再叫上一个同伴为我站岗。全国这么多妇女同胞，这种“高级待遇”也只有我独享过。

晚上九点多，医疗队的车才赶到了沱沱河兵站，官兵们整齐地站在营房门口迎接。看到夏队长，有的叫夏妈妈，有的叫夏阿姨。夏队长也能叫得上每个官兵的名字，大家真像久别的亲人见面一样，每个人眼里都闪动着泪花。

从每一个兵站离别的时候，夏队长总是说：我今后上线的机会不多了，你们要多保重身体。

官兵们会说：夏妈妈，我们会想您的。我们心里很矛盾，又盼您来，又不希望您来。

她的身世每个高原兵都知道，都像对自己的母亲一样了解。

她十二岁时，在高原部队上开车的父亲得病去世了。母亲被生活的重担压得喘不过气来，一年后跟别人走了。祸不单行，又一年后奶奶得病死了。十五岁那年，爷爷也得了重病，临死前拉着她的一双小手，塞到她手里一个皱巴巴的信封说：一贤，爷爷不能把你养大成人了。这是你爹部队上的地址，你也只有这一条路了，你去找找部队吧，或许部队上能给你口饭吃。

爷爷，我不让你走！她的呼唤最终也没有留住爷爷。

乡亲们帮她埋葬了爷爷，她就踏上了来格尔木的行程。

部队接纳了她。先是让她继续念书，后又送她上了军队的医学院校。她毕业后申请回到了格尔木青藏兵站部。

因为她父亲在这儿。

她父亲死后就埋在了烈士陵园的外边。因为他是病死的，没有评上烈士，所以没有资格埋到烈士陵园里。

从她来到格尔木的第一年起，每年的春天，她都会去父亲的墓前种一棵杨树，但从来没有成活过。直到她军校毕业回来的那年，父亲墓前的一棵杨树才终于吐出了绿芽。

看到树活了，她激动地跪在父亲的坟前说：爹，我知道您是个小心眼，您过去不让树活，是怕女儿不回来陪您了，是吧。

树长大后，能为父亲挡一挡夏天烈日的暴晒。

夏队长的个子不高，身材瘦小，脸上是大自然恩赐的两片云霞。由于长年奔波在平均海拔4000多米的高原上，紫外线照射的脸上黑里透红，里边的条条毛细血管清晰可见。她脸上写着刚毅和果断，同时也流露出母爱的慈祥。

她五十多岁了，一直未嫁。她把青春和美好的年华都奉献给了青藏线，她是昆仑山的女儿，有一颗冰清玉洁的心灵。昆仑山会记得她，青藏线会记得她，所有在线上待过的官兵都会记得她。

在线上官兵们的眼里，她是他们心中的女神，是这个世界上最美的女兵。

（原载《神剑》2021.1）

踏云

田诗范

那年，青藏铁路修到唐古拉山口。唐古拉山脉是长江的发源地，在藏语中意为“高原上的山”，又称“当拉山”，在蒙古语中意为“雄鹰飞不过去的高山”，可我们赛过雄鹰，逢山开路，遇水搭桥，一寸一寸地将铁路延伸到这里。

这里是青藏高原中部的一条近东西走向的山脉。山峰上发育有小型冰川，为长江、澜沧江、怒江等河流的发源地，我们的住地就在工地的一侧。

不久，我们吃饭的时候有一只雄壮的黑黄相间的藏獒前来蹭饭。这只藏獒体格高大，管后勤补给的老王给藏獒量了身长，约120厘米。我仔细观察，见它体毛粗硬、丰厚，外层披毛不太长，底层毛则浓密且软如羊毛，难怪能在冰雪中安然入睡。

我知道附近肯定有人家，虽然从来没见着，但这藏獒一来，我们总是把它当客人对待，将我们的好饭好菜分给它一份。渐渐地，它与我们熟了，我们比个手势，它就能将我们要的工具、藤帽之类给我们衔来。我见它四掌雪白，四爪展开如云片，知道是内地叫“踏云”的一种名犬，后来大家就干脆叫它踏云了。

踏云有时也会给我们添一些麻烦。我们将一些破鞋、破毛巾、破袜子之类的生活垃圾用手推车拉到远处的垃圾坑里倒掉，可第二天这些破东西又被它衔回来，而且能够“物归原主”地放在每个人的床下，绝不会错。当工友们感到惊诧而又烦恼时，它却在远处站着，伸着长长的舌头，摇着尾巴，像在等待人们对它的表扬。

一个风雪交加的夜晚，我正准备睡觉，踏云又衔来一只皮鞋。我知道它又在做蠢事，没理它，它却拖下了我的被盖。我见它尾巴下垂不动，表情局促不安，便捡起那只皮鞋。我认出鞋是老王的，赶忙到老王的房间，见他不在，知道他跑的补给车没回来。这时，踏云已嘴里衔着一把铁铲拼命地往外跑。我估计老王出了事，赶紧喊醒工友，开了辆卡车追了出去。

大风中，雪花在车灯光柱中飞舞，像无数的鸟儿在乱窜。不久，卡车追上了踏云。踏云仍在前面跑着不上车，我们知道它在带路。在一个弯道处不见了踏云，我们都下了车，用手电寻找踏云。在弯道外侧的雪沟中，我们终于发现了老王侧翻的车。车已被风雪掩埋了一半，老王被卡在驾驶室里动弹不得，大雪盖住了他的身子。老王斜躺着，只露出一张脸。落在脸上的雪化了，结着一层薄薄的冰壳，像蒙着一层透明的塑料纸。老王嘴巴紧闭，眉毛上挂着白雪，显然踏云发现他后拼命地拖他的脚，不想拖掉了他的皮鞋。踏云知道自己无力救出老王，才跑回工地报信的。

我一摸老王的额头，已经冰冷，但还有气息。大家挂钢丝绳准备牵引时，只见踏云跳进驾驶室，凑到老王的鼻子跟前，嗅了一阵，突然伸出舌头舔他的脸。踏云舔去老王眉毛上的雪，舔融他脸上的冰皮，之后缩回舌头，在嘴里积聚热量，待冰凉的舌头在嘴里焐热了，又伸出来，紧紧地贴在老王的脸上。踏云用整个身子温暖着老王，好像它明白，只要老王醒来，一切情况将会好转。

我们在天明前终于拖出了卡车，在踏云的体温温暖下，老王也醒了过来。老王抱着踏云流出了眼泪，而踏云挣扎出他的怀抱，尾巴翘起不停地摇着，咧着嘴，鼻子上蹙起皱纹，眼光柔和，嘴里哼哼叫唤，好像在笑，身体优美地扭动着跃来跃去，表达它无限的喜悦。

铁路线在继续延伸，沱沱河车站也渐成雏形。我想，这里将来肯定是一个迷人的风景区。为此，我决定要为将来到这里的旅游者拍下最原始的照片，可拍了不少却没有一张满意的。后来有人指点，说没人气的画面是死景。

我想，踏云的家也许就在附近，于是我擅自离开工地，向一条山谷深处走去。唐古拉山脉植被以高寒草原为主，混生有垫状植物，与周围的雪山相映成趣。我抢拍着这难得的镜头，不觉天色渐晚，我的镜头中出现多个黑影，仔细一看是狼！渐渐地近了，那群狼上翘的眼角露出一对对凶光。生死之际，我迅速找了个石壁准备作拼死一搏。当头狼前爪蹲地正准备向我扑来时，斜刺里却突然蹿出一个黑影向头狼扑去。头狼在雪地上一个翻滚又爬了起来向黑影反扑，后面几只狼也跟着向那黑影进攻。这时我才看清，那个黑影是踏云。据说一獒敌三狼，但这时在群狼的进攻下踏云占不了上风。一会儿，头狼边战边走，想把踏云引出山谷，好让群狼对我下手。正在踏云两难之际，突然后方响起渐近的马蹄声。头狼刚一回头，"啪——啪——"两声鞭响，头狼身上挨了两鞭，痛得长嗥一声，与群狼惊慌地逃去。

挥鞭的人下马对我说："我叫华洛桑，你是修建铁路的工人吧？我奶奶早想请你们到家里坐坐呢！"

我跟着华洛桑向前走，拐过山丘就见一座藏式毡房。一位老奶奶坐在门口，问了声："美廓尔回来了吗？"

踏云马上摇着尾巴跑过去，静静地坐在老奶奶的旁边。我对老奶奶道了一声："扎西德勒彭松措！"

我们合影后，华洛桑介绍说："她的眼睛已经看不见了，可她一直盼望着铁路通车，特地天天叫美廓尔代她到你们那儿看火车。"

我问："谁是美廓尔？"

这时，踏云连叫了两声。华洛桑拍了拍踏云的头，笑着说："它就是，'美廓尔'在藏语里就是'火车'的意思。"

我感叹地说："美廓尔，踏云，合起来是一个多好的名字！"

（原载《百花园》2021.2）

老胡在线

戎禹

“老胡，别唠了！开饭啦！”隔壁办公室陈远喊道。

“你们先吃，给我留碗饭就行，我一会儿做个酱油炒饭试试。”老胡转头朝门外喊了一声，又迅速把目光移回到手机屏幕上。

“酱油炒饭你得先把米饭用酱油抓匀，这样炒着才入味。”按照老胡的吩咐，屏幕那边的人转身找了瓶酱油，在老胡的指挥下，一会儿打蛋，一会儿爆锅，一会儿翻炒地忙活起来。十几分钟后，一盘香喷喷的酱油炒饭终于出锅了。

“好啦！关火，关电，吃饭去吧！”老胡道。

屏幕那边的人叫张焰新，别看现在被老胡指挥得言听计从，可几天前当真让老胡寝食难安啊！

一周前，河南派出所突然接到一条警情：光华路鸿博园失火了。值班民警哪儿敢怠慢，穿戴好装备，迅速赶往现场。

同样心急如焚的还有得知消息的社区民警老胡。

老胡，大号胡全利，负责鸿博园多年。他比谁都清楚，那是个老小区，楼道狭窄，最要命的是，住户多是年老体弱之人。现在是疫情隔离期，家家户户都住满了人，一旦发生火灾，后果不堪设想。

不及多想，外衣都没披，老胡穿着那件多年的旧毛衣就从三楼办公室往下冲。可来到大门口，警车已经疾驰而去。年近五旬的老胡只好一路连跑带颠地朝鸿博园赶去。

消防员处置十分得当，现场火情得到很好控制，只是由于灭火，张焰新家的厨房一片狼藉，锅碗瓢盆散了一地，本该在地上的白菜叶，却借着高压水柱的力道爬到了玻璃上，灶台周边的墙上也是一片漆黑。

火是扑灭了，可失火之后的难题更难解决。疫情期间，左邻右舍都被这突如其来的变故吓得跑了出来。

心有余悸的邻居开始指责起张焰新来："老张，你这是怕大伙儿不死啊！"

"可不是嘛！你这是让俺们躲得过病毒，躲不过你这场大火啊！"

张焰新一个劲儿地道歉："我也是一时马虎，一时马虎，玩手机玩欢脱了，忘了厨房有火这码事儿了。绝对是意外，下不为例。"

"别人是意外，你老张可不是。你玩手机成瘾可是老毛病了。去年你家失火不也是因为你开着煤气灶回卧室玩手机吗，最后锅烧干了，火着起来了！"老胡心想。

果然，老胡想到的事，邻居也想到了："你家去年就着过一次，今年又着，你这是不把大家害死不罢休啊！"

"对，他这毛病改不了！让他搬走！"

"你赶紧走！"大家纷纷嚷道。

看到邻居们来者不善，张焰新也态度强横起来。他往客厅沙发上一坐，把头向后仰了过去，说："我是不小心让东西烧着了，又不是故意放火。凭什么赶我走？要走你们走，我就在这儿了，咋地吧?!"

眼见两边都是剑拔弩张之势，老胡深知，一旦双方较起劲儿来，说不定闹出啥麻烦来。于是，赶紧说道："邻居们，可能老张这次真是无心之过吧！这疫情期间，你们说，他还能去哪儿？不如这样，大家今天卖我个面子，先都回家吧！咱们这样也挺危险的。剩下的事儿我来想办法解决。”

老胡是个老社区警，平时跑东家串西家，没少给大家排忧解难。此时开口说话，大家也都很配合，都各自回家去了。

可是，到底咋解决这个问题？老胡一时难有良策，辗转反侧，夜不能寐，苦苦思索对付张焰新玩手机成瘾的招法。

这个张焰新，可以说是吃喝拉撒睡，没一刻不摆弄手机的，若要他不玩手机，除非太阳从西边出来。

“那我就反其道而行之，好好利用他这个机不离手的毛病。”

老胡和张焰新约定：“每天做饭前，你必须打开手机和我视频，饭做好后，我让你关火，你才可以挂手机。”

起初，张焰新很不情愿，可没过两天，就发现这个老胡“身怀绝技”。

在老胡的指导下，张焰新厨艺大增，原来做出来只能凑合填饱肚子的几道菜，现在竟都成了珍馐美味。从此，每天一到做饭点，张焰新就主动给老胡发视频，乐此不疲。

老胡厨艺非凡的事不胫而走。更有好信儿的居民建了个群，请教老胡烹饪技巧。结果，这回老胡倒成了“机不离手”了。

疫情期间，本来大家在家无所事事，生活枯燥单一，却让老胡一下子掀起一圈快乐的涟漪。老胡不禁对自己这个高招扬扬得意。

初春的夜晚，漆黑如墨，寒冷如冰。老胡兀自坐在办公室，看着他那本新买的《家常菜大全》。

“嘿！”陈远端着盒泡面走进来，老胡竟浑然不觉，“没吃呢吧？”

“你咋知道？”老胡接过泡面吃起来。

“晚饭时没看到你呗！你说你，这废寝忘食地教别人做饭，图个啥？”陈远不解地问。

“我图啥？我说我图个国泰民安，你信不？”老胡笑呵呵地回答。

（原载《啄木鸟》2021年04期）

《乡间旧闻》之《黄老师》

冯金彦

老家当年也出了几个人物，省里市里县里都有，走出村子时是一副寒酸样，而今回来后，都有头有脸了。

可留下来的、还有点名气的人就不多了，黄老师算一个。他大概算是唯一还住在村里的名人。黄老师是小学教师，是我小学的班主任。那时他是被人们公认的怪，一年级也不上课，领一大群孩子到河边坐着数石子。黄老师自己坐到一旁，用手指在沙滩上画来画去，不知干什么。

都说黄老师字很好，可我没看到。说是早些年，黄老师也常写，过年和婚庆时给人写一副对子什么的。有一次，黄老师为村里的供销社写了一块牌匾，挂在门上，村里人议论纷纷，说字不好看。没有“俞伯牙”，黄老师便把“琴”摔了，从此不再给人写字，写了也不给人看。

黄老师上完课，便坐在办公桌前，闭着眼想，想好大一会儿。中午12点，学校放学了，老师们都吃饭去了，黄老师走到脸盆旁洗手，每次打三遍肥皂。洗完后，关上门，走到桌前，捏着毛笔写字。写过，细细地端详，然后便动手撕掉，撕得碎碎的，之后才吃午饭。午饭通常是几块饼干和一杯白开水。黄老师爱吃饼干，衣袋子总有，不时掏出一块。吃一个月的饼干，剩下的工资，黄老师便买书、买纸买墨。那年头，书店里没有书，可不知他从哪里淘来一本本发黄的书，纸页脆黄。有时买不到宣纸，他便找来包装用的黄纸练字。

钱花光了，家里就没钱。家里的事便全靠老婆，屋里除了两个破纸箱子装东西，便是漏雨的屋顶上用石头压着的破塑料布。日子穷，可黄老师照旧写字。黄老师教的学生的都当校长了，黄老师仍然是黄老师。

有一次，乡长要搞一个书法展，校长便取了一幅字让人送去，那幅字是黄老师以前送给校长的。说是参展，其实是校长送给乡长的。

乡里离村里三十里。黄老师听说后，走了三个小时，乡长的开幕词刚完，他便推门进去，径直走到自己的书法跟前，把自己的字扯下来，撕个粉碎，丢在地上，推门而出。

乡里便知道有这么个怪人。

恰巧省城的一个老书法家来到县文化馆，乡文化站的人便把这事说了，老书法家很好奇，要去看看。

这个老书法家，黄老师早就知晓，乐得不得了，便亲自去乡里割几片瘦肉，又换了衣服，等老书法家来。可等了三天，却仍然没人。

后来知道那天走到半路，车坏了。

三天后，肉变味了，家人没舍得扔，便炒吃了，没承想就中毒了，全家人都挺过来了，可黄老师没救过来。家里穷，连买烧纸的钱都没有，便从一个木箱里搜出一沓纸烧了。那是黄老师平日写的字，选出来放进去的。

老书法家闻讯赶来了，进门时那沓纸只剩下一张，老书法家一把抢过来，只看了片刻，便坐在地上大哭。老书法家回去后不久，给黄老师的儿子寄来三千块钱，说那张书法卖的钱。那年月，三千块是个大数。黄老师儿子后悔不迭，要是那一大堆不烧，得值多少钱啊？

三千元，黄老师的儿子用来盖房子，盖了三间相当不错的大瓦房。黄老师的儿子也不忘给父亲立碑，只是用了最便宜的碑石。奇怪的是碑上总留不住字。原先是石匠刻的字，过几天去一看，碑上平平整整，什么也没有。

黄老师的儿子有些发毛，便用红色铅油重写了一遍，可第二天一看，碑上的红字又掉在地上。

这件事不知怎么就传到了老书法家那里。老书法家专程来了一趟，在墓碑前站了一会儿，然后挥笔在碑上写道：

书法家黄平之墓

字便再也没掉。

（原载《鸭绿江》2021.2）

第九辑

轨道

卜伟

眼前是一条笔直的大马路，路的北边叫路北街，路的南面叫路南街。柳田田的家在路北，杨幽幽的家在路南。

早晨，柳田田去找杨幽幽一起上学。那时，经常能看到两个叽叽喳喳的女孩子在路上蹦蹦跳跳地走，这个画面一直持续了九年。

两个女孩对这条马路的熟悉简直就像看待自己身体的一部分：路中间脆饼店的脆饼最香，老沈家的凉粉嚼起来最劲道，百货大楼里的衣服最好看，工农兵商场里的营业员服务态度最差……

两个女孩虽然好得像亲姐妹，性格差异却很大。如果用京剧里的唱腔来形容，柳田田就像京剧里急急的二黄原板，杨幽幽就是一字一顿的慢板。杨幽幽的胆子也小，脆饼摊前有一只大黄狗，非常凶狠，如果没有柳田田和她一起去，杨幽幽一个人从来不敢去买脆饼。柳田田胆子大，像个男孩子似的，她多次拿弹弓偷袭大黄狗。这以后，大黄狗看到她，转头就跑。

很难想象，性格迥异的两个女孩相处得那么瓷实，连争论都很少。唯一一次争吵是初中毕业两个人报志愿的时候。柳田田报了中专，是一个财经学校，她让杨幽幽也和她报同一所学校，那时，中专文凭可是牛得很，毕业后国家包分配。有些中专院校的成绩比重点高中的分数还要高出许多。两个人的成绩都很好，都能考上中专。但杨幽幽非常坚定地要上高中，说要去读大学。她对柳田田说了一句颇有诗意的话：我听到的鼓点和你不同，就让我跟着自己的节拍走吧。

柳田田从财校毕业后，分配到一家效益和福利都很好的事业单位做会计。三年后，找了个司机做老公。那个司机最大的优点是听话，在单位听领导的话，回家听柳田田的话。柳田田说什么，他都不折不扣地执行。他们结婚那年，杨幽幽考上了研究生。这期间，她们还有联系，柳田田第一个月领工资的时候，给杨幽幽寄去了二十元钱，那时候，她每月的工资是一百元。

一个夏天的傍晚，柳田田带着一对龙凤胎儿女在路上散步的时候，迎面走来杨幽幽的妈妈。杨妈妈搂着两个可爱的孩子，欢喜得不得了。临别时，老人叹了口气：丫头，你多好啊。幽幽到现在连个男朋友都没有呢，都快三十了，又要去读博士，我都要急死了，也不知道她怎么想的，你们是好姊妹，替我劝劝她啊。

柳田田一直没有机会去劝杨幽幽。她的单位改制，她从单位买断工龄下岗了。之后，就是为了生计奔波，慢慢地，有了属于自己的事业，虽然不大，但毕竟是自己的一方天地。这期间，两个发小基本就没有联系，但两个人都会在闲暇时，不经意地想起对方，回忆起儿时两人手牵手走在上学路上的那些美好时光。

市里女企业家协会组织会员培训，请了一位管理学博士来讲课。柳田田坐在前排，没想到，在台上侃侃而谈的竟然是杨幽幽。二十年过去了，杨幽幽看起来还很年轻，说话的语调还是那么慢那么轻。听着听着，柳田田感觉眼里有东西流出来。她望着台上的杨幽幽，发现她也正在看着自己，眼里分明也有一层晶莹的东西。柳田田赶紧跑到卫生间去洗脸，她抬头看看镜子里的自己——胖得都找不到腰了，和杨幽幽相比，简直是来自两个世界的人了。她觉得自己是一只毛毛虫，而杨幽幽是破茧而成蝴蝶了。

讲座结束，杨幽幽要去柳田田家看孩子。柳田田的家在城郊，一个独门独院的两层小楼，还带有一个院子。杨幽幽坐在院子里的藤椅上，头顶就是一大串葡萄和丝瓜。柳田田的两个孩子围着杨博士叽叽喳喳地问个不停，有些问题还颇具挑战性。杨幽幽摸着两个孩子的头说：田田，我真是羡慕你呢。

柳田田愣了一下，说：你哪根筋搭错了，你羡慕我？哪有蝴蝶羡慕毛毛虫的。

杨幽幽沉默了片刻，很认真地说：其实，每颗星星都有自己的轨道，都有自己的风采，就像我们两个，不管是毛毛虫还是蝴蝶，各有各的欢乐和痛苦。或许，他们都在羡慕着对方呢。

（原载《天池小小说》2021.11）

世界上最难吃的鱼

曾颖

我童年住的小街上，有一座桥，老家方言念作 shànshī 桥，关于它的名字，有很多种说法，有说是善人施舍修的，应读善施桥，也有人说修桥者劝人常三省吾身，故应读三思桥，也有说因为桥两头有三座茅厮（厕所），故而得名三厮桥。在几个名字里，认同最后一个的，似乎最多。足见恶趣味更易于流传，也不是今天才有的。

在桥边临河的小院里，住着洞洞娃一家，全家五口，爸爸妈妈和三兄弟，洞洞娃排行老三，和我年纪相仿，与我交往更多一点。

洞洞娃的爸爸是一家单位的炊事员，做得一手好菜，我这辈子第一次看到火龙窜进锅里还不慌不忙炒菜的厨师，就是他。这对厨师当然只算是寻常小技，而对于只看过蜂窝煤炉咕嘟菜的我，惊为神人。

洞洞娃的爸爸最拿手的是鱼，而其中又以“独鱼”为最好，“独”是老家方言的发音，具体方法，有别于煎炸焖蒸煸水煮和煨炖等传统做鱼技法，介于干烧和软烧之间。这是多年后我凭记忆乱猜的。童年的我当然不懂这些，只知道洞爸做鱼的时候，空气中的味道，以及院子周围小猫小狗的表情都不一样。

那时候，善施桥下的河，还是可以抓到鱼的。洞洞娃三兄弟，都是捉鱼好手，无论是撒网，扳罾，还是用虾筢，都能把鱼捞起来，大的卖钱，小的送猫，独留中不溜的七星麻鱼和桃花斑，剖洗干净，交到洞爸手上，不出十分钟，便满院生香，变出一锅美味的独鱼，热气腾腾摆在饭桌中间，全家人喜气洋洋，一人一个空碗，嬉笑着吃鱼，鱼吃完了，往汤里捞上一把白面，稀里哗啦一阵吸吃，整个院子都洋溢着一股幸福气息，色香味形声，全有。

但这样的场景没有维持太久。

在洞洞娃和我差不多十岁那一年，一场无妄之灾夺走了洞爸的生命，那是一场无法不令人生奇的灾难，甚至充满了搞笑色彩——那天中午，洞爸忙过之后，像往常一样泡杯茶仰躺在马架子上睡午觉，一辆汽车从他面前经过，轮胎硌起一块石子，子弹般飞溅起，直入他张起的嘴中，堵住咽喉，憋闷而死。这事成为外西街百年来几大未解谜案，人们至今说起，仍啧啧称奇。

洞洞娃没爸爸了。

那座充满香气和笑语声的小院，像被人掐了线的电视机，顿时没了气息。

不再有热火朝天的炒菜响动，不再有喊端菜抬凳子的吆喝，不再有妖怪的手那样看不见摸不着却挠得人鼻子和心眼发痒的菜香，不再有四时准点流着口水来守嘴的小孩和狗狗……

不再有独鱼！

最后这一条，是最关键也最要命的。洞洞娃三兄弟和他们妈妈，都离不了这一口。

现实的情况是，爸爸的所有菜，菜谱上都有，唯有独鱼，是他自创的，用了哪些佐料，腌烧程度如何，以及汤汁中究竟还有些什么，火候如何把握，没人知道。

此上的事，奇就奇在，越是得不到，越容易心心念念。

在父亲去世一个月之后，洞妈和她的三个儿子，决定做一锅独鱼，以此来怀念洞爸，并开始新的生活。

那天，善施桥下的鱼，似乎也愿意他们如此，成群结队进了他们的网，小半天就装了满满一盆。大的和小的，都重新放回河里，只留巴掌大的七星麻鱼十多条。

最先拿炒勺的是洞妈，她站在锅前沉吟了半晌，转身把勺子给了老大。

老大鼓起勇气走到锅前，端起鱼，又放下，拿起菜刀，又不知该切啥，一脸求助地看老二。老二的表情，比他更无辜。而老三洞洞娃，则一脸羞愧地埋头往炉下添柴，烧得一屋子乱烟。

大家突然都想哭。后悔父亲在世时，没有认真看过他炒过一回菜，老父亲在厨房里奔忙的身影，像空气一样透明。他们从来没有想到过父亲会以那么突然的方式与他们告别，像熟视无睹的空气突然消失。

早知如此，就该多看一眼做菜时的父亲，至少知道那些可口的菜，是怎么样来到我们的嘴边，其间又走过了什么的路程。

那天，生起的炉火灭了几次。一家人在炉前回忆父亲独鱼的细节，有没有加藿香？酸姜是先放还是后放？勾芡时加没加面粉？糖汁和醋哪个先放？还记得老头往里加了鸡蛋清，但是在哪个节骨眼放？

几个人努力回忆，分歧、争论、摸索、探讨，最终煮出一锅又咸又腥焦煳不均的混合物。

那是世界上最难吃的鱼。

之后很多年，他们一直努力回忆，并向许多师叔和前辈讨教，虽然不再是一锅糨糊，但从来不敢叫它“独鱼”。

再后来，他们就不再捉鱼捞鱼了。

善施桥下的鱼，并没有因为他们的不捞，而延缓灭绝的命运。直到最近几年城市改建，桥与河也都消失了，变成一条林荫路。

我每次从那里过，都会想起洞爸和洞洞娃，以及那一锅世界上最难吃的鱼……

（原载《微型小说选刊》2021.7）

老狗贝拉

杨轻抒

对贝拉的称呼，有好几个，比如疯狗、癞皮狗、野狗、流浪狗、那家伙……当然，叫得最多的是流浪狗——对，贝拉现在是一条流浪狗。

贝拉是一条很老的流浪狗——贝拉已经十五岁了，按人类的年龄，应该已经八十多岁了。八十多岁的人类，差不多已经走到了生命的末端，尤其是那些辛苦了一辈子、缺医少药的人，他们像黄昏里一片不为人知的落叶，像人类社会的一声叹息。贝拉在这个年龄，就像人类中不少八十多岁的老人一样，眼睛开始花了，耳朵开始聋了，牙齿开始掉落了，最严重的是，记忆开始出现问题——很多事情已经记不清楚了，甚至已经忘了自己这十多年走过的路、碰到过的人、深爱过的小母狗——对于前一分钟的事情，也经常会忘得一干二净。

还好，贝拉还记得自己是一条流浪狗，曾经叫贝拉。

贝拉躺在一堵土墙角的下面，阳光正好落在那儿，阳光是贝拉的棉被，对于一条身上的毛都快掉光的狗来说，最好的挡风的东西就是阳光。贝拉半闭着眼睛，享受着这难得的阳光——这个夏天下了太多的雨，下雨天没有阳光，贝拉感觉这个夏天就像冬天。

虽然天上有太阳，但是太阳只是一团儿，雨还在下，打在树叶上，啪嗒啪嗒地响，不远处的河里的水还在涨。路上有很多人，那些人脸上挂着紧张的表情，一会儿走过来，一会儿走过去，但是贝拉还是看出来了，他们的紧张只是在脸上，其实内心并不紧张，他们的紧张似乎只是做给人看的，至于为什么要做给人看，贝拉搞不懂。但是贝拉知道，他们并不真的相信水会涨上来，或者说他们相信堤坝是牢固的，即使水真的涨上来，也不会冲他们的房子，也会绕道，嗯，就算涨上来了，也不会让他们受到损失，只会让他们的邻居遭殃。

水就要涨上来了，而且肯定会涨上来，水涨上来，会淹掉那些低矮的房屋，会冲垮不远处的桥，甚至还可能把那些来来回回的人冲走——关于水一定会涨上来，这是墙上那群蚂蚁兄弟告诉他的，是树上那条漂亮的青蛇妹妹告诉他的——当然，他们不告诉他，他也知道，活了十五年了，时间足够长了，他已经知道了世界上太多的事情，何况作为一条狗，他还有着祖先天生的本能，正是这些本能反应保护了自己的种族免遭灭顶之灾。

贝拉知道自己躺的这堵墙也会被水冲垮，但是，又能怎么样呢？除了这堵墙，贝拉已经没有去处了。贝拉在村子里被大人追着，被小孩打着，还有一个老太太打电话，让派出所的人来把贝拉打死——理由是这肯定是条疯狗，迟早要咬人，不是玩的事情。

好在派出所的警察很忙，没人来理一条狗的事情，哪怕是一条真的疯狗。这样，贝拉才暂时还活着。

贝拉当然不是疯狗。活了十五年，贝拉从来没有咬过人，虽然凶过人，做出一副很凶的样子，但那都是做样子给人看的。贝拉虽然没有咬过人，大家却并不认为贝拉永远不会咬人，人类总是善于从一开始就想到最坏的结果，对人如此，对一条狗，当然更是如此，何况现在贝拉是一条流浪狗，而流浪狗基本上就是疯狗的另一种称呼，疯狗怎么会不咬人呢？大家说。

贝拉躺在墙角，想了很多事情，杂乱得就跟天上的乌云一样。但贝拉虽然东想西想，耳朵却没闲着，贝拉耳朵里全是水的声音。嗯，对，水的声音。水声在人类耳朵里就是一种声音，但是在狗的耳朵里却像人类的文字一样，一字一句，一行一段，都表达着特定的意思。贝拉虽然躺在墙角，但是贝拉听着那条叫黄水的河里的水在说着什么。贝拉听得很清楚，那些浑浊的水在跟水里的那些被冲断了根的树木商量，一会儿怎么去撞那座桥；在跟水里的桌子板凳说，一会儿怎么去砸那些木板的门；在跟另一些更大的浪说，一会儿怎么才能把那条路拍成几段……

贝拉感觉到了一种阴险正笼罩着这个村庄，一场毁灭悄悄来临。

虽然贝拉并不怕那些浪，就算他们把自己卷走了也没关系，毕竟自己已经活得太久了，早就不想在这个世界待着了，但是贝拉本能地感到了一份刻骨的恐惧，贝拉听得越清楚，越感觉害怕，它感觉到了自己身上不多的那些毛发开始竖起来，像一根根孤独的旗杆，在风里飘荡。

又一个大浪狂笑着拍上桥面，发出巨大的“叭”的声音，在那一声“叭”里，贝拉感觉那座老桥像一个老人不由自主地打了个寒战，这时候，贝拉真正感觉到危险已经近在眼前了。

桥上的人没有感觉到桥的恐惧，他们听不见桥的肋骨已经开启了一场断裂，他们只是在说着一些徒劳的话，而在话语里，他们并不相信桥会垮，路会断，房会倒，他们听不懂那些浪花的话。

但是，贝拉听得懂，贝拉想得到，贝拉甚至已经看见了眼前将会出现一幅什么样的场景，贝拉本能地跳起来，大叫：“快跑……”

贝拉的叫声尖厉而恐怖，这并不是贝拉想发出的声音，但是贝拉发现，自己的声音已经完全失控了。

贝拉的意思，就是警告那些看起来并不紧张的人，让他们不要因为自己的徒劳、愚蠢而被洪水冲走，但是贝拉忘了自己是一条狗，自己表达的意思再清楚，在人类听来，也只是犬吠——不，是一条狗发疯了。

人们开始紧张起来，不是因为洪水要涨上来了，而是因为一条狗终于发疯了。相比洪水涨上来，一条狗的发疯才真正让他们感觉恐惧，他们在听到贝拉突如其来的尖厉而恐怖的叫声之后，只愣了片刻，就立即操起锄头扁担铁锨——他们能够抓到手的任何东西，哪怕是一根柳条——高喊着尖叫着向贝拉奔来……

（原载《金山》2021.1）

侦探小说

陈意心

小王家老房装修翻新，光书就整理出几十箱来，还发现两台 SONY Walkman，按键、皮带和齿轮都坏了，便拿去中央商场修理。离开商场前，小王瞥见隔壁古玩地摊上一堆老照片，是不知名的摄影师于 1996 年到 1999 年在老南市区拍的黑白宽幅照，两百多张里有一张标注了“1996 年 5 月白漾弄”字样，有几个路人，左边一个戴眼镜的中年人在打公用电话，远处迎面走来一位女士，中间一位老伯伯在低头走路，右二的街坊看着镜头，最右边的一位则背对着走入弄堂，画面颇有杜琪峰《枪火》里电影站位的镜头感。小王买下这张照片，用手机翻拍发给摄影师朋友咨询出处，朋友也不太清楚，但发现照片很可能是用哈苏 Xpan 款宽景相机拍的，Xpan 在那个年代可算得上天价。

想起小时候住过的离老南市不远的顺昌路，那里烟火气甚是迷人，小王便拿着照片来到顺昌路的辣肉面馆，发现里面蛮多叔叔阿姨，原来面馆要关，大家都来怀旧聊天。席间有讲隔壁浴室混堂故事的，有讨论美专旧址历史的，还有提及雅庐书场听书往事的，小王听得入迷反倒忘记问照片的事了。

回到家，看着书架上还没整理完的一排侦探小说，小王心里想，读了那么多年推理，还没有查找这张老照片里的故事来得有趣，于是把照片塞进常看的雷蒙德·钱德勒系列作品里，然后继续他艰巨的打包任务。

（原载《小说界》2021.2）

我看见过城市吗

李昌鹏

1

“妈妈，你来 S 城继续帮我们带孩子吧。”

之前没出过县城，我没想到老了却会跨越两三个省份去 S 城，一去就是十年。最初，我隐约感到激动。我经常去菜市场卖菜，而在 S 城我将是一个去菜市场买菜的农村人。让我更没想到的是，儿子在 S 城的房子只有 60 平方米。到 S 城后，我马上明白为什么儿子只让我一人带孙子到 S 城去。接下来，更为难熬的是，孙子上幼儿园，儿子和儿媳要上班，十年间，我每天的大部分时间都是一个人待在那座没有熟人的城市里。

我到 S 城后，孙子开始不大愿意和我睡觉。他晚上总想和他妈妈睡。儿媳妇经常说：“您说话声音得小点儿。”我意识到自己说话嗓门儿确实挺大，但说话声音小，我就觉得浑身不自在。儿子经常出差，每次回家总显得疲惫。我想和他说说话，说老家在每一个节令会种什么庄稼。我讲得次数多了，儿子的兴趣越来越低。我觉得他在敷衍我，可我却找不到他感兴趣的话题。

“我在家里是多余的人。”我给老伴儿打电话，这是那十年经常重复的内容。

“儿子买房后欠着银行100多万呢。”老伴儿总是对我说，“我们的美好光阴过去了，钱上我们帮不上他们，你就安心帮他们带孩子，让他们专心工作吧。”

那时，儿子每个月给我800元买菜。我觉得我能赚到这800元。我不想成为他们的负担，就偷偷在小区里捡废品。当月，我开心地拒绝儿子给我的菜钱，但儿子惊呆了。

“妈，您不要再捡废品了。”儿子说。

“我凭劳动赚钱，难道给你丢人了吗？”我气愤地说。

“这里的人来自天南海北，谁也不知谁的健康状况。这不是在咱们村里，各家知根知底。垃圾箱是很危险的，您不能捡废品，您要带孩子啊！”儿子说。

“我在这里是多余的人。”那是我第一次给老伴儿打电话说这句话。

……可是，我不得不留在S城。

2

婆婆隔段时间就要用家乡话冲我念叨一次：“我真想回去。”我一听这话就不乐意。

丈夫经常对我说：“对咱妈亲热一点儿。”这话我更不爱听。

这些令人生气的话，我一听就是十年，我什么时候亏待了她老人家？前年，丈夫对我说：“妈妈在S城没熟人，没其他事可干；爸爸六十多岁了，一个人在老家不免恓惶；咱们儿子如今已14岁，他自己能上学了。”

送婆婆回去之前，我们决定在一个周六去游览S城的标志性历史人文景点，然而，那个周末丈夫又要出差。婆婆十年来见到的S城就是我们的小区。而我也一直游走在单位和家之间。婆婆怕是再不愿来S城了，陪她去看看S城，这带有某种使命的味道。

我本以为丈夫出差，婆婆会对出游意兴阑珊，没想到不愿出游的却是我儿子，儿子说周末作业太多。但他最终答应陪游，婆婆很开心。在景区，婆婆不停地要求留下我们的合影。她要把十年间最好的笑容留在合影上。她说："我要把这里的一切带回去。"

又一个周末，我们一家四口一起坐高铁回去，走出新建的高铁站，我看见婆婆的眼眶湿润了。高铁站建在丈夫老家一个新的开发区，站外是巨大的广场，鳞次栉比的高楼环绕在广场周围。这里和S城有什么两样？没有。丈夫和我都颇为吃惊，丈夫问："妈，您怎么啦？"

婆婆说："我也不知道这是怎么了。"

"您还是和我们回S城吧，这里已经成为第二个S城了。"丈夫呵呵笑道。

婆婆突然也笑了。

从高铁站到婆婆渴望回到的村庄，沿途是延绵不绝的基建工地，一栋栋新楼正拔地而起。许多村已完成拆迁，人们搬进回迁小区，记忆中的老家正在隐退。

3

我看见过城市吗？我曾经对城市、对现代生活充满向往，可是如今也没有哪一条街道可以进入我的梦境。无数次登上客机，从天空俯瞰一座又一座城市，城市是一个个起降点，任我凭空来去，我却无法对任何一座城市产生依恋。

我经常梦见我的母亲，在我回不去的泥瓦灶旁，给我用猪油鸡蛋炒饭。

城市都是一样的，在往昔炊烟升起时分，母亲或许正打开老家回迁楼里的燃气灶，而妻子也在S城开始点火做饭。

对于我而言，城市是共通的，S城就是天下所有的城。我在S城做生意，在 W 城依旧做生意。偶尔我因怀念 W 城的生意伙伴老李，便喜欢去 W 城。我们在江边的酒吧畅谈，用天真把自己从纷扰的人事中短暂放逐。可是老李早就去 B 城生活了，B 城依旧有醉人的酒吧，我们延续着往日的交情。或许 W 城也有能够共饮的老张，他刚从 F 城搬来这里，他把我带到了曾经和老李一起坐过的吧台边。

有时我宁愿相信，江风是 W 城的浓情馈赠，然而 Y 城江堤上鱼鲜馆冒出的香味儿，也能追随记忆，和着江风，寻访我的鼻腔。

脑海中常有那些拥有独特地理的城，临海的，傍山的；那些矗立在城市上空的别致建筑，它们曾被我深深印刻在脑海，然而它们并不是一座完整的城市。我只能看见我能看到的部分，尽管我十分努力。我明白，一座座城市可以被感受，却无法被看见，正如我们只能片面地理解一颗母亲的心，一位妻子的情，一个丈夫的使命。

我的母亲不再愿意去看见家乡的城，她永远只会看见老家的乡村。我的母亲不属于城市，更不属于城市生活规则，她只属于亲人和乡亲。我们属于自己看见的那个部分，但那看不见的城市，才是我们真正的背景与未来。

（选自 2021 年 4 月 28 日《文艺报》）

驯马

欧阳明

看着牧场上蹦跶的马驹，格鲁禁不住又皱起了眉头。

这马该驯了，再拖下去驯起来就难了。到时若是驯不好，说不定哪天就跑出去变成野马了。格鲁心里想着。

其实格鲁就是驯马的高手，只可惜现在上了年纪，没气力和马犟了。驯马，其实就是看人和马谁犟得过谁。现在，他唯一的希望，就是儿子能马上回来。

儿子也是驯马好手。打小，格鲁就带着他放牧，教他骑马、赶羊。后来又教他驯马。儿子不愧是牧民的儿子，一学就会。如今，儿子的骑术和驯马的能耐，在整个牧场已无人能比。

可儿子不在家。翻年后，儿子就去了百多公里外的县城。说只是去看看，可去了就没回来，留在县城，在城边一家牧家乐表演骑术，月收入还不到3000元，比在家放牧的收入少多了，几次叫他回来，他都不听。格鲁搞不懂，县城究竟有什么东西那么吸引儿子。

老伴儿也上了年纪，家里的牛羊需要儿子回来帮着照看。这片牧场养育了格鲁家的祖祖辈辈。子承父业，是牧民的传统，他必须劝儿子回来。他不能容忍这片一望无际的丰美牧场，在自己这代人之后，就看不到牛羊了。

格鲁打电话给儿子，叫他赶快回来商量建新房的事。

格鲁建新房，是为了给儿子结婚用。他想用新房把儿子留下来。格鲁希望儿子能娶山那边的乌兰。乌兰是个漂亮勤快的姑娘，还很懂礼貌。

儿子回来了。格鲁叫他先驯马。儿子用绳子套住马驹，飞身骑了上去。马驹想把儿子摔下来，狂跳着箭一样射向远方，但很快就回来了。回来的马驹，不再任性，温顺得像一个听话的孩子。

儿子小时候，也像马驹一样倔，不时还和人打架。格鲁怕他毁了，骂他，抽他，讨好他，给他讲祖先的故事，终于有一天，儿子懂事了，成了格鲁的好帮手。

晚饭的时候，格鲁劝儿子别再出去了。可儿子始终摇头。格鲁很失望，一怒之下，一口把一大碗酒干了。

第二天，格鲁就开始建新房。建房的木料几年前就准备好了。周围的牧民都骑着马大老远过来帮忙。

一天，两天、十天，十五天，一个月，新房终于建好了。其间，儿子想走，却不好意思说。房子建好后，儿子就走了。

儿子说，他想在县城边上建一个最大的牧家乐。格鲁想劝他，却没说出口。他知道儿子这种年纪，就像刚驯服的马驹，骨子里还保持着一股野性，来硬的肯定是不行，得慢慢磨。

走就走吧，总有一天受了挫折就会回来了。格鲁相信，这一天超不出半年。

可是半年很快过去，儿子一直没回来，还真建了个牧家乐。开业那天，儿子专程开车回来接他去了。牧家乐里有骑术和民族歌舞表演，还有牧家特有的饮食，那些来自全国各地的游客，稀奇得不得了。

牧家乐里比草原上过节还热闹。儿子和他的一帮朋友，沉醉在这种热闹里，眉开眼笑。

格鲁不喜欢闹闹嚷嚷的日子。他对儿子说，这地方太小了，马都只能跑圈，在牧场上，头顶蓝天白云，想跑多远就多远，多自在啊！

儿子说，自在是自在，可那样的生活，天天一个样，太寂寞太单调了。

格鲁不知道什么叫寂寞单调，放牧时，即便是一个人，听着羊叫马嘶，内心都充满了喧嚣，也充满了希望，那场景，热闹着哩。

格鲁放不下家里的牛羊，住了一晚，便要回去。儿子说叫车送他，他拒绝了。他计划赶车，到了站点，再步行回家。

儿子送他的时候，带了个女孩。女孩很漂亮，儿子说叫图雅，他们计划年底结婚。

一切都没按格鲁的想法去办，他不知道该说什么好。想了半天，说，想牧场了，就回来！

儿子说，放心！我是牧场的儿子，牧场永远是我的家。

这话让格鲁有了些安慰。归程中，他在想，那个以前只有一条街的县城，怎么变得那么大了，大得连他都找不到方向了。同时，他也想起了一碗酥油茶。他清楚地记得，十岁的时候，父亲带着他进城，午饭时给他叫一碗酥油茶。那茶有一种家里做的酥油茶没有的香味儿，越喝越想喝。只可惜，如今他再也想不起那是一种什么香味儿了。因为从那以后，他就再没来过县城。

（选自《西部》2021 年第 3 期）

#《陆石桥传奇》之《方寸之间》

刘博文

空调闷死人。

空调能闷死人吗？男人问着，挥袖揩了揩汗，其身上散发的汗腥气，足够人皱眉掩鼻的。

男人有个俗气的名字，老五。

叫顺溜后，唤成老捂，和他身上的味道特匹配，没半点违和感。

与别的维修师傅不同，老捂大夏天还整件外衣套着，严严实实地，出活时像个粽子。

咋热天还穿这多？

嗨，春捂秋冻嘛不是。

聊完刚发生的空调憋死小孩的新闻，老捂身上那汗已经涔涔了，由额头滑落至鼻尖，布制的手套内里，一双叫岁月刻骨铭心过的手掌摊开，复又合拢握紧成拳，构成其生活的支撑及动力。

春夏秋冬又一春，老捂跟外套做伴。

初与老捂相见，也这般大热天气，严谨点讲，应该在春末夏初交替之间，停工年把子的空调出了点故障，正巧那几天气温陡升，烦躁的心绪憋屈一春天，终被窗外的蝉鸣全盘托出，释放开来，风扇已解决不了问题，和人一样，束手无策地摇晃着脑袋。

老捂就来了，一通简短的电话过后，他带着工具箱和厚重的背包敲开我家房门，熟练地打开客厅空调的机箱，才发现是外机的原因，积灰过多，同电脑主机运转慢一个道理。

老捂看起来年纪大，却对许多本不属于他这个年龄段的事物知之甚多，总能用符合他人年龄段的话语来消除人的顾虑。

也因此，陆石河畔才有这样一番比喻：你做事真老捂！

你做事真老捂，形容人干事麻利，不拖泥带水且思路清晰，让不懂行的主人家也能在短暂的修理时间内大致懂得其为何如此下手的原因。

老捂自有他的聪明处。

无聊而漫长的维修时间，因为他口中略带陆石河口语发音的非标准普通话，变得生动灵活起来。

许多时候，给人以沉浸式的愉悦。

要知道这样一个四目相对不相熟的年代，仍能保持与旁人间的沟通，可贵之处更让人多了份珍惜。

说句不好听的，有时还挺盼自家电器出故障。

除去老捂身上浓重的汗水味道，其他都算不上问题。

半路出家的他，在说大不大、说小不算小的陆石河畔，靠着灵活的手法口条过活。老城的维修市场倒没有外面城市竞争那般激烈，不存在抢活儿一说，三五成群的他们存在的全部意义，叫人们有足够多选择。

选择一多，有喜欢的，自然免不了报之反感者。

反感者中以房爷为最。

作为由私塾时代再到大学毕业的房爷而言，心高气傲难免的，房爷喜欢在人前卖弄那肚子墨水，对家里人都那样，更况乎在外头，一天到晚摆出副“濯清涟而不妖”的姿态。

好像老捂这类人在他眼里就是臭泥巴。

也确实臭，老捂头一回去到房爷家里的那个盛夏，维修坏掉的冰箱后，房爷给熏得直喘粗气，老捂倒也不介意，只是后面房爷的所作所为就有些不近人情。

被熏陶的房爷，逢人就提老捂的不对，说他工作时候爱打岔，叽里呱啦讲个没完。说到底，是瞧不起方寸间的活计。

房爷那张经过高等教育的嘴巴一开一合，有段时间整个陆石桥畔，都没人愿意找老捂上门维修家电。

老捂方寸间的生意，如陆石河畔的老旧渡船，于人生的河面上停摆许久。

幸好时间的良药推开破冰的水面，疯长的日子里，根植着太多遗忘。

再逢盛夏，接到房爷家电话的老捂着实有些始料未及，直到他赶到房爷位于陆石桥旁的屋中才发觉，贪玩的房家小孙子，爬到了空调外机上。

却死活进不来挂在上头。

盛夏，有风波浪般吹过陆石河畔，房家小孙子挂在窗外，随着风涛摇摆，说时迟那时快，老捂二话没说穿过客厅走廊，轻车熟路地爬上阳台转换机旁，于方寸之间一把将房家小孙子勾住。

风却走妖似的，来势汹涌。

到头，还是老捂的外套起大作用，尽管味道大，不合时宜的秋冬外套在夏季竟发挥出其恰如其分的作用。

如陆石河面捞鱼的布质网兜。

OK，完事，老捂放下房家小孙子，推门便要走。

冒着热汗的身躯却叫另一双厚重的大手顶腰拦住。别走，额……咱们小酌一杯，吃完晚饭再走。

房爷揩拭着因为焦急而流下的汗。

老捂的声音听来清脆又爽实，饭，啥日子都能吃，孩子，却无再少年，千万别责怪他淘气。

老捂挥挥手，方寸之间的客厅里，因为他的笑声，开阔、明亮起来。

窗外莲叶田田，有才露尖尖角的荷花跃出水面，带来淤泥与初夏参半的味道——清香。

（原载《广西文学》2021.5）

来不及道歉

脱微娜

十年前一个初春的下午，我刚到美国定居不久，第一次参加当地华人圈读书活动。我听到一个清脆而压低的声音叫着我的名字，那天参会的人很多，满眼是陌生的面孔，除了组织者叶小萌，不可能有人认识我。

伴着又一声低喊，扭头看去，我怔住了——是她？真应了那句“不是冤家不聚头”的老话，谁能想到，在万里之遥的国外，我和祁红又见面了。当时我们都已进入不惑之年，岁月似乎格外眷顾她，依然是清爽的短发，白皙玲珑的脸庞，镜片深处的眼神闪着一丝尖锐和不屑。

说实在话，我的内心深处对祁红是排斥的。

大学毕业后，我留校当了一名助教，和祁红同在中文系，她比我早一年留校。当时她在系里风头正劲，教学风格凌厉，领导也重点培养她。在系里的一次纪律检查中，因我袒护我的两个学生，被她抓了现行。她训斥我也就罢了，还把此事捅给了系领导。一气之下，我和她吵了一架，离开了学院，到一家小杂志社当编辑。可是，山不转水转，水不转人转，在这里我们又转到一起了，世界真小啊。

祁红热情地拉住我的手，像多年未见的老朋友，关心而体贴地问这问那。看来，生活早已磨圆了我们身上的棱角，我们兴奋地交谈着，似乎早已忘了当年的糗事。

叶小萌看到我俩认识，非常高兴，她是搞编剧的，喜欢找大家一起讨论剧本，她最在乎祁红和我的意见。

我很快发现，祁红还是那咄咄逼人的犀利个性。她从不附和别人的观点，总是以独到的见解轻易地驳倒别人的意见，讨论到最后，往往因意见不合争得不欢而散。让我不得不服的是，到最后，她总是对的人。

让我吃惊和高看的是，祁红对文学的领悟和鉴赏力是一流的，我们圈子里的作家作品她是不屑一顾的，她津津乐道的是外国作家马尔克斯、略萨、麦卡勒斯、布鲁诺等人的作品，俨然一个文学评论家，甘之如饴地讲解他们密集的意象，狂暴的想象，通过流动跳跃的叙事铺展，仿佛在阳光下抖开一块闪光的绿色绸缎……大家听呆了。

经过激烈的思想斗争，我还是将我新近写的中篇小说《房客》拿给她看，想不到她欣然接受了。两天后，她给了反馈。提出了两处修改意见，还说，这篇小说写得很好，碰触了人性的幽微之处，快翻译一下投稿，敢保证能上大刊。她居然肯定了，那一刻，我比刊登了还高兴，感受到了她傲然的外表下的诚恳和真情。

我和她的来往多了起来。她喜欢热闹，爱谈文学，常常请我们到她家办读书会。她在东湾山上租了一处房子。我的天，她家的书多得令人咂舌，地上堆的，墙上摞的，到处都是，难怪她这样博学。我们常常聊文学和人生，她像一个哲人，对人生总是有着精辟的洞见，我们也将生活中碰到的难题向她请教，她总是分析得有理有据，让人心生敬佩，可是，她从不谈自己和家事，和人总是保持着不远不近的距离。

三月的一天，我们到野外的一个公园，坐在几棵百年大树的绿荫下，开始研究叶小萌创作的新剧本。早春的阳光明媚，满目葱茏，生机勃勃，大家情绪高涨，纷纷拍照。祁红像有什么心事闷闷不乐，集体合影也不参加。到讨论时，她毫不留情地把整个剧本否定了。空气一下子僵住了。

太自以为是了。我不假思索话赶话地反驳了她。不承想她脸色大变，眼神几乎要把我刺穿，嘴唇微微抖动，深深叹了口气，转身走了。事后，我记不清自己说了什么。打电话向她道歉，她不接；我和叶小萌去她家，也被挡在门外。

叶小萌说："祁红从来都是吵过就完了，这次真邪门了。别看她外表强大，其实内心很苦，两任丈夫都离她而去……"

这期间我工作很忙，没有和祁红再联系。但心里一直歉意滚滚。

日历翻到了九月最后一天，我正在厨房做早餐，忽然手机铃声大作，叶小萌拖着哭腔告诉我，昨晚下半夜祁红没了。

我一下子定在那里，内疚万分，泪流满面，脑子空白一片。

那些日子，我过得恍恍惚惚，脑子里都是祁红的影子，她的笑语，她的尖锐，她的聪颖，她的不屑。我很想回到过去，告诉她我对她的情谊。

原来半年前她查出了肝癌，她没有告诉任何人。疼痛一直吞噬着她，在最后的日子里，她拒绝了朋友探望，拒绝进食，拒绝治疗，保持最后的冰清玉洁的尊严，静静地走了。她的遗愿是不再漂泊，将她的骨灰带回祖国，埋在母亲身旁。

[原载《大观》（东京文学）2021.3]

水妖

陈炜

莫雷拉失望到了极点。他在若热湖边待了整整半个月，却没有见到水妖的一丝踪影。

二十五年前，莫雷拉四岁的时候，第一次听爷爷讲起若热湖水妖的故事。从那时起到成年，他听许多人讲过水妖的故事，水妖的名字不一定相同，有的在湖里，有的在海里，有的在江里。成年后，莫雷拉心中的水妖定型了，虽然面目还很模糊，但依然让他觉得触手可及。

莫雷拉先后让父母失望。他的父亲是医生，在王国西部声誉甚隆，一直希望独子能够从医，而他却偏偏选择了学画画。他的母亲希望儿子早日成婚，而他却毫无此心，除了偶尔找女模特练习素描外，几乎不跟女性往来。

到了二十九岁，出师数年后，莫雷拉的画技已有所成。他没有接下教会的壁画订单，而是携带简单的行李悄悄离开了家。

莫雷拉来到沉寂的若热湖畔，每天沿着湖边行走，不时从行囊中拿出画卷看看，长时间盯着幽静的湖面。夜晚，他就在湖边的大树下露宿，抱着画卷而眠。

画上画的是水妖。从年少时起，莫雷拉曾画过数百幅水妖图，这是他新近画的也是他唯一满意的一幅。之前的水妖图，都已被他付之一炬。

这半个月里，莫雷拉见到了若热湖的阴晴风雨、雾霭波涛，见到了湖里的鱼虾、水藻，就是没有见到水妖。他携带的粮食已经耗尽，不得不准备离开。

收拾完毕，莫雷拉背上扁扁的行囊，把画卷捧在手中。走出一段路，他又折回去，猛地将手中的画卷扔进湖里。“谎言，一切都是谎言!”他大声叫着，泪流满面。

突然，湖水翻腾起来，白浪涌起，水雾漫天。等恢复平静后，莫雷拉惊呆了：他投入湖中的水妖图变成了立体的，他跟前站着一个既清纯又妖娆的年轻女子，这正是他梦寐以求了许多年的人。

“我是依希娜，你打算离开再也不回来了吗?”

“不不，”莫雷拉说，“我本来想回去再好好画一幅，没想到你终于出现了。当然，不可否认，这两天我确实从心底里有些动摇了。”

“你现在感觉如何?”

“美梦成真。”莫雷拉说，“现在，就算我死在湖边，也心满意足。”

依希娜说：“我不能理解你的想法。美梦成真的时候，为什么想着去死?”

“也许是太高兴了吧，只能用这样的语言来表达我的喜悦。”莫雷拉说，“如果可以的话，我愿意一直看着你。”

“直到死的那一天?”依希娜说着，两个人都笑了。

两个人聊着聊着，不知不觉天色渐暗。依希娜脑袋靠着莫雷拉的肩膀，两人看着湖面落日的余晖慢慢被月光的颜色替代。

“好了，你见到了我，也聊了这么多，该回去了。”依希娜说。

“不，我还没在月光下听到你歌唱呢。”莫雷拉说，“你要知道，我期待这歌声已经二十多年了。”

依希娜略有犹豫：“你难道不知道，被我歌声诱惑的人，会失去他的灵魂吗?”

“我灵魂中的大部分，早已归你所有。我不会害怕任何东西。”莫雷拉说得很坚定。

依希娜的歌声响起，融进月光，融入湖面的水汽，让莫雷拉觉得自己像是飘浮在空气中。

歌声停歇，莫雷拉如同微醺一般，半闭着眼，沉浸其中。

“午夜前我必须回到水下。”依希娜说，“你回去吧。”

莫雷拉说：“真不想离开你啊！我们还能再见面吗？”

依希娜沉吟片刻：“如果你还有能将若热湖激起巨浪的画作，那么我们还是会再见面的。”

依希娜消失了。

在唧唧的虫声中，莫雷拉离开了若热湖，一步步向着家乡的方向而去。

莫雷拉越来越沉默，简直到了除了绘画之外就与世隔绝的地步。他有时也觉得对不起亲爱的父母，但是直到他们去世，他也没有让他们开心过。

花了十年时间，莫雷拉想忘掉依希娜的容颜，重新画一幅水妖图，但他一直做不到。依希娜的形象就像刻在他脑子里一样。

人到中年后，莫雷泣终于放弃了再作一幅水妖图的想法。他尝试着画若热湖，那氤氲的水汽、幽灵般的水鸟、浮动的波光……

一次偶然的机会，邻近的一位爵士到了莫雷拉的画室，见到了大批关于若热湖的画作。他大为赞叹，希望以高价收藏其中的一些。但被莫雷拉拒绝了，说这全是未完成的作品。

莫雷拉靠渐渐稀薄的家产生活着，步入老年。他还是每天待在画室里，拿着画笔，有时几天都不能落下一笔。在病倒之前，他毁掉了绝大部分画作，只留下了一幅放在画架上，这是他认为最接近完美的一幅。

雷雨后的一个夜晚，莫雷拉躺在床上，呼吸困难。他觉得自己的生命就在屈指可数的几个呼吸之间了，遗憾的是，这些年来没有一幅自认为可以拿去见依希娜的画作。他挣扎着起来，拿起调色板和画笔，颤巍巍地站在画架前。他抱着最后一试的想法，用画笔在画布上轻轻一点，若热湖中多了一道暗白的笔触。

这是水妖依希娜，远远的看不清面目的依希娜。画作终于完成了。莫雷拉干枯的眼里落下泪来。他听到了歌声，又听到了若热湖畔依希娜的歌声。

次日，爵士见情形有异，带人撞门而入。莫雷拉躺在地板上遗容安详，画架上空空如也。

（原载《椰城》2021 年 1 期）